从这本书里
演出我们共同的乡愁

众生之路

李骏虎 著

山西出版传媒集团
山西人民出版社

图书在版编目（CIP）数据

众生之路／李骏虎著．—太原：山西人民出版社，2015.7
ISBN 978-7-203-09064-9

Ⅰ．①众… Ⅱ．①李… Ⅲ．①长篇小说—中国—当代 Ⅳ．①I247.5

中国版本图书馆 CIP 数据核字（2015）第 134386 号

众生之路

著　　者：	李骏虎
责任编辑：	魏　红
助理编辑：	张志杰
装帧设计：	天目文化·王明自
出 版 者：	山西出版传媒集团·山西人民出版社
地　　址：	太原市建设南路 21 号
邮　　编：	030012
发行营销：	0351-4922220　4955996　4956039　4922127（传真）
天猫官网：	http://sxrmcbs.tmall.com　电话：0351-4922159
E - mail：	sxskcb@163.com　发行部
	sxskcb@126.com　总编室
网　　址：	www.sxskcb.com
经 销 者：	山西出版传媒集团·山西人民出版社
承 印 厂：	山西出版传媒集团·山西人民印刷有限责任公司
开　　本：	720mm×1010mm　1/16
印　　张：	16.75
字　　数：	161 千字
印　　数：	1—6000 册
版　　次：	2015 年 7 月　第 1 版
印　　次：	2015 年 7 月　第 1 次印刷
书　　号：	ISBN 978-7-203-09064-9
定　　价：	35.00 元

如有印装质量问题请与本社联系调换

目　录

· 上部 ·

卷一　寻常巷陌……………02
卷二　团结学校……………36
卷三　百年孤独……………72

· 下部 ·

卷四　五福临门……………117
卷五　普天同庆……………169
卷六　麦黄种谷……………216
尾　声………………………258

众生之路
·上部·

卷一　寻常巷陌

1

学书艳羡着隔壁庆有家的一切人和物,自打他还是个娃娃起,有些年头了。庆有家灶屋向西,屋前有一株梨树,梨是木疙瘩梨,小小的挺瓷实,啃起来跟石头一样硌牙,没人喜欢吃,任凭它们挂在树上干结成黑疙瘩,像挂着一树秤砣,风一吹又跟空心葫芦一样哗哗作响。可是每年春四月,那一树梨花却是村里最美的,像雪片,像粉蝶,庆有一家每天就坐在这一树耀眼的梨花下吃早饭,喝着米汤就着咸菜,那咸菜是乌黑的,散发着幽香,吃起来味有点甜,不像学书家用芥菜疙瘩腌制的黄白的咸菜那么一口盐。妈妈说学书小时候常去隔壁梨树下蹭人家的饭吃,庆有爸喜欢学书的聪明劲儿，高兴地让他吃自家的饭，庆有妈把脸拉得很长，下巴快砸到脚面上，给自己的男人脸色看，庆有爸也假装看不见。"庆有爸是个好人，庆有妈不善。"学书妈公允地评判着邻居。学书能想象出自己端着小碗坐在人家饭桌前的画面，却记不得太小时候的事情了，他已经小学毕业，暑假结束后就要上初中。

庆有家并不是村里最富裕的户，可在学书眼里，他家的什么都好，不是那种让人眼红的好，是那种心里实在觉得好的好，到底是一种什么样的好，学书也说不太清楚，很模糊，很朦胧，像自己的体温一样自然，像自家养的骡子一样亲切，反正是很享受的感觉。庆有家的一切都与众不同，很多东西在学书眼里都散发着毛茸茸的光芒，他家的猪圈和别人家一样都是在南墙根儿下挖了个深坑，坑北沿盖着猪窝，东西两边是两道矮猪墙，别人家的猪墙是从村西部队营房捡来的半头砖垒的，庆有家的也是，不一样的是庆有家的猪墙在砖头外面涂抹着用黄土和碎麦秸和成的黄泥，抹得细腻光滑，晒干了就泛白，有着和人脸上的细纹一样的小皲裂，就像庆有妈的皮肤一样瓷实。别人家喂猪用的是半个破面盆或者瓮底子，庆有家的猪槽就是一个真的石头食槽，老母猪带着一群小猪崽并排吃食的时候，就很像那么回事。对过巷子里福娃家尖嘴猴腮的黑矮婆娘撇着嘴揭发那个石槽是庆有从部队营房的养猪场偷来的，"庆有贼着哩！"她很不屑地说。可是学书不管这些，他就是觉得看着舒坦，最让他觉得看着舒坦甚至振奋的，是庆有家南墙里猪圈外那株老杏树，杏树太老了，已经站不直了，歪歪斜斜地靠在院墙上，大半个身子横斜在巷子上空，把长满黑苔藓的墙头压得裂开一道大口子，可是因为有猪粪的滋养，老杏树还很茂盛，在最高的枝丫上总能结十几颗半红半白的杏子出来。村子里的大树太多了，学书家茅房里有一株大椿树，栅栏院门西边有一株大洋槐，东边和庆有家一墙之隔有两株大榆树，庆有家茅房里也有一棵大洋槐，猪圈东边有四株箭杆杨，这都是些参天大树，遮蔽着巷子和院子里的阴凉，使墙根经年的苔藓又厚又滑。那株老杏树太矮了，被遮了个严严实实，由于老晒不到阳光，叶子就不是皮肉厚实的墨绿，而是纤薄透明的鹅黄色，但一天里总有那么些时候，一缕阳光突然就会从前排人家的山墙之间穿过，斜射下来，黄澄澄明晃晃白花花地照到老杏树的半边身子上，让她那铁黑色的枝杈和鹅黄色的叶片散发出毛茸茸的毫光，让她成为被绿荫遮盖的阴暗背景上最亮最耀眼的一种光芒，这种光芒穿过学书的眼睛直射到他的心里，让他的心脏膨胀、心跳加快，他觉得快乐，觉得眼前和心里都是希望。学书最初感到的人生的诗意，就来自那束照射在老杏树上的阳光，他觉得，庆有家的很多事物，都和这株老杏树有关。

　　学书从小跟着庆有玩大，只是庆有已经是个小伙子了，学书还是个娃娃样儿。庆有七年级（初二）就辍学了，每天背着个挎篓割猪草，学书就缠着妈妈去种荆条编筐的老罗圈家买了个挎篓，礼拜天和暑假里提着镰刀跟着庆有到野地里，割猪爱吃的野菜：马齿、灰条和仁汉。庆有用的是铁山爸的铁匠铺打制的厚实的弯头镰刀，镰刀把儿是福娃爸木匠小喜的手艺，枣木的，紫红紫红，有讲究的弧度，光滑顺手，庆有把刀刃儿在半块细砂石上浇上水磨得锃亮，那块砂石是他在村北老磨房里顺手牵羊拿走的破成两半的磨面机上的砂轮。他们一前一后背着挎篓走在路上，庆有忽然就挥动镰刀，把沟渠里大拇指粗细的小树拦腰削断，让学书领教一下刀口的锋利。学书的镰刀是淘汰下来的麦镰，刀刃打了口儿不能割麦了，爸爸就扔给他去割猪草，麦镰的把儿太长，又细，握着很不得劲儿，刀头脆薄，被草上的露水打湿了，又很容易生锈，别说砍树，就连草根都能把它崩断。学书羡慕和庆有有关的一切，包括他的镰刀，但他一点也不嫉妒，他只是觉得亲切。学书的爸是村干部，庆有的爸是乡干部，可庆有爸在别的乡工作，所以不是学书爸的领导。学书家用人力小平车往自留地里拉猪粪的时候，庆有家用的是手扶拖拉机。庆有辍学后，家里买了这台"小手扶"，他几乎没有怎么学，就能熟练地驾驶手扶拖拉机了。他能拉着满满一车斗猪粪，从巷子里拐上村街的时候一捏一放地操纵着车闸，让巨大的鹿角一样的扶手听话地扭头，而不会把自己甩出去。他还常常找借口开着拖拉机拉上学书去大路上兜风，跳动的车斗震得学书上下牙咯咯地打架，眼珠子都要蹦出来了，他扶着车斗的前挡板站着，幸福而骄傲地和庆有大声说话，风把他们刚离开嘴唇的每个字都吹跑了，把庆有所有的头发都吹得向后倒伏，那个时候，学书觉得庆有比自己的家人还要亲切。

学书爸和叔叔联合起来买了一头部队上退役下来的骡子，把院子里那两株老榆树放倒，其中一株的木料让对过巷子里的木匠小喜和福娃父子俩打了一辆新大车,骡子养在叔叔家的牲口棚,出猪粪的时候,学书爸就去叔叔家套好车赶将过来。那头骡子屁股上烙着编号,是头骑骡,没驾过车,好在脾气好,能塞进车辕里,可怜的家伙套上车只会走直线,不会拐弯,遇到弯路,就停下来硬生生转过一个直角,然后接着走,车辕把肚皮都蹭出了老茧。学书妈经常埋怨学书爸和这个骡子一样脑子不活络,人家当村干部的都能占公家点便宜,学书爸从来没往家拿过一根线。学书爸总是"嘿嘿"地笑着说:"心里踏实比什么都强!"直到那天学书妈用手背抹着眼睛,抽泣起来:"说实话我不是眼红人家,可是我要有庆有妈那样一台缝纫机,咱俩穿旧了的衣服也方便改小了给三个娃穿么!你知道我抱着衣料去人家家里做活儿,踩着人家的缝纫机看人家脸色,心里是什么滋味?"学书的妹妹学琴依偎在妈妈的怀里拿小手给她擦眼泪,弟弟学文刚上小学二年级,已经学会了维护母亲,他声嘶力竭地冲父亲大叫:"就是就是,人家隔壁爷爷戴着手表,你连个手表也没有。"学书爸"嘿嘿"地笑着说:"想要这些还不简单?我说个'变'就能给你们变出来。"学书妈被逗笑了:"说得容易,还变哩,让你偷你都不会!"

后半夜,学书睡得正香,被爸爸悄悄地喊醒了,跟在屁股后面迷迷瞪瞪到了院子里,看到叔叔也来了,三个人大气不出,学书把着车辕,爸爸和叔叔拿两根撬棍让木料的一头翘起来,学书把平车尾翼插到木料底下,他们就把撬棍往后移半米让木料往车厢里挪,直到把剩下的那株榆树的木料装到小平车上,趁着星光,像推着一门大炮一样出了院门。太阳冒红的时候，他们已经到了县城的木材市场，那根五六米长的巨木卖了二百四十块钱。三个人在县城关爷楼路口小摊上喝了三碗油茶啃了几个烧饼，走到县供销社楼下，学书和叔叔等在外面，爸爸一个人进去找镇种子站站长云良的爸爸，云良爸是县供销社的主任，南无村当时在外工作的人里，数他官最大。半上午回到村里的时候，学书爸的衬衫袖子挽起很高，手腕上那块"北京牌"手表反射着阳光，晃得村街上走动的人眼睛睁不开，叔叔推着小平车，学书扶着车帮，车厢里用麻绳捆着一台脚踏板上镂空雕着两只燕子的缝纫机。这个时候，庆有家已经把手扶拖拉机卖掉，买回来一台正儿八经有方向盘的小四轮拖拉机，庆有常常只开着一个车头去集市上接他妈妈，红色的拖拉机在村街上飞驰，握着方向盘的庆有像个大人一样威风，让学书打心底替他感到"骄傲"。

　　庆有家真的不是村里最富裕的户，庆有开小四轮拖拉机的时候，村头的二福戴着鸭舌帽和白色的线手套驾驶着跟房子差不多高的白色依发卡车轰轰开过，在村街上腾起的烟尘半下午才能散去。村尾在镇上种子站当站长的云良家已经有了九英寸的黑白电视机，日本进口货，收音机、录音机、电视机三位一体，每天天擦黑，村里的男女老少都扛着板凳去他家院子里占座儿，像看露天电影一样热闹，后生们再也不用为了看电视把部队营房的墙掏一个洞，还得和新兵们打架了。巷子东头的白蛋爸在省里一个大工厂上班，白蛋是村里第一个捧着面包吃的家伙，虽然学书无法抵御那散发着煤油香味的面包的诱惑,曾跟在白蛋屁股后面捡人家掉在地上的面包渣吃,他可从来没羡慕过白蛋家的生活。那次学书跟在白蛋屁股后面捡地上沾了土的面包渣,被庆有妈看见了,庆有妈跑到他家里"嘎嘎"地笑着说了半天,过后她还把这个笑话当着学书的面讲了很多年,可学书一点也没恨过她,他还是对他们家感到亲切。

2

那些年,晋南农村流行组合柜,木匠们都忙得不可开交。那个时候,和学书家巷子隔着一条村街的对过巷子里的福娃爸小喜还很硬朗,猩猩一样健硕,腰背微微有些佝偻,长年拉大锯的原因,左胳膊肘弯曲着伸不展,被闲汉银贵讥笑为"狗鸡巴"。老汉头上扎着压蓝条的白羊肚毛巾,慢慢挪动两条罗圈腿,笑眯眯地从巷子深处的核桃树下走到村街上来,狭长的小脸和魁伟的身躯显得不成比例,硬扎扎的山羊胡须和鱼泡眼却让人感到亲和。

福娃遗传了他爸的高大,并且更加膀大腰圆,小喜是小脸儿,福娃却是一张四方棱正的大脸盘,这张脸来自于母亲,同样从母亲那里遗传来的还有声若洪钟的大嗓门。父子俩在学书家院子里打大车,一起拉大锯解木料,一根巨木斜架在木马上,高射炮一样,小喜坐在地上仰着脸,像只猿猴;福娃一条腿站着,一条腿蹬在木头上,像只狗熊。福娃跟着父亲学了三十年的手艺,打门框、窗户,做桌椅板凳，偶尔也打寿器（棺材），做木匠不过赚点手工钱，不足以养家糊口，想温饱，还是要种地，所以农忙的时候他们是农民，农闲的时候才是木匠。十里八村，村村都有像他们父子这样的木匠，不足为奇。

前三十年看父，后三十年靠子。这话没错，福娃给他爸打了三十年的下手，眼见得老汉的手艺跟不上时代了，一个箱子两个门的立柜不时兴了，如今娶媳妇，女家提的第一个条件就是要"十组合"，就是中间是电视柜（虽说没有电视）、两边是衣柜，上下左右都有名堂的柜子的组合家具，足足能占满堂屋的后山墙。据说是从城里流行过来的，后洼庄的瘸子刘木匠会做，福娃就借了庆有爸的自行车跑了一趟，想向刘木匠讨张图纸，结果空手而回，气得晚饭也没吃。当妈的心疼儿子，骂老汉没出息，不敢亲自去讨图纸，趁早把刨子塞炉膛里烧了火还能烧半锅开水，别干这辱没人的木匠活了。小喜却不急不躁，安慰儿子："同行是冤家，他要给你图纸他就是傻子，可话又说回来了，活人还能让尿憋死？方圆村子里的组合柜不能让他刘瘸子一个人打了啊！"问老伴："你整天的东家西家地串门，见过谁家有'十组合'？"老伴瞪起眼睛嚷："我怎么没见过？月初云良家刚从城里高高低低拉了满满一车回来，就在他家堂屋里摆着么！村里多少人都去看过了。"老汉笑眯眯地说："明天我也去看看。"福娃埋怨老子："看了也白看，那时兴东西太复杂，城里卖的样式更花哨，你肯定学不会！"

第二天，老汉到底还是跑到云良家看了看，趁人家吃早饭的时候看的,人家吃完饭要出门,他就回来了。

　　笑眯眯回到家,老汉吩咐儿子:"今天上午不下地了,找个装磷肥的牛皮纸袋子,剪开。"福娃半信半疑地问:"干什么?"老汉甩甩手:"赶紧去!"亲自把墨线盒里浇了些松脂油墨,放到做活的简易桌子上,又削好一支扁平的木工铅笔夹到耳后。这是要干活儿的架势了!儿媳在灶房洗涮,老伴抱着小孙子,肥硕的身子靠在漆皮斑驳的太师椅上,吊着黑黑的大脸,审视着老汉要搞什么古怪。

　　福娃割好半个桌面大的一张牛皮纸,铺到桌子上,还是半信半疑地对老子说:"我看要不算了吧,你倒成了神仙了!"老汉笑眯眯地说:"神仙倒不是,不过干了一辈子了,管它什么复杂家具,一眼就看它个七七八八。"老伴坐在那边骂:"呸,寒碜!"老汉嘿嘿笑,从耳后摘下铅笔,冲儿子一伸手掌,福娃马上把一把三角尺放到老子手中。老汉搭着尺子在牛皮纸上画了若干短线,又将铅笔夹到耳后,把墨线盒的线头环朝向儿子说:"拽!"福娃拽住铁丝环,墨线盒的摇柄"呼噜噜"飞转,老汉按下扳机卡住线,另一只手的拇指和食指指尖轻轻一勾墨线,父子俩很默契地在牛皮纸上打好了一条毛茸茸的直线。又转方向,三勾两勾,牛皮纸就变成了一张图纸的样子。老汉从耳后摘下铅笔,拿过个半圆仪,画了许多弧,又标注了数字。

　　忙活了半上午,满脸皱纹里全是亮亮的汗水,小喜老汉略微直起腰来,眯缝着眼睛打量一番,又做了少许修改,扭头笑眯眯地对儿子说:"照猫画虎哩,也不难吧!"福娃趴在图纸上细细看了老半天,依旧眉头不展:"是不是这个样子啊?就算图纸能用,谁家用咱们打'十组合'呢?就算用咱们,要是给人家做不成样子呢?"当妈的在一边发了言:"那还不简单,先给二福打一套,打得不好就自己的儿子结婚用,打得好自然别人就找你父子们来了。"二福当然是小喜的第二个儿子,福娃的二弟。父子俩都眯着眼睛望着那当妈的,呵呵笑笑,转身去揭开屋檐下盖着木料的油毡,老汉眯起眼睛选着木料,福娃摘下挂在墙上的锯子和刨子。灶房里锅碗相撞的声音却响亮起来,福娃媳妇不高兴了。

小喜老汉自愿给儿子打下手,根据自己绘的那张图纸,干着讨论着,打出第一套"十组合",父子俩细细上过腻子,用粗砂纸打磨过,又用细砂纸打磨一遍,上了三遍漆水。刚用砂纸打磨出来的时候就有邻居跑来看,等上过两遍漆水,再加上庆有妈站在巷子口大惊小怪地把组合柜的时兴样子夸奖一通,南无村的男女老少几乎都跑来参观过了,啧啧有声地称赞父子俩的手艺。老汉笑眯眯地说:"这么时兴的东西咱不懂,也不知道福娃从哪里学来的,老啦,给人家打打下手!"这套组合柜,就成了福娃的金字招牌,也改变了父子俩的组合,从此老汉和儿子调了个个儿,改打下手了。南无村后来的组合柜都是福娃打的,组合柜流行的短短几年时间,正是福娃的发家史,这古老的家具不再流行的时候,福娃腾出手来,从村里批了块地基,在村头修了一座五间瓦房的院子。他从父母的院子里搬了出来,把旧房子留给了弟弟二福。

庆有妈积极地宣传着福娃的组合柜，自家却没有让福娃打一套留着给庆有结婚用，倒不是她有长远眼光，看出来组合柜的流行是短命的，是她家里没有地方摆组合柜。学书见过最长的家具（供桌）就是庆有家堂屋里的，有两间房子那么长，不知道是什么木头做的，也不知道是什么年代的东西，乌黑发亮，桌面上放着一个大瓷瓶，瓶口里倒插着一把鸡毛掸子，那也是学书平生见过的第一把鸡毛掸子。家具上方斜架着一面同样乌黑的木楼梯，通向房顶的阁楼，学书曾经趁着庆有家的人午睡时爬上去过，就着天窗透进来的天光，他惊喜地在阁楼上发现了一堆《中国少年报》，那些还被油墨粘在一起的报纸，打发掉了他那个暑假的所有农闲时光。从那个时候起，庆有给学书起了个"大学生"的外号，他像个长辈一样欣喜而苍凉地望着学书说："这是我爸给我订的，我一张也没看过，都扔到了阁楼上！"

二福没有继承父兄的衣钵，他从部队复员后，走一个有本事的远房亲戚的后门，被县里的机械厂招工，成了一名卡车司机，头顶蓝色的鸭舌帽，甩着两只白色的线手套。

二福也很魁梧，刚从部队回来时，用庆有妈的话说，看人家那么精干的一个人！当了两年卡车司机，变得白胖，加上天生跟他老子一个笑眯眯的模样，活脱脱一尊弥勒佛。娶了个媳妇叫翠莲，也是个白胖的，很能说笑，嗓门也高。黑脸的婆婆大嗓门，偏偏白胖的媳妇也嗓门大，婆媳吵起架来，惊动了半个南无村，村前村后的都拉上娃娃跑来看热闹。

那当儿，婆媳已经一跑一撵冲出了院门，正午的阳光把前排房子屋檐蓝色的阴影投在巷子里，长长的一条巷子半明半暗，看热闹的从两头涌进来，庆有妈、学书妈、金海妈、白蛋妈、兴儿妈，"眯眼儿"二贵的妈，几个婆娘大呼小叫地冲过来劝架，脸上的表情半是惊慌半是沉静——惊慌的是有人打架，沉静的是打架的是别人。那婆婆年纪大，脸皮厚，嘴也毒，劈头盖脸七荤八素只顾解气，媳妇年轻脸皮薄，听婆婆那说词句句不离她的羞处，一时气填满胸，张大着嘴巴只一声"啊哈——"向后便倒。冲在前面那几个婆娘叫嚷着抱住了，庆有妈搂着脑袋掐人中，好歹缓过气儿来，翠莲拿两只巴掌拍着土地，披头散发哭着要去寻死。

婆婆不为所动，洪亮地叫着庆有的名字，命他开着拖拉机头去机械厂把二福叫回来："好歹叫他两口把我这老家伙杀了！"婆娘们劝她，把她往家里推，哪里推得动，连庆有妈的面子也不给。这时人堆里冲进一个汉子，揽住那厉害的老女人往院门里推，语调伤心地说："还不快回去，也不怕人笑话！"正是福娃。又挤进来一个黑矮瘦小的妇人，径直走向坐在地上的二福媳妇，给她拍打滚了满身的土，埋怨着："一块地锄不完，还得跑回来给你们劝架，闲的么！"是福娃的媳妇、二福和翠莲的嫂子。那嫂子又对几个婆娘说："你们也真是的，还不赶快把翠莲弄回她屋里去？"于是一起把哭得奄奄一息的弟媳妇扶回去，看热闹的才恋恋不舍地散了去，走了老远还能听见那胖媳妇嘤嘤的哭泣和语焉不详的诉说。

黄昏里，一辆蓝色解放卡车"轰轰"地开进南无村，绕过村口的老柳树，被一群娃娃跟上，叫嚷着追在车屁股后面闻"汽车屁"，汽油的芳香和尘土混杂在一起从村街向巷子里弥漫。车停在二福家的巷子口，从车门里跳下一个笑眯眯的胖子，瞪起眼睛威胁娃娃们："敢爬到车上瞎害，把你们的腿砸折！"一个和学书年龄相仿的娃娃冲上来喊："二叔！"是福娃家的大小子海明，二福笑着说："明，看好咱的车，谁也不许上去瞎害。"海明拉过身边自己的相好旺儿，转身对其他人说："除了我们俩，谁也不能上去！"二福很满意，笑眯眯地转身，刚走两步，听见天平的弟弟天星领头，娃娃们幸灾乐祸地攻击侄子："明、明，你不行，你奶和你婶吵死人！明、明，真败兴！你奶和你婶……"

二福一把抓下鸭舌帽，赶紧往家跑。院子里空空荡荡宽宽大大，他妈睡在东屋炕上，他媳妇睡在西屋炕上。

没办法，二福也搬了出来，也批了块地基，在村头修了一座三间瓦房的院子，和福娃家成了隔壁。福娃家境殷头，院子是一砖到顶的青砖墙，二福才开始创业，有钱盖房子没钱砌院墙，围了一圈玉米秸秆，两根椽子夹一排秸秆用绳子绑紧了，就是栅栏门。不过他们家这栅栏门比别人家宽三倍，每当黄昏，听见村街上汽车喇叭响，翠莲就赶紧扭动屁股跑出屋子，两条胳膊端起栅栏门，费劲地把它搬开，二福的解放卡车就"轰隆隆"地开进了光秃秃的大院子。

3

　　学书跟着庆有经历了很多事，干得最多的是偷西瓜。头两回学书太紧张，他只能假装无所事事地站在路边，胸口压抑得几乎连气都喘不过来，勉强支撑着给庆有放哨。庆有背着他的挎篓消失在密密扎扎叶子带着软毛锯齿的玉米地里，忽然就把学书一个人丢在了泛着盐碱亮光的田间大路上。太阳晒得学书快晕过去了，路边沟渠里的野草野菜都软塌塌地趴在那里，被日头晒得颜色都快蒸发掉了，玉米林带跟长城一样长，左边望不到头，右边望不到尾，天地间没有风也没有了任何声息，只有巨大的恐惧笼罩着学书，他害怕路上有人走来，问他站在这里干什么，又盼着能有个人出现，打消他某处庄稼地里藏着一头狼的幻想。就在学书都要忘了他为什么会站在这里的时候，庆有从玉米地里出来了，玉米那么高那么密，他居然没有弄出任何响动，就像一只夜行的猫，但那时学书并没有意识到这意味着庆有是个老手了，他光顾着体会世界突然回到他周围的奇异感觉，就连燥热都换作了凉爽，他感激地望着庆有。庆有脑袋上落满了淡金色的玉米花子，睫毛上也有，这使他看上去有点像电视剧《八仙过海》里的张果老，或者外国童话故事里的圣诞老人。庆有的脖子在阳光和汗水的双重作用下，产生了月光下的黑猫身上一样的不可捉摸的毫光，跟学书家那头骡子的皮毛相仿，像一匹上好的黑缎子那样散发出温柔的光泽，只是这个时候他的左肩被挎篓把儿拉扯得凹陷下去，连带着这边的脖子也青筋暴突，但他的脸上却没有任何痛苦的表情，甚至带着一丝神秘的笑容。他从玉米地里出来，脚步根本就没有停，只低低地对学书说了声："快走！"学书赶紧跟上，他看到庆有的扁挎篓被篓里的重物拉扯得几乎要从弓形的木把上脱落下来了，拴在木把中间和挎篓边沿的绳子被绷得展展的，而篓里那些巨大的蜘蛛一样的马齿苋和显然被均匀撒开的秀气的狗尾巴草是不可能有这样的分量的。庆有穿着千层底的布鞋，被草汁染成墨绿的鞋底踩在盐碱路上，留下一排不易觉察的黄色脚印，他的脚步又沉重又轻盈。学书不愿意跟在他屁股后面闻从他布鞋里散发出来的呛人气息，他赶上两步和他并排走，哑着嗓子问："偷下了吗？叔！"庆有白他一眼，笑着说："办到了。"从那个时候起，庆有就没有说过偷字，他每次都说"办"，"知道吗，这就叫暗号，别人听不懂，只有咱俩能听懂。"他得意地教训学书："你还大学生哩，连这个都不懂！"学书说："我上大学还早哩！"庆有不屑地笑笑说："你反正迟早要上大学的，不信咱走着瞧。"

他们正走着，突然就从天上掉下来一辆大车，驾车的人脸很熟悉，上嘴唇有个豁口儿，是班上经常欺负他的铁头的爸，但是学书一时紧张，想不起他的名字来，他挤着庆有要往玉米地里躲。庆有只是站下来，望着那辆马车，没有要躲避的意思，他故作悠闲地把挎篓放在脚边，半个身子探进玉米地里去，用镰刀勾出来一根秸秆发红包苞瘦小的玉米秆，削去秸秆顶上像部队里的发报机天线一样的顶花,"咔咔"砍成两节,一节递给学书,一节咬进了自己嘴里,汁液就从他唇齿间飞溅出来。"吃吧,甜着哩!"他提醒学书。这种营养不良的莠玉米的秸秆,比南方的甘蔗还要甜一些,在晋南这块地方,不但娃娃家喜欢嚼,大人们口渴了也是顺手砍下就往嘴里塞,"唆甜甜"是件司空见惯的事情。果然赶车的铁头爸朝他们吆喝着:"这些个唆甜甜的娃娃,别祸害庄稼啊!"就像夸父驾着太阳车一样飞驰而过了。庆有瞅了他一眼,鼻子里哼哼着,低声说:"'兔娃儿',我尿你哩!"

他们沿着一条枯水渠走进栽着几棵大梧桐树的谷子地,梧桐树巨大的根系夺走了地面土壤里的营养和水分,树荫的范围内除了几根纤弱的狗尾巴草和蛇蔓子,寸草不生,谷子在周围形成一道环形屏障,让树荫下成为乘凉的天然小广场。他们把挎篓扔地下,靠着树坐下来,大地带来的安慰和坦然瞬间让他们浑身舒坦,学书看到一大一小两颗西瓜从庆有翻倒的挎篓里滚出来,大的滚了几圈站住了,小的一直滚到密集的谷子根部才被迫停住。庆有哈哈大笑着说:"这两个西瓜像不像我和你?——一个大一个小。"他指挥学书:"你去把那个小的捡回来,你就吃小的吧。"学书站起来低头弯腰走过去把那个小西瓜抱起来,他惊异地发现,西瓜像冰球一样凉爽。他抱着西瓜走回来坐在庆有身边,庆有看看他,示意让他跟着学,他用厚实锋利的镰刀把那个大西瓜瓜蒂那边切掉一个像茶壶盖大小的瓜皮,露出鲜红的瓜瓤,就把镰刀扎进土里去,一手扶着瓜,一手呈鸡爪子状,先抠出一块瓜瓤儿来捏出液汁洗洗手,像沾了满手的血，然后他扭头笑着望了学书一眼，跟只狗熊一样把爪子探进西瓜里去，一把接一把地把瓜瓤掏出来塞进嘴里，鲜红的液汁从嘴角一直淌到脖子那里，在他肋骨突出的胸前形成一片亮晶晶的水洼。庆有埋头专心地享受着吃瓜的乐趣，黑色的瓜子从他左咧右咧的嘴角连贯地流出来，居然形成了一条不断头的线，像叼着一只黑色的大蜈蚣。学书出神地看着变成一头熊的庆有，他对于这颗偷来的西瓜依然心里不踏实，但只过了很短的时间，他就把那颗小西瓜高高地举起，摔在自己两脚之间的土地上，瓜皮裂开了，碎成了几瓣，学书急不可待地捧起那块最大的来，送到了嘴边，只一口，就甜到了心里，太甜了，他都想打个哆嗦来表达一下那一刻的惬意。庆有忙里偷闲地扭头望了一眼学书，赞赏地冲他笑了笑。

庆有把那个已经成了空壳的西瓜罐子在地下放稳当，冲学书神秘地一笑，解开红布裤带，褪下裤子，把自己的屁眼对准罐子口儿，学书就听见一阵闷雷般的声音。庆有痛快了，拿块土疙瘩把屁股蹭了蹭，提上裤子，捡起先前削掉的那块带瓜蒂的盖子，盖住了西瓜罐子的口儿。他得意地对学书说："这是咱的地盘儿，放个西瓜地雷，谁敢来就炸死他！"学书也感觉肚子不舒服起来，他用镰刀头在地下刨了个深坑，解到了坑里，然后把土回填埋住。庆有笑得直不起腰来："你这是埋真地雷啊？"学书说："不是，明年这个地方就会长出西瓜蔓子来。"他不是胡说，他们在庄稼地里钻来钻去割猪草的时候，经常会在玉米地、谷子地里发现孤零零一株西瓜蔓子，结着一颗圆滚滚的西瓜，纹路和瓜地里的不大一样，没那么绿，灰扑扑的像蒙着一层雾气，吃这样的西瓜不算偷，因为它是去年的偷瓜人无意间种下的。

他们就近在谷子地里割了一阵马齿苋，马齿苋耐旱，喜欢在谷子地里生长，而且长势好，谷子地里常常会像生了斑秃的人头一样，有几块地方不长庄稼，在这样的空当里，就厚厚地铺着一层马齿，红色多汁的茎，绿色的马齿状的多肉叶片。找见这样的地方，很容易就能割满两拷篓，这个时候他们都不说话，埋头干活儿。庆有力气大，镰刀好，干活儿也利索，他把自己的拷篓割满后，就会帮学书割，学书也不会感激他，他觉得这是应该的，谁让他叫他叔呢？

他们背着满满两拷篓猪草从谷子地里走出来，折上大路，庆有嘱咐学书："记住这个地方，以后咱办到西瓜，就背到这里来吃。"学书问他："你娶了媳妇还用出来割猪草？"庆有说："早哩，谁说我要娶媳妇，说不定你先娶呢。"学书笑了："我还是个娃娃呢！"庆有说："那咱打个赌吧，你要先娶媳妇，让我把你媳妇睡一回。"学书也说："你要先娶媳妇，让我把你媳妇睡一下。"庆有说："行，就这么说定了。"学书的心突然就跳了一下，他有些担心，到时候庆有说话不算数了，也没个证人啊；他更担心，要是庆有娶了媳妇真让他睡，那可怎么办。

那天回到家，学书得到了奶奶的表扬，猪吃马齿爱上膘。奶奶从学书割下的那一篓马齿里，挑出一小篮子鲜嫩的来，准备拌了面粉上笼屉蒸，晚上全家就吃马齿团团。马齿团团蘸着蒜醋吃，滑溜酸爽，是难得的美味。剩下的马齿被奶奶都摁进了猪圈旁的一口大缸里，她在厨房烧了一锅开水，舀出半桶来，让学书提到缸边，一下都倒进去，马齿的香味就被蒸腾了出来。开水涮过的马齿变得通红，里面洒些玉米面，拿根棍子搅匀了，最后拿棍子在中间捅出个气眼来，可以保鲜。喂猪的时候，抓出一把来扔到猪槽里，猪就吃得"咣咣"响，开水涮过的马齿猪爱吃，生马齿猪吃了可要拉稀。

第二天下雨，下午雨停了一会儿，地下还泥泞着，庆有又背着挎篓来叫学书去割猪草，学书想趁着雨天看看书，庆有冲他直眨眼睛，他只好丢下书背起挎篓跟着他出了门。爸妈抓紧着难得的休息时间缓解过劳的身体，睡着不起来，奶奶说："看下雨割的露水草猪吃了胀肚。"学书已经背着挎篓出院门了，她还坐在堂屋门口喊叫："这娃不听话，看鞋湿了雨水脚痒痒！"

他们跳着水洼出了巷子，已经有不少人走出来到村街上找人说闲话，兴儿妈手里拿着她永远也纳不完的鞋底，老姑娘秀娟穿着雨靴手里挂着一把铁锹，"眯眼儿"二贵的哥哥大贵和他的本家兄弟闲汉银贵面对面站着抽烟说笑，他们从这些人跟前走过，不理睬他们的调侃，一直走到田野里面去。田间的路不瓷实，下过雨看着挺平坦，一脚踩上去就被吸住了鞋底，再提起脚来就是烙饼那么大片泥，半干不干，十分讨厌。庆有踩着路边的草甸子走，学书跟着他，鞋很快就湿了。"今天专门儿让你看看我是怎么办西瓜的，好好学一学。"听到庆有这话，学书的心又开始"咚咚"跳，在这寂静的雨天灰白的天空下回响着。

他们钻进一片玉米地，玉米地和高粱地，连环画里叫青纱帐，确实能提供最好的掩护。学书弓着腰，眼前是庆有翘得高高的屁股，屁股上打着补丁，平时衣服后襟盖着看不见，学书发现庆有妈的针线活儿真好，针脚细密，不仔细看看不出来，不像自己膝盖上奶奶粗针大线缝的两块补丁，离二里地就能看见。玉米叶子边缘的锯齿在学书的脸上和胳膊上划出很多红道道，粘上露水火辣辣地疼，可这比钻高粱地好，高粱叶子能分泌一种黏黏的蜂蜜一样的液体，粘上很不舒服，洗也洗不掉。而且很快会变黑，就像是罪证。钻了不知多长时间，学书都觉得永远要这样走下去了，庆有停了下来，他回身把挎篓放脚下，低声吩咐学书："你就在这里看着咱的挎篓，我钻出去办西瓜，你接应我。"学书才知道到了玉米地的边缘了，一阵清凉的微风吹散了难挨的燠热。他蹲下来，守着挎篓，看着庆有提着他的好镰刀往前走，走了两步，庆有说："把你的镰刀给我，我的把儿太短了。"学书把自己可笑的长把儿麦镰刀递给他，庆有就俯低身子四脚着地地爬到了玉米地的边上，学书尽量蹲到最低，试图从玉米比较稀疏的根部看清他是怎么做的。庆有的头并没有伸出玉米地的掩护，他伸长了猩猩一样又瘦又长的胳膊，把学书的长把镰刀伸到和玉米地接壤的瓜地里去，镰刀头灵巧地转动一下，割断了一颗大西瓜的瓜蒂，然后他用镰刀头一勾一勾，大西瓜慢慢就滚到了跟前。庆有伸出手去把西瓜扳过地垄来，滚到自己的脚下，用脚底使劲一蹬，西瓜就摇摇晃晃到了学书的面前，学书心潮澎湃地把湿漉漉的西瓜抱起来放进挎篓里，他惊异地发现，雨天的西瓜是热乎乎的。

庆有用同样的方法"办"了四颗西瓜，他激动得鼻翼像大牲口一样张大，呼扇呼扇地大口吸气，眼神慌乱，手脚可一点不乱，把两颗大的放自己挎篓里，两颗小的放学书挎篓里，问学书："背得动吗？"学书一使劲把挎篓上了肩膀，让他看，庆有赞许地说："有点劲儿么！"他把挎篓也上了肩，斜着身体急急地从原路返回，学书弓下腰来紧紧跟着他。出了玉米地，他们上了小路，小路土松草多不粘脚，两边也有庄稼掩护。学书一路不敢说话，担心着种瓜人追上来，要是被人家找上门去，那爸妈会把自己打死的，不像庆有妈，遇到这种情况，会反咬一口把对方骂走，所以庆有有恃无恐。学书担心地提醒庆有："叔，是不是割点草盖上点？"庆有坚决地说："不用，刚下过雨，连个鬼毛也碰不上。"

他们走小路绕到村边的打麦场上，麦季刚过没个把月，麦场上密密麻麻都是山丘般的麦秸垛，平时经常有部队上的通信兵来这里训练，背着玉米秸秆卜的面花一样的鸡爪天线，对着电报机念"三幺拐洞"（3170）。庆有似乎早就侦察过了地形，他一直走进三个麦秸垛形成的三角地带，这个空间被错落的麦秸垛遮挡得很严密，学书感到一种浓厚的安全感。庆有把手插进麦秸垛里去，抽出一把把干燥金黄的新麦秸来，铺了厚厚一层，两个人席地而坐，摔开一个西瓜吃起来。天气潮冷，他们连一个西瓜都没吃完就没胃口了，学书望着剩下的三个西瓜问："怎么办，叔，也不敢往回拿呀？"庆有嘿嘿一笑说："给你变个魔术。"他站起来，抱起一个西瓜，走到麦秸垛那里，手掌放平插进去，慢慢把一整条胳膊都插进了麦秸垛，肩膀使劲往上一扛，弄出一道缝隙，把西瓜往缝隙里一塞，那颗硕大的西瓜就奇迹般地不见了，庆有抽出胳膊来，麦秸垛就恢复了原样儿，从外面什么也看不出来。他就这样把三颗大西瓜分别塞进了三个麦秸垛，以至于学书担心连他们也找不见塞到什么位置了。"你记住，以后这里就是咱们的仓库，办不下西瓜的时候就到这里来吃。"庆有得意地望着学书笑，鼻梁上都笑出了竖纹。

他们没有忘了把麦秸垛下长出的那些韭菜一样的麦苗割了半挎篓背回去，掩人耳目的事情是可以无师自通的。

晚上，月亮居然出来了，照得人间一片清明。月光让孩子们激动不已，都在村街上大呼小叫地打架乱跑。纯粹是为了验证白天那些不敢相信的奇迹，学书一个人抡着根木棍壮胆，心花怒放地从村街上一直跑到打麦场，趁着月色找到那三个麦秸垛，他学着庆有把胳膊插进他记得的塞西瓜的地方，却没有摸到那个圆滚滚的东西，也许是他的胳膊太短了，抽出来换个地方，还是没有。他把三个麦秸垛都插遍了，那三个西瓜不可思议地全部都找不见了，学书抬头望望天，在这个世界里，只有头上那轮明晃晃让人莫名其妙地激动不已的月亮还是圆滚滚的。

很多年之后，学书想起那个被月光笼罩的晚上，还是心悸不已，他疑心是那天晚上月光太亮，小孩子承受不了月亮的吸引力，脑电波被干扰到了，所以才会和水里的鱼一样在月光里到处游荡，又像后洼庄那个爱追着娃娃家乱跑的疯子一样心里犯了迷糊，因为学书能确定那天晚上自己并没有发烧，而当他和娃娃们一起在村街上和巷子里撒欢时,他不能确定自己是清醒的,他甚至不能看清眼前的一切,更不能控制自己的心灵,那时他完全被月光掌控了。

4

自从分了家,二福开始走运了。厂里实行改革,解散车队搞承包,二福承包了一辆"依发"卡车,给煤矿拉煤,成了运输专业户。很快,二福新砌了青砖墙,比福娃家的又高又厚,为了进卡车,没有盖门楼,院墙拦腰留着一个敞口子,依然是栅栏门,换作了粗铁丝绞着一排椽子,显示着二福身躯一样宽广的气派。三间瓦房两头各加盖了一间角屋,南无村有了第一家屋子里抹洋灰(水泥)地板的,庆有妈和婆娘们在巷子口歪着嘴叨叨:"去二福家了吗?那地板能当镜子照。"娃娃们稀罕,趟趟跑去看,翠莲就烦了,拿笤帚疙瘩往出赶,时间长了,她家两个双胞胎小子在娃娃们跟前就很有派头,皱眉头的神情和村西部队营房里那些身上有香皂味儿的干净小孩很像。翠莲也下地,戴着大草帽,帽带系在下巴下像蝴蝶结,回来也是一头的汗,头发丝粘在额头上,洗一把脸,越发的白了,大概是汗里有盐分的缘故。妯娌俩是隔壁,光阴染人,福娃媳妇渐渐矮而黑,二福媳妇更加白而胖,像是两个阶级,慢慢有了些微妙的矛盾。

日子此消彼长,嫂子生活水平在落败,心气儿却丝毫不减当年,不是很看得起弟媳,那矮瘦枯干的嫂子,性子像一段钢筋,硬而且韧,一张嘴收拾起熊罴般的男人来像唱歌,别有一番快意在其中。翠莲坐享其成,在二福跟前却日渐理亏,二福的身躯和表情越来越像伟人,翠莲看着他的眼神说不清是胆怯还是讨好,天天儿一脸欢喜迎接进门,给人家打好洗脸水,伺候到炕上,赶紧去厨房下面条——关于面条,二福给出的标准是"擀薄,切宽,醋调酸",面条上来,半透明的面上卧着两个黄白相间的荷包蛋,搭配着几根绿油油的红根儿菠菜,翠莲小心翼翼两手端着碗,二福懒洋洋地接过来,筷子一挑,吸溜了一口,眉头拧起来,对着眼巴巴的婆娘呵斥:"咸鸡巴死了,你这是喂骆驼呢?这是让人吃的?!"搁下碗,气咻咻又躺被子垛上。翠莲竟不敢申辩,泪汪汪把那碗面端走,出去给两个眉眼难辨的儿子吃。接着重新和面,伴着无声地抽泣。这类故事,隔壁的嫂子在巷子口讲得最活灵活现。

儿子在媳妇面前称霸王,黑脸的妈脸上也乐开了花,巷子口和老汉汉、婆婆子们闲坐时,扯着大嗓门,半正经半不正经地说:"治死她,让她厉害,让她犯在我儿手里,治死她个×!"小喜老汉耳背了,听不进这些个咸淡事,老汉依然给福娃打下手,每天在福娃院子里的树荫下拉大锯,不怎么到二福家里去,他和耳提面命了几十年的老大最亲近,几乎不和二福说什么话。

别人的闲话归闲话,在自己家里受多少气,也不会被外人看到,在南无村人的眼里,翠莲是个乐天派,在自家巷子口和人说话,半村子人能听见她敲铁皮桶一样的笑声,学书妈和她好,背后服气地对村长银亮的婆娘说："那家伙，好本事！"翠莲就像庆有家那一树风干的木疙瘩梨，来点风儿就发出"哗哗啦啦"的笑声，听起来没心没肺的。二福的事情她操不上心，人家也用不着她操那个心。二福自己有主意，他的心思越来越大了，对挣点跑腿的辛苦钱不满足了，他想挣大钱。

有天晚上，家里来了个战友看二福，他弄到一个小煤窑，开采资金不够，就想到了老战友，希望和二福搞合作。既然是一块扛过枪的兄弟，又正好和自己的心思不谋而合，二福很激动地答应了。一瓶"北方烧"下肚，二福动用了这些年所有的积蓄，用来购买采矿设备，为了和战友各占一半的股份，他把自己的依发卡车也入了股。这种事情，二福压根没想到要和翠莲商量，翠莲也不敢问。接下来，二福雇了个小伙子开卡车，自己专心当老板。

空气在笼罩村子的树冠顶上浩荡而过，阳光翻动着鱼鳞般的叶片。学书奶奶照例只坐在自家的大门外的阴凉里，偶尔用昏花的老眼望一眼巷子口，那边小喜老两口和老德福、老媒婆"眯眼儿"二贵妈几个老汉、婆婆子正围着电线杆坐成一圈晒太阳。二福骑着偏三轮摩托车出了自家院门，"咚咚咚"地来到巷子口，也没叫爸也没叫妈，只扭过头嘿嘿笑了笑就过去了。庆有妈抿嘴咯咯笑过，对福娃妈说："你看人家二福，面相就带着福气，长得就和咱们受苦的不一样。"福娃妈依然嗔怪地笑着，目光追着望儿子的背影，嘴里数落着："有两个钱把他烧的，肯定又跑到公社（镇上）的澡堂子洗澡去了，家里还洗不下个他！"小喜老汉不动声色地哼了一鼻子，他几乎完全聋了，而且已经不大能拉得动锯，腰弯成了一张弓，人已经瘦得皮包骨头，天气一冷就咳个不停。好在福娃黑矮的媳妇人虽然厉害，心地并不坏，不嫌弃老汉不能干活，做下好饭就让大儿子海明去叫爷爷来家吃，这让老汉觉得自己到底是个有福气的人。倒是那厉害了一辈子的婆婆子跟大媳妇二媳妇都不说话，还好两个闺女总喜欢结伴来看她们的妈，隔三岔五婆婆子还能对着外孙子们大呼小叫一阵子。那两个闺女和当妈的一样的刚烈，作为母亲的援军，这些年来和两个嫂子干了无数仗，因此两个哥家谁也不能去。

　　二福来到镇上，把摩托车停在邮电所门口，笑眯眯地踱向隔壁的新华书店，进门的时候，高大的身躯让书店里暗了一下，售货员刘娥儿正板着脸把两本书扔在柜台上，翻了那两个买书的初中生一眼，把嘴里的瓜子皮吐地上说："真麻烦！"扭头见二福正看着她，"扑哧"笑了一下，又把粉白的脸板了起来，用手扑扑胸前的瓜子屑，慢悠悠走到他跟前，两条白皙的胳膊肘支在柜台上，懒洋洋地斜他一眼问："'解放'了？"二福憨憨地笑笑说："出来洗澡。"刘娥儿哼一声说："你以后都别进我这门儿了。"二福笑眯眯地问："哪根筋不对了？"刘娥儿甩甩烫成卷儿又用块白手绢扎住的头发，低眉垂眼地说："一块'上海表'两个月都捎不回来，你要舍不得，说话么，我给你钱，我又不是没有钱。"二福望着刘娥儿额头上黑亮的发卷和脑后白手绢系成的蝴蝶结，只是笑眯眯的，他就是喜欢看这个女人头发上扎白手绢，还有光着脚穿拖鞋，他当兵的时候，首长的家属们都是这个打扮，显得洋气，让人觉得舒服，二福看也看不够，而这个镇上，只有刘娥儿一个人会这样打扮，其他女人都和自己的老婆一样土气和没看头。半年前，二福把车停到新华书店门口，进去给侄子海明买一本小人书《吹牛大王历险记》，一眼看到刘娥儿这样的打扮，就看傻了，怎么也没想到，自己在镇上的机械厂开了这么多年车，竟然没发现几百米不到的地方会有这样一个洋气的女人！她用一块白手绢松松地束起黑亮的鬈发，下巴高高地抬着，眼皮却垂着，眼神冷漠，手里拿一把鸡毛掸子，慢条斯理地把玻璃柜台上散落的瓜子皮扫到地上。当时，二福并没有看见刘娥儿的脚，但他能肯定，这个女人一定是光脚穿着白底的粉红色塑料拖鞋。拿着那本小人书从新华书店出来，二福发现自己的心跳得像汽车发动机，刚刚当兵时的那种恨不得把天都吞进肚子里的勃勃雄心平复多年后，再次像吹了气的猪尿泡一样鼓了起来，而且要像气球一样往天上飞。

跑车的日子，二福太忙，一身油腻腻的劳动布衣服也不好老往新华书店跑，一当窑主，二福终于有了时间，他找了个小伙子开卡车，自己买了辆退役的公安偏三轮，没事找事去新华书店转悠，和售货员刘娥儿聊天说闲话。其实刘娥儿除了人白，长得并不好看，可老话说"一白遮三丑"，加上鼻梁上的几点雀斑，就很招眼；刘娥儿也不会笑，老板着张脸，好像谁都欠她二百块钱，这是国营商店售货员的职业病，二福偏偏觉得她那个表情有味道，他不会说"气质"，但总觉得很吸引自己。后来他们就变得很熟，聊天中刘娥儿很眼热种子站站长云良手腕上那块上海表，二福随口吹牛说自己的战友能便宜买到"上海牌"手表，刘娥儿就让他给自己捎一块。

这会儿，刘娥儿拿过靠在柜台边的鸡毛掸子，下巴翘起来，眼皮垂下去，专心地扫着玻璃上的瓜子皮，不再搭理二福。二福看见她这个样子，心里就痒痒，忍不住说："一块表算什么，你还想要什么？"刘娥儿哼一声说："我算老几？不白要你的。"二福笑眯眯地低声说："不白给你，只要你敢要。"刘娥儿拿眼角瞟着他，鸡毛掸子就打了过来，舌尖顶着门牙说："老子怕你！"

5

学书的奶奶一辈子没下地劳动过，因为她是个小脚，三寸金莲像个锥子，跟在犁铧翻腾过的土地后面给犁沟里撒种子时，半截子小腿都会陷进土里去。庆有的妈也没怎么下地劳动过，却是因为她嫌庆有爸是个驼背。一般罗锅走路都带点跛腿，庆有爸是干部，穿着黑色的中山装骑着自行车回家，和村里斜披着补丁褂子的那些邋遢相不一样，他拐进巷子，下了车，推着车子走路，走一步蹲一下，好像给车子打气，庆有妈一腔欢喜地站在大门口迎接他，看到男人这个样子，气不打一处来，扭脖子自己回去了，边走边跺脚咬牙切齿地骂着些难听的话。庆有的爸很自信，很温和，龇着镶了满嘴的银牙朝邻居的男女老少笑，邻居也只望着他的笑脸，没人盯着他隆起的脊背和踮着的脚，这个世界上除了庆有妈，没人在意他是不是个罗锅和瘸子。一会儿就听见庆有妈在院子里呵斥男人："你不知道你是个什么样样？非要推着车子走，你就不能骑着进这个家门？"庆有爸温和地说："我不是怕巷子窄，娃娃家跑来跑去，怕撞了他们嘛！"只听见门帘上镶的木片打得门框山响，听不见庆有妈说话了。

村里嘲笑庆有爸最厉害的是庆有妈，她站在巷子口儿和人扯闲天，远远看见庆有爸骑着车子拐进了村口，白蛋妈就提醒她："你瞅，你们家掌柜的回来了。"管闲事操闲心的兴儿妈说："庆有爸在外面当官，逢礼拜天才回来，平时就见不着。"那个时候在外面上班的人星期六下午才放假，星期天晚上就去上班，平时就在办公室的文件柜后面支一张单人床睡，兼做宿舍。庆有妈望一眼那个穿蓝色中山装的人骑着车子越来越近，嘴角撇起来，扑哧笑了，低声说："骑在车子上还看不出来是个'锅锅儿'啊？"逗得婆娘们哄笑，她掩着嘴笑得最厉害，好像在背后嘲笑别人的男人。庆有爸到了跟前儿，打算下车，庆有妈擦着笑出的眼泪呵斥他："还不快骑回去，怕别人不知道你是个'路不平'？"她到学书家串门子，说到庆有爸，翻着白眼说："我家那个路不平！"或者干脆说："那个该死的锅锅子！"她越这样说，别人越不敢接腔。不知道谁教会了娃娃家一首歌谣，一群娃娃爬上学书家院子里垛的和房檐差不多高的棉花秸秆上，学着城里娃娃玩蹦床，一边蹦一边唱："锅锅蝈蝈取灯灯，踮踮脚脚路不平！"站成一排从墙头上望着庆有家院子里嬉笑。庆有妈在自己院子里铁青着脸不吭气，悄悄指使庆有拿弹弓用石灰块儿射娃娃们的脑袋，娃娃们连滚带爬溜下来鱼贯蹿出学书家的栅栏门，歌声一路从巷子唱到村街上去了。

庆有爸是村里三个半吃"国供"的人之一，其他两个是乡种子站的站长云良和巷子东头的白蛋爸，庆有妈就说："有钱儿不花，下地受罪干吗？"她不下地，庆有爸不但不逼她，还很有成就感。庆有还念书的时候，庆有爷爷一个人就能把全家的工分挣回来，后来实行联产承包责任制，几亩口粮田不够庆有爷爷一个人白天晚上干。庆有上到七年级，天天挨老师打，死活不愿意念书了，扛起锄头下了地，他爷爷就有工夫拉把躺椅在自家院门口的阴凉里打瞌睡了。奶奶神秘地透露给学书："庆有他爷解放前是个地主，看人家前半辈子就没干过活儿，后半辈子干得还挺带劲儿！"

二福就是那半个"国供"，他的户口在机械厂，可是不在厂里领工资。庆有妈常在巷子口对着小喜和黑婆娘数落自己的男人："我们庆有爸是挣死工资的，怎么能和你家二福比？二福拔根汗毛比我们的腰都粗！"说完，先为自己的精彩论断来一串哈哈大笑，露出嘴里镶的银牙，和红生妈、兴儿妈们黑洞洞的缺牙豁儿风致自然不同。

去年，福娃给小喜过了六十九岁大寿，今年当妈的又逢九，轮到二福来办，二福有两点压过了福娃。一是汤水好，二是请镇里的电影队来放了一晚上电影，银幕就搭在老人家的大门口，放的是

《女驸马》，俊俏的马兰迷倒了南无村的男女老少，年轻的三福就是那个时候害上了相思病，扔下锄头，托二福的关系跑到西山里当矿工，一心要当城里人。

　　过寿正日子那天，南无村无论上五块钱礼还是十块钱礼的，还是称了二斤面粉当行礼的，都是全家老少齐上阵，来吃二福的"大户"。二福从外面拉回来几麻袋大米，就在院子里的树荫下支起大土灶，十张铁笼屉摞起来蒸米饭。蒸出来的米饭，不用就菜就香死人，因为那米是先用水淘过，又拿油拌了的，一笼屉米饭拌一茶杯棉花籽油，蒸出来的米松松散散，一颗一颗能数清。帮忙的腰里卡着洋瓷脸盆，用一个大碗把里面的米饭盛出来，扣到席面上人脸前的大碗里，后面跟着个提铁桶的，桶里是调料汤，酱油的颜色，热气腾腾漂着油炸过的粉条花和面条段，还有厚厚一层韭菜叶子，用一把大搪瓷茶缸舀着汤，浇到每个盛满米饭的碗里，"嗞儿嗞儿"响，那个香啊，吃死不觉饱。南无村的人只有在谁家红白喜事、老人过寿、孩子满月的时候才能吃上白米饭，也只有在二福给他妈过大寿的时候才能吃上油拌的米饭和这么好的汤水。吃完二福的汤水后，红生妈、"眯眼儿"二贵妈和几个婆婆子跑到二福妈跟前夸她真有福气，跟的是老二，要是跟的老大福娃就不行，看他去年给他爸过寿时办的汤水就不能跟这比。那黑壮的妈却黑着脸，撇撇嘴角不酸不淡地说："我有什么福气？二福办的汤水好，我能把好吃的全吃了？还不是都让你们一家一家的吃了！"红生妈就骂她："这老婆子，说话真不中听！"

二福的汤水比福娃的好，他还请来了打死福娃也请不来的客人，这个"公社"（对乡镇的习惯性旧称）顶天立地的大人物，让那些吊儿郎当偷鸡摸狗的小年轻听到名字就发抖的——派出所所长老叶。老叶由村里的一二把手支书英豪、村长银亮和在外工作的有头面的人陪着吃大席，他是个歇顶，几两"高粱白"把个额头喝得红亮，白胖的大脸没有胡子，嘴大唇薄像个婆婆子，其实他不过四十出头，而且一点也不心慈手软，只要犯在他手里，就要拿武装带抽得你像杀猪一样叫。所以陪着他喝酒的人和他说话时大大咧咧，看他的眼神却都是小心翼翼的，因为有幸陪老叶吃饭而大呼小叫，又小心着生怕被他捉住什么把柄。老叶看见翠莲的肚子又鼓了起来，就把手里的酒杯放在桌上对二福说："要是翠莲这回生个女子，给我当干闺女，你舍得吗？"二福笑眯眯还没开口，那些陪酒的都痛快地答应了："舍得，怎么不舍得，那还不是娃的福气！"二福笑眯眯地举起酒瓶子说："老叶，我敬你一杯酒！"老叶把这杯酒"嗞儿"喝完，抹抹下巴上的残酒说："要真是个闺女，就是你的福气，我早看透了，'猴娃蛋子'靠他妈×不上！"一桌子的人都说就是就是。老叶瞪起眼睛说："是个屁，是还都想生男娃！"大家都哈哈哈哈地笑，支书英豪说："喝酒喝酒。"村长银亮说："吃菜吃菜。"

那两年，二福的光景是南无村头一份，福娃早就不能比。可福娃根本就不在乎这些，像走路一样，他把日子过得不慌不忙、稳扎稳打。"组合柜"过时后，他基本上回归了一个地道的农民，只是比别人多门手艺，农闲的时候伐上几根木头，大材料打成寿器，用油毡盖起来放到墙角，等着谁家殁了人拉去用；小材料做成马扎子，五块八块地卖给每天在巷子口阳窝里枯坐的老汉、婆婆子，这些身上味道很重、总是招苍蝇的行将就木的老人们，被年轻的讥笑为"等死队"。他们坐着福娃的马扎，消磨所剩无几的岁月，最后都要躺进他打的那些寿器里。

而二福的势派却仿佛娃娃们在沙子堆上筑成的城堡，一泡尿就被泡塌了。二福和刘娥儿在镇上的旅馆被人家丈夫领着人捉奸在床，头上打了个血窟窿，问他公了私了，公了就扭送派出所，私了下了三万不说话。幸亏二福和派出所所长老叶交情好，老叶出面调解，一万五了事。老话说"福无双至，祸不单行"，二福躺在镇卫生院的床上输液的时候，战友的煤窑瓦斯爆炸，死了十几个人，一条命几万块，战友赔不起，只好卷包跑人。公安局和煤炭局把煤窑封了，所有的设备和车辆都查没，包括二福那辆依发车。二福血本无归，还面临着承担法律责任，他哪里经过这样的变故，早就乱了方寸。这时候，一直在医院伺候他的翠莲，再次让婆娘们服气地说了一回："那家伙，好本事！"她没有因为二福和刘娥儿的事情嫉恨他们，也不觉得这事情丢人，每天在家做好"擀薄、切宽、醋调酸"的水晶面条，用一个小篮子挂自行车龙头上，跑到卫生院给二福送饭。接连出了两件祸事，二福连惊带吓，躺在床上话都说不囫囵了，翠莲却一副浑然不觉的样子，她把刚断奶的女子艳艳丢给黑脸婆婆，翻箱倒柜把二福的存折全找到，把钱都取出来给了老叶,让他帮忙想办法。老叶果然神通广大,居然把这事都给抹平了,他很辛苦,二福瘫在医院那段日子,为了了解情况,他隔三岔五骑着摩托跑到家里找翠莲商议办法。一个多月后,二福出院了,只是,南无村的人背后都不叫他二福了,改叫他"二蛋",一是穷光蛋,二是王八蛋。

而小喜老汉,因为二福的事情,连惊吓带熬煎,竟然作古了,到底,二福也是他亲生的娃。

卷二 团结学校

6

庆有出生的前两年，南同蒲铁路线东边的南无村和几个相邻村子的干部找到公社，反映娃娃们去铁路线西边的联合学校上学，路远不说，横穿火车道太操心了，压死谁家的娃娃都不好，要求公社在铁路线东边再办一所学校。公社同意各村派出义务工，把南无村和后洼庄交界的坟地推平，盖一座八年制新学校。学校是建成了，为了就近挖土打土坯砌墙，生生挖出一条大沟。下过几场暴雨后，沟里积了一人高的水，娃娃们放学后偷偷游野泳，淹死好几个。为了和铁路西边的联合学校有区别，这个学校被命名为"团结学校"，把各村上过高中的"文才子"集中起来当老师，联合学校一个姓林的副校长被派来当团结学校的校长，一干就是十几年。娃娃们在团结学校可以从幼儿班一直上完八年级，只是一起哭闹着进了幼儿班的同学有百十号人，一路上到八年级就剩下了十来个，对付着初中毕了业就老大不小了，该婚的该嫁的就那么回事，三十亩地一棵苗儿培养出个高中生，到头儿还得回来当老师。村街东坡下老德福的闺女珍儿上了个大学回来，穿着白底蓝花的连衣裙在村街上走，背后婶子大娘都飞白眼儿，为老不尊地打赌猜那女子裙子底下有没有穿裤衩儿。

团结学校刚办起来的时候，从各村抽调干净手巧的妇女轮流到学校食堂给老师做饭，一天记八个工分，一个工分七毛钱，做三顿饭能挣五块六，还管吃喝，婆娘们都抢着去，庆有妈是干部家属，人长得精神，穿戴也比一般家户好，经常被村里派去团结学校做饭。庆有上学后，学校早有了专门的厨师，他妈还是隔三岔五做点好吃的送到学校去，在教室玻璃窗外面探头探脑，班主任每次都叫住庆有妈，说庆有调皮捣蛋老闯祸，林校长要亲自和家长谈话哩。庆有妈当着班主任的面唾沫横飞地骂儿子几句，转脸就喜眉笑眼地去校长办公室谈话。庆有念书念到五年级的时候，村里的婆娘们才发现他和林校长越长越像，活脱脱就是一个模子里倒出来的。庆有妈再夹着个头巾裹的包袱出村往团结学校方向走，背后的白眼儿和闲话就像田野上的蜂飞蝶舞一样热闹起来。村子里还有个爱往团结学校跑的婆娘就是铁头妈，铁头妈有点胖，可是南无村最白的女人，比部队营房里的干部家属还白嫩一些，外号叫做"头道面"。

铁头爸是个豁豁儿，城里的医生叫"兔唇"，铁头也是个豁豁儿，和他爸一样，不一样的是他爸的豁豁儿和人中对齐着，他的豁豁儿有点偏，而且不太容易看出来。铁头爸的外号是"兔娃儿"，铁头就世袭了他爸的外号，课间十分钟的时候，天平的弟弟天星板着脸走到铁头跟前，拍拍他的肩膀，然后抬头望着天，铁头眨眨眼问天星："你看什么？"那个家伙就一本正经地说："月亮出来了。"铁头看半天说："我看不见呀，白天怎么会有月亮？"天星眨眨眼睛，仿佛百思不得其解地撂下句："没有吗？——没有月亮的话，兔娃儿从哪里跑下来的？"大笑着就跑，铁头在脚下拾起块半头砖跟在后面撵，嘶叫着，用袖子抹着飞溅的眼泪。铁头弟弟可不是个豁豁儿，这让铁头爸很骄傲，虽然铁头弟弟越长越和庆有像弟兄俩，他也不在乎，铁头弟弟不叫铜头，叫"文明"，村里人都说这个名字是林校长取的，铁头爸也不在乎那个，他坚信老二有了这个名字，注定将来是个大学生。学书和庆有伴在村南，铁头和文明家在村北，学书几乎没见过铁头爸几回，见的时候也是铁头爸赶着大车像夸父追日一样在大路上呼啸而过。

团结学校最叫学生害怕的不是林校长，是八年级的班主任郭老师，郭老师的两个闺女秀芹和秀芳都在七年级，和庆有、铁头是同班，但郭老师从来不让秀芹和秀芳叫她妈妈，让她们和其他学生一样叫郭老师。郭老师最叫学生害怕的是她长着两道和男人一样的扫帚眉，只要那两道扫帚眉倒立起来，那些调皮捣蛋的男生就想上茅房。她和外村嫁过来的庆有妈、铁头妈不一样，她是本村的姑娘嫁在本村，晋南老话说"好女不出村"，说的是模样儿标致的闺女早早就会有人家相中，郭老师两道扫帚眉，左边的鼻翼还有一颗大痦子，却也因为有早当家的美名和联合学校高中生的文凭嫁在了本村，男人还当过村干部。郭老师这辈子最不能见的人就是庆有妈和铁头妈，她对她们熟视无睹，对她们的儿子下手最狠，庆有和铁头挂着花回到家，问清是别的老师打的，庆有妈和铁头妈从不善罢甘休，一定要打上老师的家门去讨个公道；问清是郭老师打的，不但当妈的不替儿子去出气，当儿子的还要接着挨亲妈的打。所以庆有和铁头七年级辍学回家务农，当妈的没有多说话，心里还着实松了一口气。郭老师在南无村的十字路口提起庆有妈和铁头妈，眼睛就会眯起来，鼻翼上那颗痦子像只黑蜘蛛一样在半边脸上乱爬，但她不像村里婆娘那样咬牙切齿地低声咒骂，她是个文化人，光明磊落地大声宣布："那是两个狐狸精，全都是卖×的！"高门大嗓正气凛然。

其实，庆有妈和铁头妈也不对付，甚至可以说势不两立，庆有妈心里最不美气的事情是，庆有已经不念书了，铁头的弟弟文明还在上学，并且是团结学校学习最好的学生，林校长经常在全校大会上表扬他，连郭老师都没有打过他。为此庆有妈每次在村街上碰到铁头妈，都要在背后嘀咕着咒她："浪死吧，浪死吧，那么多人喝农药死了，你怎么不喝点去死呢？"铁头妈看上去娇气，干活儿可下辛苦，男人能干的她都干，男人不干的她还干，劳动的美德使她在村子里的声誉多少比庆有妈要好一些，如果不是铁头闯了祸，她打心眼儿里不想让娃娃辍学劳动。铁头上课听不进去，下课玩"打敲戈"第一名，口袋里多会儿都装着各种型号的"敲戈"（找一段一指长的木棍，把两头削尖成锥状，就是"敲戈"）。玩的时候用一块菜刀形状的木板，把敲戈的尖头敲一下，让它跳起来，然后用木板凌空一抽，谁抽得远谁赢。铁头能一板子把敲戈抽过教室的房顶去，这项绝技让他在课间十分钟成为明星。直到有一天，他的敲戈飞过红色窗框灰色屋顶的第一排教室，插入后排刚出教室门的放羊娃新民的右眼。这次"敲戈事件"造成的后果，一是新民在后来的几十年里被人叫做"瞎民"；二是在中人老培基的调解下，新民家用二亩旱地换了铁头家二亩水浇地。

　　学校出了这么严重的意外伤害事件，林校长深感责任重大，把郭老师叫到校长办公室了解情况。郭老师和铁头妈、庆有妈都是相邻村子里一拨儿大小的，做姑娘的时候赶集逢会就常碰面，几十年来把铁头妈、庆有妈那些风流韵事听得满耳朵都是，是最瞧不起她们的，进得门来，不等林校长开口，先大着嗓门嚷："林校长，你是不知道，铁头妈就是南无村的'白骨精'，上梁不正下梁歪，她能调教出什么好百姓来？！"林校长抬手摸摸自己的大背头，皱起两道浓眉问道："郭老师，依你看，我们该怎么处分铁头呢？"郭老师一拍桌子："这还不简单，叫他退学就是，这样的害群之马，留在学校肯定还要出大事！"林校长沉吟半晌，自言自语："铁头不退学，确实没办法交代受了害的新民家，可是，谁去做铁头家长的工作呢？"他抬头期许地望着郭老师，郭老师瞪起眼打断他：

"你少来这一套，反正我不去，我这辈子不会踏进那家家门一步，我怕脏了我的鞋底子！"林校长摸摸自己的背头说："那只好我亲自去了，这种得罪人的事，除了我这个当校长的顶这个血盔子，谁也不愿意去干！"

黄昏里，放了学，林校长骑着自行车一路下坡往南无村走，夕照把团结学校的围墙涂抹成了铜墙金壁，围墙外那一沟死水也在晚风中金光粼粼，眼底的南无村笼罩在砖蓝色的炊烟之中。正是暮春时节，桐花凋落，槐花胜雪，村子里弥漫着炊烟和花香交织在一起的又甜又辣的味道，这气味让林校长心旷神怡，和铁头妈相好这么多年，他还真没去过她的家里，这些属于乡村的气味，使他的心柔软起来，脚步踯躅起来。南无村这条一根肠子通屁眼的大路，在被春雨浸润得酥软后，被车轮碾压出无数的辙痕，那些翻卷的辙泥在阳光的炙烤下变得坚硬光滑，自行车轮胎压上去就像上了鹅卵石，稍不留神就会人仰马翻。林校长下了车子，推着往前走，到了十字路口的井台那里，从马房院里蹿出来一匹牲口，四蹄翻飞，硕大的脑袋高高扬起冲过来。林校长慌忙握着车把背靠着夯土墙站住，那匹受惊的骡子"踏踏"地从眼前过去了，惊出他一身冷汗。只见一个脖子上鼓着个核桃大的肉瘤的人追出马房院，嘴里大声斥骂着那匹骡子，一路小跑过林校长的眼前，掉了圈儿的草帽早被雨淋成了青灰色，他没看见林校长，因为他只有一只眼，而且是凹陷下去的被眵目糊包裹得只剩一条缝儿的眼，另一只绿色瞳仁的铜铃大眼其实是假眼，南无村的人都说塞的是一颗狗眼珠，这个人是三队队长嘉成的爸。林校长贴在墙上，望着他踉跄着跑过，只觉得面熟，一下子也想不起来叫什么，错过了问清铁头家住在哪一排。

　　好在南无村的格局泾渭分明，一条大路串着十几条巷子，往后走就是，况且每个巷子口的电线杆下面都有两三个老汉和婆婆子摆在那里说闲话，刚才也被受惊的骡子干扰，消失了一会儿，大多数骂骂咧咧地回家去做晚饭了，剩下一两个家里有人做饭的，依然回到电线杆下，等着吃饭的时分。林校长推着车子走到一个巷子口，在一棵从茅房伸出来的巨大的国槐树下站定，几瓣白里泛黄的槐花立刻落到了他的头上，他张口问坐在电线杆下的一个黑脸的婆婆子："婶子，铁头家在哪一排呢？"婆婆子是大队会计铁山的妈，她瞪起眼睛反问他："你是谁呢？"林校长笑笑说："我是团结校的校长。"铁山妈恍然大悟："哦，是先生啊！就是这一排，我给你吆喝铁头妈出来。"她扶着电线杆站起来，扯起嗓子吆喝："铁头妈——铁头妈——"林校长被逗笑了："婶子婶子，不用了，不用了，你告诉我是哪一家，我反正要进去的。"铁山妈瞪着白珠大黑珠小的眼睛看看他，抬起胳膊指着第三家说："就是第三家，看见了吗，新扎的栅栏门，这会儿铁头妈在哩，铁头爸被公社抽到渠上做工了。"林校长胡乱答应着进了巷子。走过有国槐的那家，又过了栽着满院子苹果树的那家，第三家墙外栽着一棵桃树，桃树刚刚结了小指头肚大小的果子，藏在叶子底下，像一树密密麻麻的青梅，树下是一个金字塔形状的粪堆，表面上用麦秸泥抹得平平整整，里面沤着农家肥。过了粪堆才看见大门，门口的土地平展展瓷光光，黄土被夯实后坚硬如铁，泛白如雪。林校长站在散发着新荆条气味的栅栏门外朝院子里张望，不敢贸然进去，怕养着狗，可以看见厦屋窗户上过年时贴的窗花残红未褪。正不知如何是好，隐隐约约看见窗户玻璃里有人冲他招手，林校长心头一热，左右看看没有人，快步推着自行车走进院子，支好车子，抢上几步撩开门帘进了屋。

谁也没有想到，学习好的娃娃心眼儿窄，文明不知道在学校还是在村里听了些什么话，礼拜天回到家里，本来父母心疼他学习好，带着铁头下了地，把他一个人留在家里看书，他却趁着家里没人喝了农药。隔壁邻居到他家里借农具，看见娃口吐白沫在地上打滚，闻味儿就知道喝了"敌敌畏"，赶紧喊来人用平车拉到部队卫生院。灌了肠，好容易救了过来，晚上还喝了一碗黄豆米汤，文明拉着他妈的手说："我是念书念糊了心，不该干这糊涂事，这下知道喝药遭罪了，以后更得好好学习，考上大学把你和我爸接到城里去享福。"说话的时候眼睛亮闪闪的，脸蛋也白里透红，谁知半夜突然发作，一会儿就没气儿了。这事学书是听庆有讲的，庆有说："喝上药的人救活了不能太灵光，太灵光了就是'灵光返照'，离死不远了！"后来学书才知道，那个词儿准确地应该叫"回光返照"，这是他真正理解其深刻含义的第一个成语。

7

文明死的时候十五岁,按照晋南的风俗,过了十二岁生日就圆满了,死了不算夭折,要找个女人尸骨来冥婚才能下葬。他伯伯骑着叫驴跑了十几个村子都没打听到谁家死了闺女,眼看着下葬的日子要到了,和文明的寿器并排的那副棺材还是空的——这副小棺材是村头的木匠福娃赶制出来的,比个风箱长一点,大红的漆水味道还很呛人,油漆味混杂在缭绕的香火和隐隐的尸臭里,把死亡的味道送进每个人的鼻孔里去。后洼庄的风水先生黄瞎瞎算出来村口那棵老柳树上附着个枉死鬼,是女的,指挥着几个帮忙的人搬着东西到了村口,在柳树下安放个小方桌,摆上几样干果贡品,香炉里插上两根香,烧了几张黄纸,念念有词一番,吩咐铁头赶紧爬到树上去,折几根枯枝下来,用根红布带子捆在一起,就把这捆儿柴火权当尸骨放进了小棺材里,吹打一番,和文明的棺材下到一个墓穴里,入土为安了。

入土前有个重要仪式叫"送灯"。亲属们在灵桌前轮番祭拜一番,祭拜时,通常由两位懂得风俗和礼节的婶子大娘搀着,教不同辈分和远近亲疏的人不一样的顺序和磕头方法,这两个人通常是庆有妈和兴儿妈,庆有妈当然不会来,顶替她的是金海妈,福娃婆娘是个热心人,也很乐意在帮忙中学习。这是生者和死者最后的告别仪式,亲属们熬到现在基本上把眼泪也流干了,平常殁了老人是喜丧，再加上那些敲金鼓吹唢呐的故意弄出些滑稽动作和丑角唱段来逗人笑，抵消着悲伤，常常把这庄严的祭祀搞得哭笑不得，恰如人活在世上时的一个总结。但文明多少算夭折，小小年纪也没多少人应该祭拜他，于是草草完成仪式，就要给他"送灯"了。由一个最至亲的晚辈提着一盏白灯笼走在前头，大家排着队一路号哭到村西南通往团结学校的路口，不是只把文明送到这个路口，祖辈以来南无村死了人都把"灯"送到这个路口，据说这里原先有个土地庙，要把人的灵魂引到这里才算交还给大地，虽然土地庙早就片瓦不存了，这个地方却清清楚楚地记在祖祖辈辈人的心里，把灯送到这里，亲人跪下再尽情号哭一番，吹灯拔蜡，一个人的灵魂之灯就算永远熄灭了。这些年白纸灯笼不好找了，就找一块方形木板，四角钻孔，用铁丝或者麻绳穿到孔里，再找来个空罐头瓶，倒进一瓢滚烫的开水，热胀冷缩的原因，瓶子的厚底就会爆开一圈裂缝，自己掉下来；把半截点着的白蜡烛栽到方木板的中间，用没底的罐头瓶套住，就是一个简易的气死风灯，吹灭的时候也省劲。也有用马灯代替的，但马灯要烧煤油，吹灭的时候还得勾住铁环把玻璃罩提上去，很费事，有时会很蹩跷地卡住，引起不必要的惊慌，所以还是用罐头瓶灯的多一些。把文明的灯送走后，请来当丧事总管的老培基发现铁头爸的眼神发直，和他说话也木木呆呆，前言不搭后语，当时以为是伤心过度，过后才发现那个兔唇的庄稼汉真的痴呆了，有人就说铁头爸不该给儿子去送灯，结果把自己的魂儿也送走了。

　　送灯之后，下葬之前，要摆下酒席宴请亲朋好友和街坊四邻。

团结学校的老师们都来送这个原本最有希望成为大学生的娃娃,林校长也来了,漆黑的背头,四方大脸干干净净,看不出来有什么悲伤,让南无村那些准备看热闹的婆娘们很失望。铁头妈本来躺床上起不来,听见老师们来了,被几个婆娘搋出来,一眼看见林校长,"哇"地哭出了声,她拉着痴痴呆呆的铁头爸数落:"还寻思你是个有良心的,看来不是那回事,你的亲儿死在你前头了,也没见人家你流一滴眼泪啊!"惹得婆娘们一边劝她一边偷笑,红生媳妇劝解她:"嫂子,你就别伤心了,别埋怨我哥了,男人家眼睛硬不说明他不伤心,再说了,小的不在了,不是还有大的吗?"铁头妈马上甩开她,扭身进了屋,红生媳妇听见有人笑,这才明白过来,赶紧吐舌头,可是说出来的话怎么也收不回去了。流水席前先开大席,婆婆妈妈和娃娃家像看戏一样挤在院子里看有头脸的在大席上碰杯说话,跟着人家发出些傻笑,总管老培基陪着主家挨桌敬酒,敬到团结学校老师席上,林校长站起来和铁头爸碰杯,铁头爸没抬头看他的脸,扭头看了老培基一眼,嘟囔着说:"这是给嫖客敬酒哩么!"老培基开始没听清,眨眨眼才弄明白,趁着大家都没听见,提着酒瓶子哈哈一笑掩饰了过去。

种子站站长云良家的新院子挺大,盖在村子最后一排,为了方便镇上领导的小车来,院门就冲着村口开,托他在县里当供销社主任的父亲的福,九英寸的日本组合电视机早换成了十二英寸上海牌黑白电视,南无村半村子人晚饭后都来看电视,没电视剧看服装裁剪教程也行,非得看到"再见"出来后,屏幕上雪花一片才各回各家。可自打文明"头七"时铁头妈在村口老柳树下烧了一回纸，村里人就不怎么敢来云良家院子里看电视了。"自打和那个女鬼成了家，文明的魂儿就附在柳树上，半夜里就能听见他们哭！"庆有告诉学书，学书后脑的头皮就揪紧了，脊背上一股一股地发冷。村里人都开始这么说，不管在外面干什么，天黑前都要赶回来，免得夜里从村口老柳树下过，逢初一、十五的也有人偷偷起个早，跑到老柳树下烧点纸，一心盼望死去的文明能保佑自家的孩子学习好。

云良媳妇巧儿嫌家门口的老柳树不干净，要找人砍掉它，家里油饼都炸好了，叫了一圈人，都找借口不敢来。二杆子红生嘴馋，听说了跑来说："嫂嫂，你给我打二斤散白酒，这树我给你刨，我不信这世上有什么鬼神！"他把云良家院子里辘轳上的井绳解下来，扛着绳子来到树下，"嘭"一声扔到地上，捡起绳子头儿在腰里缠了一圈，拴了个活扣，仰头望望老柳树纷披的枝条，双手攥拳，"呸呸"朝左右拳眼里各吐一口唾沫，抱住树干，双脚夹紧，像只猴子一蹿一蹿就上了树。他要把腰里的绳子系在老柳树最高的枝杈上，这样才好控制树身放倒时的方向，不至于让树梢把云良家的屋脊扫掉。南无村的闲人都跑来树下看热闹，男人们嘻嘻哈哈地怂恿着他："爬高些，不行，再高些！"女人们担心地念叨："活人非要欺负死人，看遭报应！"红生媳妇在团结学校给人替课，听说了这事情，一路咒骂着从村头奔村尾而来，远远看到老柳树下围着一圈人，都仰着头，好像树上有只猴子，她唱戏一样嘶喊起来："红生，丢先人啊，你这辈子就没吃过油饼啊你！"红生应声从树上落了下来，砸断了好几根粗树枝，大家才发现老柳树早就被虫子蛀空了。

  红生没吃上油饼，摔裂了尾巴骨，后半辈子走路都撅着屁股，胳膊架在腰上，远远看着像只唐老鸭。红生成了这副架势，正好不用劳动了，倒显得比闲汉银贵还更加优哉游哉，更加没个正经。他不说那天是自己婆娘大呼小叫把自己吓得从树上掉了下来，却站在十字路口神神秘秘对一群爱大惊小怪的媳妇子吹嘘："你们知道那天我在树上看见什么了吗？我看见文明穿一身白衣服坐在树杈上看书，就像《八仙过海》里面的韩湘子，边儿上坐着个穿红衣服的长头发女人，只能看见个背影。我想看看文明那个媳妇长得好看不好看，就和他们打招呼，我说：'文明，看书呢？'文明问我：'哦，是你啊叔，你腰里缠个井绳上来干什么？'我说：'你看书，看书！'他把'看书'听成了'砍树'，就问我：'叔，你砍了树，我和我媳妇到哪里去看书？'我怕他们害我，赶紧爬到他们跟前去想说两句好话，还没张开口，他媳妇伸手把我一推，我就从树上掉下来了。"媳妇子们吓得直骂他，天平媳妇拿手上的家伙事儿打他，红生哼哼着说："你们爱信不信，反正我以后天黑是不敢从老柳树下过了。"后来就传出来，说红生成了那个样子，就是冲撞了文明，遭报应了。

  南无村的人除非喝了农药才去部队卫生院，像红生这种伤筋动骨的硬伤，都是在自家炕头上好吃好喝地养着，等着身体自己痊愈。可红生的腰怎么也养不直了，眼见的成了个残废，他媳妇觉得下半辈子太亏了，要用小平车拉着红生到云良家要"赡养费"，红生嫌丢人，也不敢去，他媳妇从团结学校喊来儿子，母子俩死活把他抬到小平车上，用根草绳捆在车厢里，叫儿子赶紧回去上学，她一个人推着男人，铁钩打在车帮上"咣当咣当"响，从村头穿过村街来到村尾，把平车放到云良家大门口，一屁股坐地上就号哭起来，哀叹她的命苦，但是冤有头债有主，宣布今后这个残废就吃住在云良家了。云良不在家，媳妇巧儿闻声出来一看，脸就白了，她人细巧温和，不会吵架，脸皮儿也薄，在那么多看热闹的人跟前，被红生媳妇没头没脸骂了一阵"卖×的、害人精"，红生媳妇还很恶毒地对她说："反正你家云良不爱回来，以后叫红生黑夜和你睡也行！"巧儿一个想不开，转身跑进门，从自己院门下的土地神龛里摸出个脏兮兮的瓶子，打开盖儿对着嘴就往下灌。福娃婆娘热心肠，就怕她想不开，扔下手里的锄头，跟着巧儿跑进去，闻见冲鼻子的农药味儿，喊起来："快夺下，快夺下，巧儿喝的是'一零五九'！"夺下来才发现不是"一零五九"，是"三九一一"。

庆有正拉着他妈从外村的姥姥家回来，开着拖拉机头进了村口，庆有妈见状跳下来，一边叫庆有赶紧开着"小四轮"去乡里接云良，一边绕过乱成一团的婆娘们跑到巧儿屋里，她把炕上两床绿绸面的新被子都抱出来，这边大家已经把红生从小平车里扔出来，把被子扔车厢里，铺一床、盖一床，拉着巧儿飞奔到部队卫生院去灌肠洗胃。婆娘家小跑着跟在后面跑，福娃婆娘没忘了夸奖庆有妈几句："婶子，还是你手脚利索，我都吓得光剩下打战了！"庆有妈脸色刷白,咂舌说:"哎呀,多周正安宁的媳妇子,可不敢把人家娃给糟蹋死了!"

一是农药喝的少,二是抢救得早,巧儿没死掉。云良骑着辆红色的嘉陵摩托回来,没有给红生赔钱,还找上门去动手把个残废打了一顿,红生在他胯下缩成一团喊叫:"不碍我的事,不碍我的事!"红生媳妇披头散发地哭喊着,把云良的手背咬出了血。多亏天平、庆有和"眯眼儿"二贵把云良拉开。打完红生,云良从团结学校把上八年级的小姨子小巧接到家里,伺候姐姐养病。那天,学书看到跑得满脸通红、额头的刘海和鬓角的发丝被汗水和泪水粘在脸上的小巧,胸口就被心脏狠狠地撞击了一下子。红生媳妇去村长银亮家哭闹说理,银亮皱起眉头不耐烦地说:"算了吧,算了吧,人家不是差点死一口子?扯平了,这件事以后谁也别来找我,找我我也管不了。"正好三队队长嘉平在村长家,嘉平就冷笑着撺掇红生媳妇:"啥也别说了,有本事你去把他家的房子点着!"

8

文明死后的那个暑假,学书弟弟学文开始参加劳动,跟着学书用平车往地里送猪粪。兄弟俩拉着一车猪粪往村外走,学书拉车,学文在后面推车,在村口碰上了林校长,林校长挺着腰板骑在自行车上,干干净净,文质彬彬,笑眯眯地望着他的两个学生,温和地问:"积肥啊?"林校长走远后,学文问学书:"哥,什么叫积肥?"学书笑着说:"就是往地里拉粪!"学文仰慕地说:"咱们校长就是有文化,说话就是不一样!"

回来时是空车,学文拉着木板平车,学书坐在车斗里,屁股朝前,脸朝后。荆条编的挡板扔在车斗里,底朝着天,像一座小桥在水里的倒影,学书坐在桥中间,叉开两条细腿,左脚踩在左翼板上,右脚踩在右翼板上,这样他的重量明显偏后,把车后翼子压得很低,一会儿在地上刮一下,发出"咯楞楞"的声音,在瓷实的黄土路上划出两道断断续续的白线。学文大概只有五六十斤分量,压不住车辕,他用两只肘弯把自己挂在辕杆上,吊在那里,几乎是脚不沾地地走路,两条辕杆像高射炮指向高远的天空里的几抹淡云。从力学的角度分析,学书的重量同时水平作用在车轴上,推动车轮在自行前进,没有这个巧劲儿,学文也拉不动他。

学文还没有长大,算不上家里的正经劳力,猪粪从圈里起出来装进车斗里,往地里送的时候,他跟在后面推车,哥哥学书把着辕杆,肩头搭着拉带在前面拉,遇到下坡路,学书把腿曲起来,双臂撑在两条辕杆上,蜻蜓点水一样轻盈地前进,学文跟在后面拼命追赶。一平车猪粪盘进地里,分成两堆,地里的土松软,学书能准确地让车轮走在车辙里,稍微偏离一点就会搁浅。回来的时候"大把式"学书需要歇歇劲儿,就把挡板扔进车斗,跳上去坐下来,小跟班学文就跑到前面去,胳膊肘分别搭在两条辕杆上,把自己吊在那里,像个大秤砣一样晃悠着往前走。

弟兄俩就这样从村口的那株老柳树下钻进来，柳树浓厚的阴影让学书心悸。前面矗立着一座两丈来高的大影壁，把大路生生截断，暂时分成左右两条弯路，他们从影壁上"工农共建四化"的巨幅画像下拐上右边那条路，绕进村里宽阔的大街。学书脸朝后，仰望着影壁这一面毛主席的画像，以及画像两边老人家的狂草诗句。那两句诗是阴刻的，每个字都深深地凹进水泥里一个指头深，几十年来，南无村没有一个人能完整地辨认所有的字，村里能把毛主席诗词都背下来的人也有几个，但落实到字上，尤其还是草书，都张不开嘴了。他们把这座影壁叫"主席台"，也即画着毛主席像的台子，一天到晚都有很多娃娃在主席台上爬上爬下。学书很喜欢那两行字的气势，看在眼里，激动在心里，每次经过都盯着看，暗自琢磨每一个是什么字，直到远得看不见了为止。他从小学二年级开始琢磨，直到小学毕业才认完全，足足钻研了三年时间才弄明白，右边那一行毛主席写的是"四海翻腾云水怒"，左边写的是"五洲震荡风雷激"。不知为什么，学书一念这句诗就心潮澎湃，一念就眼眶发潮，用他后来听到成龙唱的那首歌来形容，那就是"但有豪情壮志在我胸！"

过了主席台，有一段缓坡，为了省点劲，学文在很远的地方就开始冲刺，快冲到坡顶上时，斜挂在肩上的拉带绷得紧紧的，学书像大人一样用一个肩头搭住拉带就可，学文个儿小，要像背书包一样斜披在身上才行，小家伙几乎是在地上爬了，他也不吭气，不愿意求哥哥跳下车来奚落自己。坡顶上是村里的老磨房，黄土夯筑的围墙在风雨中倾圮不堪，起起伏伏犬牙交错，一块墙头上长满狗尾巴草，摇曳着，另一块墙头却光秃秃的，像十字路口晒暖暖的那帮老汉有皮没毛的脑袋。自打镇上有了钢磨之后，村里的老磨房就废弃了，分给村里的五保户老姑娘秀娟住。有时候，秀娟的爸老罗圈会背着一捆新砍的荆条来，让秀娟帮他编平车上的挡板。老磨房院在路东，大门朝西开在村街上，路对面是原先三（生产）队的马房，马房的后山墙也是夯土筑就，因为有房檐的保护，显得还很新，细看也挂满了蛛丝。

　　过了老磨房就全是平路了，除了雨天压出的辙泥被太阳晒干后又硬又滑，路还算是平坦的。但学文不懂得顺着车辙走，车轮总是被他拽上高高的辙泥形成的土圪塄，他倔倔地不说话，心里很怕饶舌的哥哥会骂将起来。好在上了这道缓坡，村中十字路口总是平平展展的，两棵巨大的梧桐树把树冠从马房院里伸出来，树荫浓浓地罩住了路口的井亭，井亭年久失修，密密的瓦缝里长出一根根令箭一样的草，仿佛一个头发稀疏的人受到了大惊吓，头发都立了起来。井台上的辘轳早没有了，不知谁从哪里找来的一块四四方方的大青石，把井口盖得严严实实。每天有无数的娃娃们在爬上爬下，大青石早被磨得溜光水滑，一尘不染。井亭对面是"眯眼儿"二贵哥哥大贵家的茅房墙，墙外长着一株茂盛的石榴，开着红得让人心疼的石榴花，花瓣像喇叭，从喇叭深处探出细细密密的花蕊，红里透着看不清的白，顶端抹着星星点点金黄的花粉。那些头上箍着白羊肚毛巾的老汉们，排排坐，摆在一树繁花的石榴树荫下。

学文只顾埋头拉车，他是个羞涩的男孩，不去搭理那些撩逗他的老汉们，看也懒得看他们一眼。学书坐在车上，像个国王一样接受着老汉们对他勤劳、懂事的夸赞。也有那没大没小的老顽童起哄，咧着缺牙少齿的嘴诈唬："喂，小的拉车大的坐，不像话！大的快下来，拉上小的。学文，我要是你，就不拉他，快把他和车一起推翻算喽！"学文不说话，只顾拉车，胸脯剧烈地起伏，学书大度地笑着，东瞅西看，顾盼生辉。然后，学书忽然一跃，跳下了车，木板平车往前一冲，差点把学文带倒，他气恼地把车辕掼在地下，终于腾出胳膊来抹眼泪，结果被汗渍和粪土弄了个满脸黑道道，像个唱戏的大花脸。学文的表现，惹得那排老汉开心地哄笑起来，空洞的嘴暴露出他们无比的快乐。

　　吸引学书的是井台边的梧桐树荫下一个"嗤嗤"冒绿火的红泥炉子，一个浑身油腻腻的黑脸长毛汉子，正就着那点绿火儿把几小段金属融化成水珠般银色的蛋蛋。学书蹲下来，好奇地看着那人把金属蛋蛋倒进一个黑色的模具里，又把他干枯皲裂的手指伸到脚边的工具箱里，"哗楞哗楞"一阵翻找，摸出一把尖嘴钳子，等融化的金属冷却了，用钳子把模具里粗糙成型的金属条夹出来，放到腿间夹的那个用铁棍支着的铁砧子上，一手拿钳子嘴夹着金属条，一手操起把轻巧的小斧头"叮叮当当"地敲起来。敲得两头都翘起来，翻一下，再敲另一面，敲瓷实了，就手从上衣胸兜里拽出一把小钢锉，小心地似有似无地锉那么几下，又把搭在肘弯里的一块看不出什么质地的抹布一头抻住，使劲地磨搓那个中间宽两头细的金属条。磨得光滑锃亮，捏在手里按到铁砧上，再从上衣胸兜里拔出一柄刻刀来，刀柄上缠着红色的胶条。粗笨的手指捏住刻刀，刀尖压到金属条中间的宽处去，刀头开始飞快地一翻又一翻，同时噘起支棱着几根老鼠胡须的厚嘴唇来，"噗噗"地吹着，一头下山猛虎就越来越清晰地出现在金属条上。刻完猛虎，把怀里抱的铁砧子下焊的铁棍转一转，那一头是上面很细、下面越来越粗的锥体，就着那锥体把金属条弯成个圈圈，又薄又细的两头儿叠接起来，再拿小锤子敲敲，就沾在一起，成了一个金属环了。把那个刻着下山虎的金属环再锉几下，裹到抹布里揉搓揉搓，抖落到掌心里让围观的闲人观瞧，学书的眼神就开始发直：银戒指，刻着老虎的银戒指！

一直在旁边看着的两个婆娘嘴里发出"啧啧"的赞叹声，铁头妈对"眯眼儿"二贵妈说："看人家的手可真巧，打个手环不算个事情！"学书眨巴着眼睛，看到二贵矮胖的妈咧着嘴，一边把手往兜里去摸，摸出一团乱糟糟的手绢来，剥什么皮一样层层翻开，露出一对细如牛毛的耳环。二贵妈捏起那对轻飘飘的耳环时，学书仿佛听到它们相撞发出的铮铮声，他不由得眯了眯眼睛。那老媒婆盯着肮脏的手艺人，"哈哈哈哈"地笑了半天，扯着砂锅嗓子说："你给我把这副耳环化了打成个手环。"手艺人接过来，捻在手里端详着喃喃："银子少了点，薄了你别嫌啊！"老媒婆嚷嚷着："打吧，不少给你钱。再说，我就在这里看着你打，还怕你偷了我的银子啊！"惹得铁头妈和路过看热闹的二福婆娘翠莲一起"咕咕咕咕"地笑。手艺人翻起眼白看看她们，低头打开那绿火火，问着："要什么'花儿'呢？龙还是兰花，还是梅花？"学书没出过远门儿，不知道他操的是哪里口音，好在都能听得懂。铁头妈和翠莲争相给二贵妈建议，"婶子婶子，你要自己戴的话，我看还是刻个凤凰好，男刻龙女刻凤么，你说呢？"二贵妈很欢喜地同意了。学书想告诉她们手环现在叫戒指，那边学文已经用非常伤感的语调在喊他了："哥，你到底走不走？你不走我先走啊！"

  晚饭后，爸爸在院子里铺了几条麻袋，父子们仰面朝天躺在上面纳凉。大地白天吸纳的热气依然没有吐干净，把麻袋上的植物气息蒸腾出来，夹杂着土腥味，缓缓地送进学书的鼻孔，学书望着黑色的天幕上无尽的星星，对宇宙浩瀚的想象让他有点恐惧。他已经是初中二年级的学生了，喜欢天文学，知道蟹状星云、超新星、红超巨星这些宇宙概念，这方面团结学校民办教师出身的老师们差他太远，那几个刚毕业分配来的十大几的师范生也未必知道。但这些都不足以让学书成为班里的佼佼者，只有那几个每次考试都名列前茅的好学生才让班级和全校师生瞩目，学书只是成绩中游的学生，远远不如坐在后排的那几个捣蛋鬼更惹人注意，尤其是惹女生的注意。就算是只有百十号学生的团结学校，也常会发生些成为大家热议话题的事情，比方说，三萍她爸是天井村的支书，家里给她做了一套枣红色的西装，三萍就成了学校第一个穿西装的学生，跻身男生们心目中"好看女生"的行列；比方说，"狗屎"他爸是镇上机械厂的厂长，他爸的伏尔加"小鳖盖"车送他来过一次学校，被那几个赖小子看见了，"狗屎"以后再没挨过他们的打，并且女生们都开始和他一起值日劳动了。学书妈妈倒是村里有名的巧手裁缝，自从买下那台"燕牌"缝纫机，她着迷的就是把爸爸的旧衣服改瘦给学书穿，把学书穿破的衣服改小给学文穿。西装，怎么敢想！至于坐着"小鳖盖"去学校，呵呵，学书自己想想都觉得可笑。妈妈累了一天，早早抱着学琴进屋睡去了，奶奶坐在屋檐下的小竹椅上摇着蒲扇打盹儿，爸爸在给学文神乎其神地讲着诸葛亮草船借箭的故事，学书望着属于他的高深莫测的宇宙，那些闪闪烁烁的星星多么像一枚枚闪光的银戒指啊！在他的想象中，自己已经戴着一枚刻着下山猛虎图案的硕大的银戒指走在校园里，那么多的惊羡的目光啊！真、真不敢往下想了。

夜阑人寂，暑热渐消，奶奶摸着黑去了一趟茅房，回来叉着小脚站在父子几个的脑袋前面，用老年人雌雄莫辨的嗓音低声责备："看潮气上来伤了腰，不早了，都回炕上去睡吧，明早晨都要起早干活哩！"学书朝上翻翻眼，看到奶奶佝偻着的黑影像一只大猩猩矗立在星空里，他懒得吭气。爸爸正讲得起劲，也顾不上。奶奶不满地嘟哝着，脚不离地地蹭到屋檐那里去，摸到她的小竹椅，回头严厉地警告爸爸："不回去就往远处挪挪，别在屋檐下，看溜檐风伤人哩！"学书听到竹子门帘"吧嗒"一声响，知道唠叨的奶奶终于回去睡了。

爸爸的语调越来越神秘，夸张地喋喋着那些虚无缥缈的人物和故事，讲故事是他的拿手好戏，在村子里，他不是个安分的庄稼人，本来只是个完小毕业生，非要买回一大包书来，上什么刊授大学。种地也要搬书本，说是科学种田，还要当专业户，伙同村里另一个呆子在火车上折腾了一天跑到太原去，买回几袋子蘑菇菌种来，搞起了家庭养殖，结果结出的蘑菇都像猴子耳朵一样大，不够村里东家西家的尝一尝，那些菌丝在家里到处乱飞，全家都被感染了气管病，"吭吭咔咔"比赛咳嗽了整整一个冬天。那次去太原，爸爸还花十块钱买回一台袖珍收音机，跟烟盒一般大，奶糖一样迷人的乳白色，他在猪圈里起粪，那台收音机就放在茅房墙头上，袁阔成在里面播讲"三英战吕布"，喇叭功率太小，听起来袁阔成像感冒塞住了鼻子。猪粪装上平车，往地里送，收音机就放在爸爸的上衣胸兜里，他在前面把辕拉车，学书在后面推车，一路上听着广播。沿途势必招惹来那些正经庄稼把式的嘲笑："哟，老郭，你这干活儿还不误听评书，美着哩么！"每当这个时候，爸爸满脸都是得意的笑纹，学书也觉得挺美，这样干活儿不累。诸如此类的事情在爸爸身上层出不穷，都成为老农们尤其庄稼把式火儿爸嘴里的笑料，只有他们父子浑然不觉，自得其乐。学文八九岁上，结束了他野猴王的自由生活，加入到家务劳动中来，学书也升级成了拉车把辕的。爸爸把车辕杆交给学书的那天，郑重地把那台乳白色的袖珍收音机也传给了他，那是一个象征，也是一个仪式，虽然父亲没说什么，学书还是感到很激动，他把收音机装进上衣胸兜里的那一刻，就觉得自己是个大人了。爸爸总是把"锻炼"这个词挂在嘴上，为了让学书和学文"锻炼锻炼"，他不惜放着那匹不会拐弯的骡子不用，整个暑假都让弟兄俩拉着平板车送猪粪。很多年之后，学书才知道赵树理有个著名的短篇小说叫《锻炼锻炼》，而爸爸那个时候正是个文学青年。

粗糙的麻袋片儿扎着学书裸露的皮肤，让他感到不舒服，心里痒痒得很。就在这时候，他心里开始有了一个令自己激动不已的计划。院子里残留的大粪味道让他有点头疼。院子里原本有两株榆树，前几年砍掉后爸爸移种了八棵苹果树，灶房门前的一棵是"国光"苹果，其余的七棵是"香蕉"苹果，大概水土不服，果树都生了虫子，爸爸刷了几次白灰，不顶事，索性又都砍掉，栽了几棵梧桐树苗。梧桐树长出叶子后，需要从根部锯掉一次，让它重新努出新树苗来，这样将来不容易生病。爸爸围着梧桐树根部刨个环形的坑，把茅缸里的大粪给每个坑里倾倒一桶，搞得院子里的空气让人窒息，那些大粪里的水分被太阳蒸发后发出的气味，辣得人眼睛睁不开。这个时节，村里谁也不到学书家来串门，就连红生妈和"眯眼儿"二贵的妈都不来。

学书不再关心宇宙里的那些事情，他爬起来，挪到爸爸和学文那边去，坐到爸爸身下那条麻袋边上，装作听他讲故事。学书已经过了听故事的年龄，爸爸给学文讲的那些故事，他早就学会了，从小学二年级起就翻讲给班上的同学听，这时候，他又跑到爸爸跟前来听，很让后者得意于自己的常讲常新的本事，从而放松了警惕。学书尽量让自己的头和肩膀保持不动，在爸爸的视野之外，借着墨汁般的黑夜的掩护，他的手像只大蜘蛛一样爬动，慢慢地钻进了爸爸盖在肚子上的衣服兜里，摸到一卷钱，凭手感判断，外面的一张大的是十元票，学书没敢要，他用手指把这张大票子打开，把里面包的小票捻出两张来，轻轻地团进手掌心。大蜘蛛无声无息地爬回来，把钱压在屁股底下，学书观察一下爸爸，知道他浑然不觉，又让大蜘蛛爬进他衣兜去，用那张大票把剩下那卷小票包住。这一切做得神不知鬼不觉，当学书把屁股下那两张一元票或者两元票成功地转移到自己裤兜里，他大大地松了一口气，在黑暗里静静地笑了。

9

上午，奶奶坐在前排人家后山墙的阴凉里，面对着自家大门口，不时挥舞手绢驱赶围绕着她的两只小苍蝇，看似有一句没一句地和"眯眼儿"二贵妈还有从来不洗脸的红生妈闲扯，心里记着学书他们这一上午总共送了几车粪，学书虚报了一车，奶奶把她在竹椅扶手上掐出的指甲印印给长孙看："你嘴犟哩，你弟兄俩拉一车粪我掐一个指甲印，你自己数数这是几道？"学书心里气得要死，却笑得坐在地上起也起不来。"眯眼儿"二贵妈帮着奶奶教训他："你学生娃娃欺负我们老婆婆子没上过学，不识数，你不知道我们吃的盐比你吃的饭还多几碗。"学书索性把平车搁下，招呼学文回去喝碗水歇一歇，奶奶就对着那两个小她几十岁的婆婆子诉说学书的爸和妈多能受苦，多么辛苦，提醒弟兄俩别老想着偷懒，"总是老大不带好头儿！"她愤愤地说。

学书领着学文钻进灶屋，从暖水瓶里倒出一碗白水，小声命令弟弟："你在这里等着，我回屋去找找咱妈的红糖藏在哪里了，咱一人喝碗红糖水。"学文的眼睛变得亮亮的，很敬仰地望着哥哥说："行！"学书从灶屋门里溜出来，先探头张望了一眼栅栏门外的奶奶，断定她正望着别处，闪身钻进了正屋。

进到父母住的西屋里，学书的心跳得"咚咚"响，这里是禁地。平素学文和妹妹学琴跟着奶奶在东屋炕上睡，学书一个人在堂屋里支的木板上睡，妈妈严禁他们跑到自己屋子里去瞎害。但是学书已经无数次地潜入这里了，他轻车熟路地打开妈妈的红漆大衣柜，一眼就看见了那包拿两层马粪纸包着的红糖，受了潮的糖把黄绿色的纸浸得斑斑点点，但他只轻轻地看了它一眼，就把头埋进衣柜底部的几个包袱里面去，细长的胳膊从包袱之间的缝隙里一直伸到最底下，他摸到了一个坚硬的木头盒子，费劲地拉出来，是一个描龙画凤的红漆梳妆盒，盒盖上的把手和荷叶扣锁都是黄铜的，据奶奶讲，这个梳妆盒是她老人家当年的陪嫁，学书的妈妈嫁过来后，奶奶就送给了她装首饰。学书心情激动地打开梳妆盒，同时闻到了一股好闻的木头香气，这香气和妈妈衣柜里樟脑的味道不一样，闻了头不疼，还有点眩晕。盒盖里面嵌着一面锃亮的水银镜子，照出了学书圆脸上所有的雀斑和一两颗粉刺，学书呆了一下，觉得镜子里那张脸如此陌生。他不敢耽搁时间，打开粉红色的隔层板，看到了盒子里所有的东西，没有戒指，没有耳环，也没有项链，只有一把他们兄妹三个小时候在褟裸里戴过的长命锁，那是把如意形状的银锁，底下吊着几串银片片，每个银片片上都刻着一个姓，叫做"百家长命锁"，还有两串手串，布条已经被奶水和口水渍成黑色，上面缀着银质的簸箕、弥勒、鼓槌，还有猪的耳腔骨。学书考虑着是不是拽下几片百家姓银叶子来，那样的话准够打个戒指的，正在那里眨巴眼睛，突然想起什么，扭头望望炕头上的碗橱，碗橱上有几排小抽屉，抽屉外面都挂着黄铜的叶片当把手，学书一纵身跳上炕头，拉开最上面角上的那个抽屉，把里面的铜螺丝拧开，拽下了那片铜叶子。刚跳下地，听见奶奶在大门外喊自己，以为妈妈中途赶回来拿东西，赶紧把梳妆盒的隔板放进去，把盖子扣好，又塞进包袱最底下去，关上了衣柜门。半个身子出去了，又收回脚来拉开柜门，抠了一块红糖握在掌心里。

他从正屋冲出来时，院子里阳光灿烂，梧桐树的浓荫笼罩着南墙根和他的平车，让那一片地方看起来像是被水浸湿了。

漫无边际的蝉鸣催人长睡不醒，正午的村子里连个狗的影子都看不到，学书趁着全家人都在午睡，轻手轻脚地溜出了家门。他用肩膀把栅栏门上的木杆扛起来，挪开道缝，挤了出去，再把门搭上。一转身，他就进入了一个无人的世界，满世界只有墙根下土坑里睡觉的花母鸡，呆立不动的槐树、杨树和柳树，蝉鸣和热浪像沸腾的热水从头浇下来。学书贴着前排屋子的墙根走，脚下的苔藓几次差点把他滑倒。拐上村街，左右的巷子里都空空荡荡的，这让他心里无比喜悦。离很远就看到井亭下，那个打戒指的手艺人靠着大青石，正端着一把大茶缸在吃饭，学书走过去，看到他吃的是开水泡馍。那人听到脚步声，看他一眼，继续埋头吃饭。学书等他放下茶缸，朝他伸出手去，摊开手掌，让他看到掌心里的铜叶子。那人没有去拿，抬起眼白多黑眼珠小的眼睛看看他。学书没底气地问："打个戒指多少钱？"那人抹抹嘴，自顾摇着头说："铜的不能打，火的温度到不了那么高，化不开的。"学书另一只手插在裤兜里，掌心攥着那三块钱，霎时汗流遍体，感到了无比的凉爽。

午后竟然响起了沉闷而有威力的雷声，像有个人把几块石头装在铁皮桶里放在你耳边摇，学书躺在木板床上幸福地想，要下大雨了，没法往地里送粪，可以睡他一后晌了。随即他就听见雷声里爸爸和妈妈比平时声调要高些、紧张、略显慌乱的说话声，学书想那大概是院子里有点晒好的粮食要装袋子或者用塑料布遮起来，一点点活儿，父母不会叫他起来的。但是他又听见平车的辕杆掉在地上的"吧嗒"声，他们收拾平车干什么呢？终于听见妈妈严厉而急促的声音："快把学书叫起来，叫他起来！"学书的心又开始"咚咚"地响，好像跟那一声紧似一声的雷声比赛，他觉得大难临头：爸爸一定是发现丢了三块钱，而妈妈也看出来衣柜被人翻过了。他一时不知道该如何为自己开解，绝望到不能动弹。

门上的竹帘子响，奶奶已经站到了他的床头，她急促地责怪着："你就听不见？你老子和你妈说话你就听不见？眼看着就要落雨了，人家要抢着去地里撒肥料，你就不能去帮个忙？一会儿你妈躁了要打你，我可护不了你。再不起来，看你妈进来揪你哩！"学书明白了是这么一回事，恢复了他懒洋洋的神态，他拧着眉头冲奶奶发泄着自己的不满，的确，他刚刚睡下没一会儿，跑了一晌午，还没尝到睡午觉的香味呢！但是奶奶已经甩着小脚跑出去了，院子里传来妈妈责备老人越帮越忙的呵斥声："你能不能坐着去？说了你干不了，这要再把你撞倒了，怨谁？学书呢，怎么还不出来？！"

学书摇摇晃晃地出现在院子里，一副睡迷糊了的样子，但是他的皮肤已经觉察到闷热的空气中不断袭来的一丝丝凉气，风是雨头儿，院子上空的树冠已经被很大的力量扯动着摇摆起来。妈妈把住辕杆，命令他和爸爸一起抬一袋"尿素"，他没忘了提醒父母："学文呢？叫他也起来么！"妈妈马上就恼了："你十四了他也十四了？！"学书很嫉妒学文年龄小，这种天气可以想睡到什么时候是什么时候，而自己却要淋着雨去地里施肥，他的心被炉火烧灼着，情绪坏到了极点。

情况确实是紧急了，爸爸一句废话没有，平时他都要笑呵呵地让学书把辕拉车"锻炼锻炼"，这时自己拉起车来就往外冲，不惜把人撞倒的架势，妈妈和爸爸保持着一致到惊人的速度和节奏，他们脸上是一般无二的如临大敌的面部表情。妈妈在左边推车，学书在右边推车，他渐渐被这种紧张到神圣的气氛感染，感受到一种快乐了，本来他以为家家都像要打仗一样去地里抢着施肥，拐上大街一看，所有的人都往家里小跑着躲雨，只有他们一家三口穿着雨衣，全副武装地向着大雨和野地里冲锋。狗熊般的嘉成迎面匆匆走过，笑嘻嘻地问了句："老郭，还往地里跑啊，要下大啦！"爸爸没有展露平素遭到庄稼汉嘲笑时的羞涩笑容，而是很郑重地回答：

"雨前给玉米苗子撒'尿素'效果好。"

　　风并不大,但是因为夹着点雨星显得很有力,鼓胀起学书身上披的塑料雨衣,他心中的懊恼也被风吹了个干净,只觉得这样紧张的气氛有些像做梦。路过十字路口的井亭,他看到那个手艺人已经不在那里了,他到谁家躲雨去了呢?

　　绿色的庄稼地浩瀚地摇曳着,像是海上的巨浪,因为有它们的庇护,风柔和多了,学书甚至感到有些如沐春风的惬意。一家三口顶着风赶到了地头,爸爸把尿素袋子拽到车边,抽掉密封线,妈妈把脸盆接到下面,让那些钻石般晶莹的颗粒流淌到盆里。尿素不像碳铵,没有浓烈的味道辣眼睛,也不怎么刺激皮肤。装满三盆,爸爸拉过塑料布盖住袋子,压上两块石头防止被风吹开。学书学着父母的样子端起一盆肥料,卡在腰间,钻进了玉米地,此时的玉米苗才到他的腰间,很粗壮,叶子像海带,但是有些嫩绿发黄,学书知道施肥后叶子就会变得墨绿,庄稼是需要呵护的。庄稼也是很神奇的,雨后夜深人静的时候,走在田间路上,能听到它们"吱吱嘎嘎"拔节生长的声音,就像老鼠在耳边喧闹。风拂过玉米地,送来远处河谷里的鱼腥气息,学书的思想信马由缰,想象着外星人是不是也会种地,他们主要种什么庄稼呢?按照爸爸的要求,一把肥料撒五棵玉米,要把肥料扔在距离玉米根部五到八厘米左右的地方,远了没肥效,近了会把庄稼烧死。妈妈手脚最快,她已经遥遥领先,顾不上回头地说:"你俩快点,总共一人两盆就完了,非要等着遭雨?"正好顶风,风把妈妈的话清晰地送到学书的耳朵里,他顿时焕发了精神，一点乏力的感觉也没有了，抓一把肥料，很准确地投到每株玉米根部五到八厘米的土地上，这个距离既不浪费肥料，也会让庄稼充分吸收。那个大雨欲来风满河谷的下午，学书展示了他种庄稼的天分，他竟然赶上了妈妈的进度。第二盆撒完，他还去接了爸爸一段，因为他的超常发挥和出色表现，一家三口竟然在大雨到来的前几秒钟，胜利地逃回到了自家的屋檐下。

学书脱掉雨衣，浑身的衣服已经被汗水浸透了，他偷偷地欣赏了一下父母脸上快乐的笑容，心里感到很激动，而且竟然有那么一点鼻酸。

10

雨还没来得及停，太阳就迫不及待地出来了，娃娃们没见过太阳雨，欢喜地冲到雨地里去，喊也喊不住。从院子里能看到，西天上霞光万道，一条彩虹横跨在村子东面的上空，奶奶说："东虹轰隆西虹雨，不会再下了。"爸爸号召两个儿子："看你们谁能捡到蘑菇和马疙包（马蹄菌），你妈晚饭给你们炒了吃。"这是他们家雨后的传统活动，学文从来不吃蘑菇，但他是最积极响应的，率领着学琴先跑去了茅房门口的大椿树下捡马疙包，学琴最害怕椿树上被雨水打下来的椿蛾，那种黑色斑点的红色飞虫总是突然落到她头上，把小丫头吓哭。

因为赶在雨前给玉米地施完了尿素，爸爸和妈妈心情非常好，他们拉把椅子坐在屋檐下的台阶上，快乐地交谈着科学种田的经验，作为功臣，学书站在那里偶尔插那么一句，也没有遭到呵斥。他甚至还试试探探地说："十字路口来了个打戒指的，我看到二贵妈把两个耳环化了打成了戒指。妈，你有银子吗，也给你打一个，那个人刻的花可好了。"妈妈先是剜了他一眼，继续着和爸爸的快乐话题。学书刚想到灶屋里去，把同样的事情说给奶奶听，奶奶腕上的好银镯子是全村人都知道的。但是妈妈却喊住了他，说她记得学琴小时候戴过的一对小银镯子断了一只，她要回去找一下看是不是能找到。学书心里暗笑，那个梳妆盒他上午早看过了，根本没有什么小银镯子。爸爸看到他脸上的笑容很诡异，问他笑什么，学书说没什么就是想笑。一回头，妈妈手里握着一只断成两截子的小银镯子出来了，嘴角还挂着点神秘的笑容。学书有些发呆，他没想到除了那个梳妆盒妈妈还有宝藏他没找到，妈妈说："反正家里也没小娃娃戴了，断了就不接它了，打两个手环吧，二贵妈那么老了还戴哩，咱也戴一个。"学书马上说："打两个给我一个。"妈妈呵斥道："你什么也想要，娃娃家妆扮个什么哩！"可能是念及他撒肥料的功劳，她招呼学书："走，和妈一起去打手环。"学书大声说："我先去看看那个人还在不在，要在我回来喊你。"

学书奔出家门去，旋即又奔进来，大声喊："妈，在哩，那人又出来了！"妈妈嗔怪道："慌张什么哩，又不是去抢，看把你滑倒摔死！"

雨后的黄昏闲人最多，十字路口早围着一群人，整个打戒指的过程里，学书都觉得是自己在表演给围观的那些人看，他突然觉得戒指上刻个老虎和龙都很俗，提出自家的两枚戒指一枚上刻兰花，一枚上刻梅花，但妈妈还是坚持自己要戴的那枚上刻了一只凤。妈妈把打好的两枚戒指包在手绢里往回走，学书跟在旁边纠缠："妈，你就让我戴一个吧，以后你让干什么活儿我都干，挑大粪也行，真的！"妈妈快步走着，扭头看他一眼说："让你戴一个容易，天黑前你到村前地里给猪割一筐草。"学书响亮地说："行！"妈妈就用满是老茧的手指打开手绢包，拣出那枚刻着梅花的递给学书。

梅花戒指套上手指的一刹那，学书的胸腔膨胀到他无法呼吸，他发出一声类似狗被踩住尾巴的声音，飞快地从妈妈身边跑开，在水泊间跳跃着，奔回自家院子，从厦屋里的砖缝里拔出镰刀来，背起挎篓去割草。

学书肩上背着挎篓，戴戒指的那只手扶着挎篓把儿，手搁在肩头那里，这个位置正好让所有碰见他的人看见他手指上多出的那个亮闪闪的东西。柳枝上积攒的雨滴落入他的脖颈，他缩了缩脖子，拣那干燥的地方，继续往巷子口走。一两只不知时光的蝉又开始了悠长的鸣叫，学书拐上村街往南走，去村前的庄稼地里，他知道雨后只有豆子地里不会泥泞，豆子的根系会织成一张网，把泥土都编成结实的一大片，再大的雨也不会让豆子地变泥泞。路过前排巷子口，碰上了福娃的大儿子海明，海明不怀好意地逗他："好家伙，你不是你爸妈亲生的吧,刚下完雨就让你去割草?"学书转过身去,让他能看见自己那只手,果然那个已经长得像个大人的家伙就大惊小怪起来:"还戴着戒指呢,我看看,是银的还是铝的?"学书心情愉快地说:"铝的,你别看,我要赶紧割草去哩!"他扔下海明,迈着悠闲的步子往前走去。

很快他就找到了一块豆子地,而且显然是个懒汉家的地,杂草长得比可怜的豆苗还要高。学书骂了懒汉一句,把挎篓放在地头,蹲下来,扒拉开豆子长着毛边的薄薄的叶子,揪住一把草,把镰刀伸了过去。蚰蜒和蟋蟀四处奔逃。雨水让草叶变得滑溜溜的,需要用劲才能抓住,好在学书是个割草的老把式了,虽然手指上的戒指让他觉得有些碍事,也不妨碍他的镰刀绕开豆苗把草都割干净。豆子叶上的水珠滚来滚去,被撞落下来,打湿了他的鞋和裤脚,一会儿,脚就在鞋里发出"咕吱咕吱"的怪声音。学书像割麦子一样,把割好的草一堆一堆放在身后,最后再用挎篓把它们都收起来。

他蹲在那里割草的时候,想着明天就是星期一了,早晨到了团结学校,同学们看到他手上戴的梅花戒指会是什么样的表情,心里美滋滋的。这时候,身后有人说话:"是谁家的娃这么懂事,天要黑了还来割草?"学书停下手里的镰刀,扭过脖子去望,看到铁头妈提着个小篮子正走进豆子地。他对她笑笑,那婆娘说:"是学书呀。我给我那几只鸡揪点草叶子,要不它们不肯上架,满院子跑。"她吃力地弯下腰来,学书看到她手上也戴着一枚戒指,显然也是刚打的。

铁头妈在学书后面揪了一小篮草，浅浅的，就匆匆走了。学书想，她跟在我后面，就是怕露水打湿她的鞋，这个婆娘太精了。天黑前，学书把草在拤篓里捆好，蹲下来背到肩膀上，用镰刀把儿撑住，脚在鞋里"咕吱咕吱"响着地回了家。

灶屋里亮着灯，奶奶在那里生火，妈妈和爸爸对面坐在灶屋门口投射的长方形黄光里洗蘑菇，学文带着学琴出去玩还没回来。学书沉稳地走到厦屋那里去，拉着灯，把拤篓里的草倒出来摊到地上晾着。做完这一切，他又像个男人一样无声地从父母跟前走过，进了灶屋，从水瓮里舀了半盆凉水洗脸，妈妈提醒了一句："洗手的时候把手环脱下来，别把银子腌臜了。"学书"哦"了一声，然后他就看到自己举起的两只手都光秃秃的，哪根手指上也没有戒指，他生生地把又一个"哦"咽到肚子里去，觉得自己的心不知掉到哪里去了，胸口空荡荡、凉飕飕的。

学书断定戒指是在自己割草的时候掉豆子地里了，晚饭胡乱喝了几口米汤，悄悄揣着手电筒出了门。他不是个胆子大的人，平素去邻居家喊爱串门的妈妈回家，必定要叫上学文作伴，这次，他硬着头皮一个人跑到了村前的庄稼地里，打着手电筒，蹲在自己割草的那块豆子地里，扒拉着豆子叶子，寻找他失落的梅花戒指。豆子地有一大块地方泛白，那是因为学书割草的时候把叶子翻乱了，发白的叶底翻了过来。此刻，虫声已经很高潮，密密地冲击着耳膜，如鼓如雷，学书却听到了喧闹后面巨大的寂静，他怀着无望的心绪埋头寻找，手电筒昏黄的光芒仿佛宇宙中的星云，那时候，学书拥有天地万物，可他似乎没有未来，除非他能找到他那枚戒指。

在蚊子一轮又一轮穷凶极恶的攻击下，学书终于决定放弃了，他已经把割草的那片豆子地翻腾了好几遍，确信自己的戒指已经不在这里了。手上有好几处被蚊子叮了的地方奇痒难忍，学书搔着痒痒，心头升起一片疑云，他想起那会儿跟在自己身后揪草叶的铁头妈，那婆娘为什么篮子还没满就匆匆离去呢？显然她是捡到了自己的那枚梅花戒指。想到自己心爱的戒指戴到了铁头妈的手指上，学书懊悔地抽了自己一个耳光，他冲动地想去那婆娘家里问问她，叫她交出自己的戒指。想想又怕她不承认，闹起来让妈妈知道自己把戒指丢了反而要挨骂。学书就那样满腹心事垂头丧气地走回来，他懊丧又愤懑，家里人都在院子里纳凉，"眯眼儿"二贵的妈照例来串门，正坐在那里唱歌似的聊天，看到学书回来就说："来，娃，娘娘看看你打的新手环。"学书心里就是一沉，他没好气地说："你想看就看啊，你自己又不是没有！"妈妈就和"眯眼儿"二贵妈一起骂他死娃娃、妆幌鬼。

学书走到厦屋底下去，拉着灯，装作翻晾猪草，用镰刀仔细地把割回来的草检查了一遍，还是没看到梅花戒指。他站起来，蔫蔫地垂着头，绕过那些聊天的人们，钻回屋子里面去睡觉。他听见奶奶说："娃今天干活儿不少，黑了还割回筐草来，累了就让他早点歇着去。"学书站在堂屋的竹帘子后面，伸出手掌，在黑暗中捧住了自己的脸，像个女娃娃一样无声地哭了起来，肩膀耸动，不能自已。

卷三 百年孤独

11

种子站站长云良看上了村子北边那一大块盐碱地,请支书英豪和村长银亮到镇上喝了顿酒,承包下来办榨油厂。那块盐碱地地势低洼,一年到头白花花像刚下过雪,种什么庄稼都不出苗,野草野菜都不服水土,只有一种红色的碱灰条菜七零八落地占领着。据说有一种治理盐碱地的方法是深挖一米,灌满水来泡,可这块地方太大了,要挖的土方太多,动用的人力物力无法估量,况且,就算挖了坑,灌区也不会同意浪费那么多立方的储水来灌盐碱地,好地的灌溉水量都不够,几个村子还年年因为浇地打架呢!云良愿意承包办厂,支书、村长把他当雷锋看,再说占用的是非耕地,土地手续很好办，镇上也很支持办厂，还列为乡镇企业扶持对象，提供了很多优厚条件。

村委会的大喇叭"吱哇"乱响的时候，庆有正在院子里检查小四轮拖拉机的水箱和机油，支书英豪亲自对村民广播，大意是大家都知道云良要办榨油厂吧，厂子就建在村北的盐碱地，那是个洼地，因此在盖厂房之前，先得把地基垫起来，这就需要很多的土方，云良说了，谁家有小四轮拖拉机的、谁家外村的亲戚有拖拉机的，都可以给盐碱地送土方，一车斗土方十块钱，送一车发一张票，当天收工时凭票现金结账。庆有竖着耳朵听完，眨眨眼，笑着自言自语："这是个好事情么，看来有活儿干了。"他翻开车座儿垫板，从工具箱里拿出摇把来发动了拖拉机，往车斗里扔了把铁锹，一路黑烟出了门。来到村街上才想起该到哪里去挖土的问题，就看见红生撅着屁股站在十字路口拦住了"眯眼儿"二贵的拖拉机，说了几句话，挥手指挥"眯眼儿"二贵开车出了村口。看见庆有开着拖拉机过来，红生又打手势，庆有停下，他凑上来仰着脖子说："庆有你也是去拉土方的吧？去我家旱地挖土吧，那块地浇不上，我打算把他挖深一米，这样下雨就能存住水了。"庆有笑他："你脑子真好，云良出钱给你干了活儿了。"红生笑笑，自打残废了，他的笑容就有点像个老年人，摆摆手，叫庆有过去了，继续等别的拖拉机，他知道天平和天星弟兄俩的小四轮还没出来。

庆有干活儿下狠劲儿，自个儿装自个儿卸，一天送了七八车，回来累得晚饭都没吃就回屋睡了。庆有妈数落儿子："人家过活不了的家户都不这么干，你爸是吃国供的，还用得着你这样拼命吗？"庆有躺在炕上，眼睛也不睁地说："我闲着也是闲着，车闲着也是闲着，有钱不挣神经病！"庆有妈没办法，出门到学书家串门，学书一家正围着灶屋外墙上挂的一盏电灯说笑话，学书妈看见庆有妈进了大门，吩咐学书回屋搬把椅子出来。庆有妈坐下，也说了半天村里张家长李家短的笑话，望着学书说："哎哟，学书都长成小伙子了，十四五了吧？"学书妈说："学书十四。"庆有妈说："可不小了，我们这一辈的这个年纪都娶媳妇了。"学书妈说："庆有都没娶媳妇哩，他着个什么急？"大家都望着学书笑起来。庆有妈说："明天放礼拜吧？"学书说放哩。庆有妈就对学书妈说："这两天村里有拖拉机的都在给云良的厂子送土方哩，一车十块，天天结账，今天庆有就挣了七八十块哩。学书反正明天不上学，和庆有装车去吧，一天让他给学书十块钱，不是也能自己挣点学费吗？"学书妈马上说行，学书爸也说："叫他跟上锻炼锻炼。"庆有妈问学书："能使动铁锹吗？"学书说："怎么也比出猪粪省劲儿吧！"事情就这么定下了，第二天一早，学书坐着庆有的拖拉机去红生的地里挖土给云良的厂子里送。

通往红生家那块地的田间路又窄又长，长满了败节草，这种草就像绿色的螃蟹或者蜘蛛的腿，两节之间长着细细的白色绒毛，草茎却是中空的管子，搞不清它是怎么传输水分和营养的，能像竹子一样拔节，叶子也跟竹子很像，只是一碰就散，不知道为什么偏偏喜欢长在轮压马踩的车道上。这条路多年只走马车和人力小平车，载的多是农家肥和收获的庄稼，车身轻，半压不压的，败节草越长越旺，白天压下的车辙，一个晚上就被遮盖了，只是车辙里的草短秃，两道车辙间轮子压不到的地方，地势低雨水足，大小牲口的粪尿经年累月的滋润，得天独厚，各种野草密密匝匝地挤着生长，都有齐膝高，举着白色的米粒花瓣或蓝色的环形花束。学书扶着前挡板站在车斗里，看着庆有开着红色的拖拉机头像船头劈开水面一样压倒那些野草，纹路粗大的拖拉机橡胶轮胎用一种自然之物无法抵御的力量践踏着它们，势不可挡，震撼着学书的心。庆有不像他这样胡思乱想，他专心地开着车，时不时抬头朝远处红生家已经有几辆拖拉机的地里眺望一眼，打打喇叭，示意装满土方的车在宽阔的地方等一下，方便错车，很多神情和举止已经显露出，他渐渐褪去了乖戾顽皮的少年之心，显示出一个专心、踏实、能够自得其乐的庄稼汉的迹象。学书回头看看被沉重的拖拉机压过的路径，中间两道车辙是拖拉机的前轮压出来的，因为草很厚，还不能压透，而且车轮过后，那些被压扁甚至压碎成纸浆状的植物的茎叶，依然在竭尽所能地想重新站起来，它们的抖动和挣扎，显示了生命的存在和顽强；被巨大的后轮和车斗轮胎压过的地方，早已裸出黄白的土地，像巨蟒身上的条纹，在震颤不已的钢铁车斗上，学书有点幻视，看到这条绿底白花的巨蟒正在蠕动，随时都有可能把拖拉机掀翻。他的恐惧来自于他的知识，很多不好的感觉都来自于知识。比如说，过去不久的麦季，当大地一派金黄，乡亲们的神色匆忙而庄重，他们的恐惧来自于对下雨的担忧，某种以收获的形式预示的生存的希望让他们的内心和周身细胞都充满了喜悦，这种潜在的喜悦抵消了劳作的辛苦，以至劳作的艰辛已经变成了一种享受。面对一望无垠的麦海，他们埋头收割，挥汗如雨，脑子里什么也不想，只有龙口夺食的激动，在没有尽头的劳作之中，在无数次机械的动作重复之中，他们发自内心地开着某人的玩笑，讲着荤故事，用脏话对骂和调情，这些美德在庆有身上几乎是与生俱来的，他属于他们中的一员。而学书则不同，当他跟随着他们一手抱着和阳光一样刺人的麦芒，一手挥动镰刀割断麦子和大地相连的根部时，因为长时间的弯腰过劳导致腰部渐渐失去存在的感觉，他痛苦地直起身来眺望仿佛永无尽头的麦海，突然，绝望的情绪就袭击了他，他在问自己："难道，我真的要这样累死累活的一辈子吗？"绝望感像闪电一样击中了他，他在瞬间倒下，躺在割下的麦捆上像死了一般，几乎连呼吸都停顿了。知识让学书对自己的命运产生了不自觉的思考，所以他在感受到痛苦和绝望之后，又只能通过知识来试图改变这一切。和学书的绝望不同的是，同样面对的一切，庆有显然感受到的是希望，他生机勃勃，乐在其中，并且显示出终生拥有这一切的强烈渴望。

红生的地大概二亩不到，两天工夫已经被挖下了一锹头的深浅，当那些缠绕着植物根部的地表土被剥离，大地裸出了他深黄色的肌理，锋利的铁锹刺进大地的肌肉，让学书感受到了大地的沉默和温柔。庆有不急于装车，他和装满车准备走的"眯眼儿"二贵对着火儿抽了一支烟，享受着劳动者之间的攀谈，"眯眼儿"二贵黑矮敦实,手臂显得粗短可笑,但他双眼皮的大眼睛总是眯着对人笑,显得很踏实和快活。抽完一支烟,"眯眼儿"二贵开车走了,庆有跳下坑里来,他很响亮地给双拳的拳眼各吐了一口唾沫,一把攥住锹把,然后就像上了发条的玩具机器人一样,动作连贯地把锹头插进土里,端起来的同时扔到车斗里去,一锹一锹没有停顿,还顾得上嘲笑一番学书"没劲,干活儿像个女子"。学书感觉自己才扔了十几锹土,偌大的车斗已经像白娃手里的面包一样鼓起来了。庆有盼咐他:"上去,出发,还能撵上'眯眼儿'。"他像在学校扔标枪一样把自己和学书的铁锹飞掷到车顶上,学书拉住车斗挡板爬上去,伏在湿润的黄土上,双手抓紧了两根锹把。庆有发动了拖拉机,在喷吐的黑烟里转动着方向盘,地垄被压成了一段瓷实的小陡坡,车斗分量又重,拖拉机的机头高高翘起,轮胎使不上劲,庆有扭头冲学书喊:"下来,站车头的保险杠上压着。"学书跳下来,想也没想就踩上保险杠伏在车头上,庆有开始加油,巨大的钢铁的力量传递到学书的身上,他没有感到恐惧,只觉得自己突然成了拖拉机的一部分,强大无比。上了路,庆有夸赞学书:"没看出来,还真像那么回事儿!"学书感到很自豪,比听了老师的表扬还受用。

远远望见盐碱地,才知道工地有多排场,人喊马嘶就像古代的战场。拖拉机很多,红的黄的绿的黑的排成长龙,他们在很远的地方就开始排队,有专人维持着拖拉机入场卸土的秩序。学书问庆有:"叔,那些人我怎么一个也不认识?"庆有说:"监工的、发票的都是云良从镇上找的人，咱村这些土八路就是给他送送土方挣点辛苦钱儿。"小四轮拖拉机车斗大都安装着卸车的千斤顶，看着车不少，一会儿就轮到他们进场了，停到地方，庆有让学书去领票，他操纵千斤顶卸车。学书把两把铁锹插到地上，朝发票的那个年轻人走过去，那个娃娃比学书大不了几岁，乌黑的头发有点自来卷，白净的面孔阴沉着，眉头像城里人一样拧着，好像谁欠着他二百块钱，一看就是个厂矿子弟。学书看到他这个样子心里就有点不痛快，他伸出像黑人一样黑手背白手心的手掌去说："票！"那个城里娃翻翻像女人一样的长睫毛，没搭理他，学书再次说："票！"那个小伙儿好看的眼睛就变成了三角眼，呵斥学书："急什么急，卸了车再拿票。"学书按捺住性子，回头望了望他们车斗竖起来正卸土的拖拉机说："马上就卸完了，你先把票给我！"城里娃鄙夷地打量着他，扔给他一张票，不耐烦地说："滚滚滚，傻屌！"压抑的怒气掀动着学书的天灵盖，他没吭气，回身跑向自己插在地上的铁锹，握住一把拔出来，抡过头顶嘶喊着冲过来，那个小伙儿一时没反应过来，也许是吓傻了，定定地站在那里望着泰山压顶而来的铁锹利刃，旁边一个人赶紧把他拉开，这时候，庆有也扑过来抱住了学书的腰。学书眼底充血，嘶哑地喊叫着："我要取他的命！"那小伙儿已经被人拉着跑远了，学书像掷标枪一样把铁锹朝他扔去，锹头深深地插进刚铺的新土里，锹把在巨大的力量作用下震颤着，幻化出无数个虚影来。庆有捡起地上的票，跑过去拔起铁锹，拉着浑身颤抖的学书上了拖拉机，加大油门飞驰而去。

出来工地，庆有才笑起来，扭头看了一眼学书说："真没看出来！"学书依然在发抖，他气愤地说："敢骂我傻屌，我比他念的书少？将来我一定比他强，不信你看着！"送第二车土方的时候，庆有对学书说："要不你别去了？我怕人家叫人打你！"学书说："在咱村地界上，我还怕个他？"因为激动，他又开始发起抖来。排队进了场，庆有轰着油门启动千斤顶，卸完土，他让学书收拾车斗，自己去领票，发现发票的换人了，不是那个小伙儿了，庆有笑着说："刚才发票的那个娃呢？"那个人说："惹不起你们南无村的人，云良怕他挨打，让他回乡里去了。"

天黑前，最后一车拉完，学书跟着庆有去石棉瓦搭建的房子里凭票领钱，看到发钱的是云良的小姨子小巧，学书不由浑身燥热，鼻尖就出了汗，他鼓了半天勇气问她："欸，你怎么不去上学了？"那女子睁大眼睛看看她，笑模笑样地说："反正我也考不上高中。"出来，庆有把胳膊搭在学书肩膀上，嘴巴凑近他耳朵说："你问她这个干什么，你不知道云良和她有一腿？"学书扭头盯着庆有的眼睛叫道："云良不是她姐夫吗？"庆有得意地冷笑着说："小姨子本来就有姐夫的一半儿！"走到车前，庆有又说："不信你看着，等厂子建成了，小巧肯定是厂里的会计。"学书没搭理他，爬上车斗，他扶着挡板眺望一圈已经被垫起半米高的地基，这一大片黄色的新土遮盖住了原先的盐碱地，将来建成厂子会是个什么样子，他不关心，他怀念着盐碱地的荒凉和曾经带给他内心的孤寂感。

庆有没有亲自给学书工钱，作为从小的玩伴，他不好意思做这个。晚上，庆有妈手里握着叠成一个小条的十块钱过来给学书妈送。学书说："娘娘，我不要钱，我叔反正不上学了，你把他剩下的那一摞粉连纸给我，我装订成本子用。以后我也不要钱，你们阁楼上那一堆《中国少年报》也没人看，也给了我吧？"庆有妈瞪大了眼睛，眨巴几下，"嘎嘎"笑起来，夸赞学书："你看人家这娃，将来不是个大学生说咋就咋！"她没忘了骂几句儿子："看我家庆有，这辈子就是个打土疙瘩的！"学书妈安慰她："看你说的，你家庆霞不是学习挺好的吗？"庆有妈斜着眼说："一个女子家，还是早早地别上学了，嫁人吧，迟早是人家的人，上学也是给人家上了！"说完笑个不住，学书爸妈也跟上笑，奶奶坐在灯光之外的黑暗里打盹儿，被笑声惊醒了，手搭凉棚努力地望着这边。

12

出早操的时候，学书发现原本只有十几个学生的八年级，现在只剩下可怜巴巴的四五个人了。课间十分钟，他假装蹲在地上看蚂蚁打架，耳朵听着郭老师和另一个老师聊天，那个老师说："怎么你家秀芹和秀芳也不让上学了？"郭老师说："快别上了，都不是上学的料儿，趁着云良的榨油厂招工，赶紧有个班儿上，总比将来打土疙瘩强。"那个老师说："你两个女子有十八九了吧？"郭老师说:"秀芹十九,秀芳十七!"那个老师说:"那也该找婆家了。"郭老师说:"找也不在外村找,我没有儿,就叫他们都嫁在本村,将来我老了好伺候我。"两个女老师哈哈笑起来,学书暗自琢磨:"秀芹和秀芳是村里最好看的女子,她们会嫁给谁呢?"

庆有拿根竹竿爬在老杏树上,够树梢上那几颗残余的杏子,他被树叶遮挡着视线,用竹竿瞎捅,不停地问站在院墙外巷子里的学书:"打着了吗?高一点还是低一点?"学书的脖子仰得酸疼,他指挥着庆有,期待着早点分享两颗熟过的杏子,杏子金黄,嘴儿上发点红,就像王母娘娘酒宴上小个儿的蟠桃。就听见背后有个磨刀一样难听的声音嚷嚷:"树上那是谁?庆有啊!都要娶媳妇的人了还跟个猴子一样上树!"接着发出慈爱的呵呵笑声。学书不用扭头就知道是"眯眼儿"二贵的妈,每天不下地,靠着给人保媒拉纤吃得白白胖胖,怎么看都不像黑不溜秋的"眯眼儿"二贵的妈。学书转头和她打招呼:"吃了吗,娘娘?"老媒婆说:"吃了,多会儿了还不吃?"学书怀疑她要进庆有家的院子,就一直望着她摇摇摆摆的背影,果然,媒婆进了庆有家的大门,拉长着嗓门叫道:"庆有妈——"庆有妈答应着从厨房出来,招呼媒婆坐下。两个婆娘"叽叽嘎嘎"地说笑了半天,老媒婆冲着树上喊:"庆有,快下来,大娘给你说下个好媳妇,快下来,快下来!"庆有居高临下对学书做个鬼脸,低声说:"这是要找个人管住我哩!"他把竹竿扔给学书,从树上溜了下去。学书拿着竹竿,望着没人的老杏树和烂墙头,不知道该跟着去看热闹还是该回自己家去。

庆有拍打着身上的土和树叶，慢慢走过去，老媒婆望着他笑，问："你和秀芹是同学吧？"庆有红着脸说："是，怎么了？"媒婆说："娃你有福气，大娘把这个全村最周正的闺女说给你当媳妇。"庆有不敢相信地眨巴着眼笑，不知道该说什么。媒婆问："怎么了，你不愿意？"庆有笑着望望他妈说："你和我妈说吧，我妈愿意我就愿意。"老媒婆嘲笑他："这么大小伙子了还脸红，是给你说媳妇，又不是给你妈说媳妇哩！"庆有妈也嗔怪地剜了儿子一眼说："没出息！"等庆有走远了，她压低声音问媒婆："村里人都知道人家她妈恨不得活吃了我，她能愿意把女子给我当儿媳妇？"媒婆说："她不愿意也得愿意，谁让她是个当妈的，谁不想让自己的女子嫁到光景好的人家？"庆有妈琢磨着就失笑了，说："前半辈子没说过一句话，后半辈子要当亲家，想想能把人笑死！"老媒婆说："人活着，不走的路走三回，谁和谁能是一辈子的冤家对头呢？"

庆有说结婚就结婚了，学书觉得结了婚的庆有显得胖了点，也白了点，头发留成了分头，笑容里透露出些俊秀的味道，真的和林校长很像。庆有结婚那天，一天的热闹结束后，帮忙的都回家去了，闹新房的年轻人还没来，支在灶屋前的大铁炉子里炭火还红彤彤的，把从部队上借来遮雨的帆布顶棚照出一大片橘黄色，学书坐在板凳上心不在焉地看着庆有家新买的电视，他在等着庆有过来和他兑现承诺，他希望庆有抽空儿过来向他求饶，求他不要睡他的新媳妇，为此学书紧张到肚子有点疼起来。庆有看上去已经不忙了，他把新媳妇一个人留在新房里，自己从屋里走到院子里，又从院子里走到屋里，这里坐坐那里坐坐，就是不到学书身边来和他说那件事情。学书渐渐生起气来，他看出庆有心里发虚，在假装忘了那件事，他伤心地嘀咕了一声："说话不算话！"站起来，也没和庆有打招呼，头也不回一股劲地回家去了。那天晚上，因为对庆有极度的失望，学书人生第一次失眠了。

秀芹嫁给庆有后，团结学校的女老师们问郭老师："你不是最讨厌庆有妈吗？怎么和她成了亲家？"郭老师面无表情地说："我是和林校长成了亲家。"女老师们笑得像一群受了惊吓的母鸡，好容易用衣袖擦着眼泪止住笑，问郭老师："郭老师，你就不怕女子到了她家，受婆婆的气？"郭老师依旧面无表情地说："她能不老？她能不死？她老了我家秀芹正好报仇，她死了家里的光景就是秀芹的，慌什么慌！"女老师们由衷地佩服郭老师在这件事情上的沉静。郭老师不但是沉静，她还立场坚定，她依然在学校和村里大声地咒骂庆有妈和铁头妈，说她们是狐狸精、"卖×的"，庆有妈拿她依然没办法，偏秀芹是个孝顺儿媳，无可挑剔，庆有妈只好装聋作哑，心里不平衡了，就低声地骂一顿做媒的"眯眼儿"二贵他妈。

云良的榨油厂正式投产之前的那个秋天，方圆数十里的田野和村庄都为之改变了面貌，首先是奠基的土方和烧制盖车间和办公区所用的青砖，消灭了大小很多土丘，这些土丘有的和小山一般高，原先长满了多刺的酸枣和灌木，挖塌后才发现有些地方是坟茔，累累白骨也不知道是谁家的祖先，胆大的孩子们拿骷髅头当球踢。短时期大量地烧制青砖，使几家祖辈烧砖窑为生的人家用完了储备土壤，关闭了砖窑，跑到榨油厂去应征。传说榨油厂要高价收购无限量的油葵，这个秋天，棉花第一次退出了最大规模种植的经济作物的舞台，漫山遍野都是金灿灿的葵花，在滋养了晋南数千年文明的阳光下像人一样整齐地扭动着脸盘子仰望太阳，以往五色纷呈脏乱驳杂的秋天，整齐划一地成一幅以绿色和黄色为主调的油画，人们都有些不认识自己祖辈生息的故乡了。这种向日葵和镇上小百货商店卖的灰白相间的五香瓜子不一样，普通的葵花籽修长，镶着白边，油葵的籽粒只有普通葵花籽的一半长，却饱满很多，有人开玩笑说像"眯眼儿"二贵一样矮胖敦实，并且乌黑油亮，不但比"眯眼儿"二贵黑，比锅底灰还要黑一些，有嘴馋的婆娘和娃娃家掰下一个花盘来嗑着吃，吃不了几颗，牙齿、嘴唇连手指头都被染黑了，费多少水和香皂都不容易洗掉。这一年的中秋节，南无村少收了很多花生和大豆，家家院子里都堆满了葵花盘子，一家老少从早到晚挥着根短木棒敲击着花盘的背面，让籽粒脱落，一手执花盘，一手高举木棒，好像春秋列国在操练着士兵，或者尧舜时代的先民在演习敲锣打鼓。学书的奶奶连吃饭都不动地方，敲去籽粒的花盘在她的身后堆成了山，几乎要把老人埋掉了，连学书和弟弟学文也被父母要求每天晚饭后敲完五十个花盘才能上床睡觉。紧接着乡村间的柏油路就变成了晒场，所有的打麦场、平房顶上，只要平坦干燥的地方，都被铺上了黑色的油葵籽，失去绿色和黄色的大地，又被黑色遮盖。白天，大地坦然地穿着这件黑色的布衫，夜晚到来之前又被无数的木锹和扫帚收进麻袋里边去，裸露出原始的肌体和满怀希望的人们一起进入梦乡。

榨油厂投产了，油葵的收购价格没有传说中那么高，但还是比种庄稼来钱。比从前小四轮拖拉机排队送土方更壮观的是，拖拉机、三轮摩托车、马车、小平车各种车辆上堆满装着油葵籽的麻袋和编织袋，从各个村口汇聚到柏油国道上，浩浩荡荡向着云良的榨油厂进发，厂区的广场内有两台巨大的地磅用来称重，在过秤之前，胳膊下夹着小纸板的检验员手提一把像鞋拔子一样的半筒状铁舌，舌尖像刀刃一样锋利，"唰"一声就扎进麻袋里面去，再慢慢抽出来，仔细地用手指拨动着铁舌凹槽里带出来的葵花籽，看看沙土、小石头和枯叶有没有筛干净，是不是已经晒干了，有问题的不收，拉回去处理，合格的就过磅、领钱。庆有和秀芹两口子开着拖拉机来的，一般不出来干活儿的庆有妈这次也跟着，看到学书和他爸赶着牛车在前面，学书妈在后面跟着，庆有妈有些不好意思地解释说："人家小两口没叫我去，是我自己想去开开眼界，每天坐在家里啥世面也没见过。"学书仰脸看了看坐在麻包顶上的秀芹，秀芹侧身半伏在麻袋上，头发很黑，脸很白，大腿绷展了蓝咔叽裤子，看上去又饱满又绵软，秀芹正望着学书一家，发甜的笑容让他心里一荡，不由自主地想象着她和庆有晚上在一起的光景。庆有的拖拉机过去后，学书妈赶上来对学书爸说："婆娘说得那么轻巧，怕别人不知道她自在了半辈子，哼，现在还不是掉进了秀芹的锅里，跟着人家搬麻袋装卸车了？"

　　被榨油厂改变的不只是大地的装扮和产出，油料收购结束后，根据支书、村长当初和云良的协议，南无村的青壮年劳力都进厂当了工人，每天早中晚从村口老柳树下成群结队地按时进村和出村，严格地遵循着工厂的作息时间，是不是在榨油厂当工人，一时成为谈婚论嫁的第一个条件。秀芹和秀芳都当了工人，庆有不是在册的工人，可是和天平、"眯眼儿"二贵几个有拖拉机的每天给榨油厂跑运输，学书的叔叔看到学书爸买下了牛，就把那头军骡卖给了营里村的屠宰场，也买了一辆小四轮拖拉机给榨油厂拉料送货。铁头也当了工人，还在厂里管点小事，这让铁头妈觉得在人前很有面子，走路说话都风光无限的样子。学书关心的是，云良的小姨子小巧是不是当了榨油厂的会计，他不好意思问别人，自打庆有结婚后他也不怎么去庆有家了，有一次，学书远远看见小巧骑着辆二六式小自行车从老柳树下进了村，拐进了云良的院门，她披散着烫过的长头发，像个城里姑娘一样时髦。像看到其他梦寐以求的好东西一样，学书看到小巧后，也是闭着眼咬着牙攥着拳头对自己说一句："好好学习！"

13

学书考到县城上高中的那一年，发生了几件成为榨油厂和南无村新闻和谈资的事情，供人们在飞短流长中捕风捉影，滋养着自己热爱的生活和看似漫长到没有尽头的生命。

最先是劳动结出了爱情之花，在榨油厂上班的铁头和秀芳好上了，这让一向以沉静著称的郭老师暴跳如雷，和对大女子秀芹嫁给庆有的默许态度不同，她坚决反对二女子秀芳嫁到"兔娃儿"家去，秀芳可是比秀芹还要长得好啊！秀芳就和她妈闹，不吃饭，哭着数落她妈："你就是嫌铁头家里光景不好么，我姐和我姐夫结婚你怎么不拦着，还不是因为我姐她公公是个吃'国供'的，铁头爸是个憨憨？"郭老师有苦难言，她倒不是太在意铁头家里光景的好坏，她是不能让两个女儿都给那两个"卖×的"当儿媳啊，那她今后还怎么在团结学校当老师，还怎么在南无村的村街上走动啊！郭老师让秀芹去做秀芳的思想工作，秀芹反过来劝说她妈："妈，你就别管芳芳的事情了，你看不见她钻了牛角尖了？你为了她好，她可不会落你的好，再拦下去芳芳会恨你一辈子，是沟是崖你让她自己跳去！"郭老师拿女儿没奈何，放下师道尊严，天不亮就提着尿盔子堵到铁头家门口去骂街，把个有文化的人气得连"上梁不正下梁歪"这样的文词儿也不会整了，满嘴"母狗子"、"龟孙子"，乡间恶毒的骂人俚语无所不用其极。铁头妈大半辈子不敢惹她，如今更是理亏，哪里还敢出门，只得忍气吞声装作不在家。乡村人家黎明起来就生火烧水，她不敢，怕秀芳妈看见炊烟，暖瓶里倒出三碗隔夜的温水，捏两撮盐化进去，掰开冷馒头泡上，一家三口闷着头吃。铁头爸要上茅房，铁头妈怕他到院子里瞎答应，拿裤带把老汉绑到了窗棂上，结果老憨憨拉到了裤子里。铁头上班不敢走大门，偷偷翻墙跳到了后排巷子里，当天下班后就没敢回家。可恨的是，秀芳居然也住到榨油厂不见她妈的面儿了。

僵持到两个月头儿上，郭老师以为时光能让女儿回心转意，结果有人来给她通风报信说，秀芳早就住到铁头在榨油厂的宿舍里了。生米做成熟饭，郭老师不得不打掉牙往肚里吞，在秀芳肚子大起来之前，草草把女子嫁到了此生第二个冤家对头家里做儿媳。她以为这以后自己就没活路了，要在人前抬不起头来了，结果发现旁人根本就没把这些事当回事，就连爱在十字路口嚼舌根翻闲话的兴儿妈也责备她："你就不该管那不该管的事情，人家娃娃们你情我愿，要在一起过一辈子，你烧高香还求不来，非要把人家搅散了？你土埋半截子了犯这糊涂干什么，真是的，真是的！"于是她的心重新获得了宁静。

铁头爸在儿子的婚宴上喝醉了酒，翻着他的兔唇念叨着要去城里找他的文明，兴儿爸告诉他文明已经死了，他就往人家脸上吐唾沫。老培基瞅空儿嘱咐铁头："找人看着你爸，别让他胡跑，跑丢了找不回来。"铁头满面春风地答应着，心里的喜悦满当当的，哪里还能装下这些话。典礼的时候要拜高堂，这才发现屋里屋外怎么也找不见了铁头爸,忙乱了半天找不着,只好让铁头伯伯代替他爸和他妈并排坐在板凳上受了儿子媳妇的鞠躬礼。婆娘们一边躲着炮仗一边说闲话:"嗨嗨,怎么能让铁头伯伯和他妈坐在一起呢,我看还不如让林校长和铁头妈坐在那里呢!"秀芹听见这些闲话,皱皱清秀的眉头,只当没听见,她忙着找见庆有,吩咐男人:"你快叫上两个人去柏油路上找找铁头爸,别再让车把他撞了。"庆有喊上连喜弟弟三喜和兴儿哥哥旺儿,开着拖拉机一直找到镇上。镇上正逢集,他们刚到牲口市场,就听见有人议论说有个憨憨在火车道上走,被火车压死了。庆有觉得不好,赶紧让三喜看着拖拉机,他和旺儿跑步穿过市场到了铁路上,果然看到装煤的站台那里围着很多人,两个人咋咋唬唬挤进去一看,火车把人的头都碾得找不着了,可那身衣服他认得,是铁头妈为了儿子结婚刚给憨憨做的一身蓝中山装。这是南无村被火车压死的第一个人。

铁头爸因为死在外面,属于孤魂野鬼,尸首不能进村子,就在村口的老柳树下搭了灵堂。庆有开着拖拉机头到后洼庄请来风水先生黄瞎瞎看下葬日子,黄瞎瞎淡然地对铁头母子说:"你家就别太伤心了,其实文明早就把他爸的魂儿勾走了,这几年'兔娃儿'一直迷迷瞪瞪就是这原因。"铁头的新郎西装没穿满一天,下午就换上了重孝,心里有气,提着把斧头,凶神恶煞一般冲到他弟弟依附的那棵老柳树下,砍得木屑飞溅。铁头妈哭倒在地,嘶喊着骂他,他不听,秀芳拉他,他也不听,旺儿和海明几个小伙子上去夺他的斧头,他握着斧头瞪着血红的眼珠子喊:"谁敢过来我先剁了他！"老培基看看这娃疯魔了，拦是拦不住了，赶紧跑回主家家里去，从抽屉里翻出一张前天写结婚喜联剩下的红纸，让账房的老德福用毛笔写上"姜太公在此诸神退位"几个大字，一路跑过来喊叫着铁头："娃，娃，慢着，等伯伯把'姜子牙'贴上！"铁头这会儿谁也不怕，"姜太公"刚爬到树上，树就倒了。

老柳树被砍倒后，谁家也不敢要，庆有爸和兴儿爸做主，给铁头爸做了寿器。木匠福娃一直在这里帮忙，不见主家提起去他家拉棺材的事，正狐疑，听见庆有爸和兴儿爸对总管老培基说的话，把手里的烟头扔地下踩灭了，吩咐儿子海明："别光顾打扑克，去家里把我干活儿的家具拉过来。"庆有爸戴着老花镜挺起罗锅儿说："这么费工夫干什么，把木头拉到你家里去做，家具不是更趁手？"福娃瞪着大眼说："我院子里地方小，不如打麦场上宽敞么？"灵堂不远处就是庆有和学书藏西瓜的那块打麦场，倒真是一片干活儿的好战场，只是福娃的算盘是心里惧怕那棵柳树，不敢把这依附着神神鬼鬼的东西拉到自家院子里去罢了。于是，就在打麦场上支起木马来，福娃开始锯木头打寿器，干活儿不误帮忙，乏了喝茶也方便。晋南的风俗，先用白皮棺材把死者装进去，出殡前再用钢钉封口，头尾捆上几道麻绳，这才刷大红油漆，所以还有的是工夫。

蹊跷的是，老柳树砍倒的第二天，喝农药后一直躺在床上的云良媳妇巧儿就能下地了。她扶着墙走出自己的屋子，来到阳光灿烂的院子里，不见人，只听见院墙外面鼓乐喧天，正给铁头爸办丧事，人们大概都看打鼓去了。巧儿喊了一声妹妹小巧，不见答应，就慢慢地走到小巧住的厢房，门没反锁，一推就开了，她看见自己的男人云良睡在妹妹小巧的床上，小巧坐在床边，手搁在姐夫的大腿上，两个人脸上的笑容还凝固着，四只眼睛像受惊的鸟儿一样望着她。

那会儿院墙外正在祭拜亡灵，在每一位孝子哭拜的间隙，金鼓子和唢呐都乍然响起，下一位上场时又安静下来，让人们倾听哭声的悲切。作为未亡人，铁头妈不用给亡夫戴孝，按照风俗也用不着祭拜，但她是这场悲剧的焦点，人们期待着看到她的哀容，听到她的哭声，以满足某种隐秘的对这伤心事最大化的窥伺和感受。于是乐队里一位曾经上过戏台的女人被推举出来扮演铁头妈的角色，她身着重孝像冤魂杜丽娘一样旋转舞蹈了几圈，倒伏在灵前，唱起这块土地上流行的那首哀婉凄切的哭夫歌谣：

青天蓝天琉璃天，
呼隆隆塌了个没眉眼。
大梁断了呀，坡檩子落，
老天爷杀人不睁眼窝！

只说咱夫妻白头能到老，
不寻思你半路上摔了跤。
儿媳妇喜眉欢眼进了咱家的门，

不寻思火车轧得你不像个人!

青天上那些个爷爷呀,
咋就保佑不了我铁头爸?
狠心的天哪,苦命的我,
铁头娃呀,受了恓惶!
啊嚼嚼嚼……

天上飘着瓦碴儿云,
挨刀子的老天爷害得我不如人。
我留阳间你归阴,
一家三口好寒碜!

我两手推开咱屋的门,
光见铺盖不见人。
点着灯是两个人,
吹了灯我孤零零!

展下被窝我泪花花,
想起你那些贴心的话。
你着急放炮开了腿儿,
可到处都有你的影儿!

你活着人亲土也亲，

你走了家空院也空！

你合着眼窝上了西天，

多会儿能回家转一转？

他婶子呀你往那边挪，

别叫涎水鼻涕洒到你鞋上。

要不是有咱铁头这苗根，

我这就想跟你去归阴。

我的亲人呀，你慢点儿走，

好叫我再把你多瞅一瞅。

啊嚄嚄嚄……

  演戏的忘了自己是谁，哭得眼泪鼻涕糊了满脸；看戏的也忘了那是谁，只知道那就是铁头妈应该有的样子，哭诉的也全是铁头妈的心里话。看热闹的婆娘们此刻都哭红了眼睛，顾不得帮忙的男人们嘲讽的目光，也顾不得身边的娃娃都跑到哪里去疯了，只是沉浸在自己的悲伤情绪里，集体享受着女人的脆弱，各人思想着各人的隐衷，眼泪更加收不住。

  风水先生都是通情理的，天气热，又是凶事，黄瞎瞎谋事在先，铁头爸只搁了三天就出殡了。吹吹打打把铁头爸的灵柩往出抬的时候，有人进屋去报信，铁头妈低声细语对陪着她的兴儿妈和金海妈说："人家走呀，我得出去看上一眼。"她被婆娘们搀扶着，慢慢悠悠地走出屋门，走过了巷子，来到村口的灵棚外，定定地看了一会儿铁头爸花里胡哨的棺罩，只喊了一句："哎呀，好歹把我也死了吧！"没来由地就顿足捶胸、伤心欲绝起来，细听，她是在哭她的文明。兴儿妈大惊失色，赶紧把她往回拖，嘴里埋怨着："这是干什么，你这是干什么！看人家笑话，看人家都笑话你哩！"

男孝子们跪在棺椁前，女孝子们跟在棺椁后边，排头的铁头头戴孝帽，把怀里捧着的瓦罐高高举起摔碎在大地上，顿时哀声四起，人们都站起来，送葬队伍白衣胜雪，凄凄哀哀地跟在活蹦乱跳摇头晃脑吱吱哇哇的金鼓乐队后面，像一条巨大的蜈蚣向村外的田野蜿蜒。穿过村口的柏油马路的时候，一阵"呜哇呜哇"的声音由远而近，拖着哭丧棒的和搀扶着孝子的都看到一辆救护车慌里慌张驰过送葬的人们身边，腾起一路黄尘，进了云良家的院子才歇了声儿。

第二回喝上农药，巧儿没有被送到部队卫生院，国家裁军，部队已经撤走了，只有一个连的兵留守营房。县人民医院的救护车闪着蓝灯"呜哇呜哇"地拉走了裹在被子里的巧儿，庆有妈难得一见地抹着眼泪说："这回巧儿不一定能回来了。"巧儿死后，云良把儿子、女儿都送到了城里上学，他也十天有八天住在城里，第二年和小巧结了婚，没在南无村摆酒席，只把几个村干部和厂里的领导请到县城参加了婚礼。小巧婚后仍然在厂里当着会计，只把那些闲言碎语当耳旁风。

驻军全部撤走后，云良把空下来的营房承包了，要扩大再生产，购买新设备生产色拉油，他在全厂职工大会上宣布，榨油厂要改成股份制，成立食用油股份有限公司，所有工人都可以入股，成为股东，工资以外享受年底分红。厂领导和村干部带头入了股，庆有和秀芹商议这事情，秀芹说："咱自己有拖拉机，家里有三个人挣钱还不够啊，入什么股！"庆有妈的原则是基本上媳妇不同意的事情她就不发表意见。庆有爸说："我看云良有点折腾，钱放在他那里不太保险。"和姐姐正好相反，秀芳把家里的积蓄都入了股，铁头把他妈的家底也借出来入股了。在新公司技术员的指导下，方圆村子里都把刚出苗的油葵地重新犁耕了，种上品种优良的大豆，新的生产设备到位后，每天有一车皮从东北购进的大豆卸载到镇上火车站的货车站台，庆有、天平和"眯眼儿"二贵还有学书叔叔开着拖拉机穿梭在从车站到南无村的国道上。秋天，本地大豆也丰收了，方圆数十里的田野和村庄都变得黄澄澄的，家里有没有人在厂里上班的，都喜眉笑眼地晒大豆，都知道云良不是好糊弄的人，用心晒干筛净，等着厂里宣布收购的那一天。

睡了一觉起来，有小道消息从厂里传出来，说是公司生产的色拉油检验不合格，根本没有进入销售渠道，全都在几个城市租赁的库房里囤积着哩。工人和村民都将信将疑，老培基和老德福领着几个老汉去支书和村长家里,让他们去厂里问问云良到底怎么回事。支书英豪和村长银亮有不少股份在新公司,就跑去找云良。云良不在厂里,新公司的副总经理老白说云良去上海和一家"超市"洽谈去了,那是一种新型的销售渠道。支书和村长回来就告诉大家,云良还是有眼光的,是值得信赖的,新公司生产的色拉油就要卖到上海去了。上海是个遥远的大城市,好地方,村里没人去过,可是大家这些年在云良家看的电视是上海牌的,看到云良戴的手表也是上海牌的,那么云良在上海肯定是有关系的,有眼光有见识的人就对那些怀疑云良的人进行了教育,人们奔走相告,安慰着自己和别人。国庆节厂里放假,作为福利,给每个工人发了两桶色拉油,吃了多少辈子棉籽油和葵花油的庄稼人,也吃上了黄澄澄清亮亮的色拉油。庆有妈挪动灶房屋角的老油罐子时,才发现罐子底儿早就锈蚀掉了,只是被陈年的油膜和杂质沉淀糊着,不动地方油也漏不出来。

国庆假期结束后,工人们去上班,厂子大门关着,门口贴出一张通知:公司正在检修设备,什么时候上班等候通知,放假期间工资按百分之六十发放。铁头和秀芳回到家里,铁头妈问:"没说多会儿收购大豆?"铁头拧了他妈一脖子说:"没人上班谁收豆子?没听见正检修设备吗?"铁头妈嘟嘟哝哝地抱怨:"打下这么多豆子,再不收,都快成狗粪了!"

14

阳历的新年到了，村里人搞不清这个"元旦"是个什么意思，也从来不把它当年过，只有镇政府和厂矿的大门口在这一天才会贴红对联，横批都是"喜迎元旦"、"新年快乐"，平不邋遢的，不能跟春节的"大地回春"、"万紫千红"、"春满人间"、"万象更新"比，只是因为入股的时候公司说这一天年终分红，大家才记住了"阳历年"。

一早，就有人跑去公司大门口看情况，果然贴出了通知，上午九点召开股东分红大会，很快消息就传遍了。早早吃完饭，有股份的人家就派代表去厂里参加大会，大门口贴着大红的对联，红彤彤得让人心里充满了希望。大会开始，大伙儿才发现主席台上没有云良，"聪明到绝了顶"的副总经理老白笑眯眯地向大家问了好，秀芹对秀芳说："你看老白一说三笑，肯定是个白脸奸臣。"老白对着扩音器说："因为技术原因，现在设备还没检修好，咱的产品要想打入上海、北京的市场，那设备就得好好升升级么，所以说大家不要着急，等也等不了几天了。另外云良打回电话来，他记挂着工人的工资和股东的分红哩，我的意思是，他能体谅大家，大家也应该体谅他，毕竟这些年没有云良，家家户户也不可能有钱供孩子上学，给老人看病吧？是云良办厂子让大家过上了好日子，这大家得承认吧？现在公司遇到一点资金周转的困难，这个困难马上就要过去了，但是在这个节骨眼儿上，希望大家能和公司共渡难关。什么意思呢，就是说今年的分红有两套方案，一个是公司给股东打现金欠条，什么时候资金回笼了，再兑现给你；另一个是货品分红，什么意思呢，就是用咱们生产的色拉油来分红，放心，公司按照出厂价和你结算。两种分红方式，大家根据自己的情况自由选择吧，愿意打欠条的现在去财务部办手续，愿意要色拉油的，散会后就可以把油拉回去。能做主的现在就办，不能做主的回去和家里商议好了再来，好吧？我有事还要去县里，散会！"

会场上哄吵起来，秀芳问秀芹："姐，你要油吗？"秀芹说："要，怎么不要？看这样子，欠条谁知道猴年马月才能兑现，把油拉回去咱还能卖么，卖不了自己吃，反正谁家一年不吃几桶油？"就听有人喊："油库门已经开了，快回家拉车去吧。"公司办公室主任张钩子举着胳膊喊："别乱别乱，先到财务算清你的股份该领多少桶油，算清了统一计拖拉机给你送回家里去。"他吩咐站在身边的庆有："你和'眯眼儿'负责指挥车队给每家每户送油。"庆有笑着问他："那我们的工钱也用色拉油结啊？"张钩子拧起眉头骂他："别废话，快干活儿吧！"秀芹上来不满地质问他："你嘴里干净点儿啊，我们挣得也不是你的钱！"张钩子瞪起眼睛不屑地说："骂他了，他敢怎么样？还想不想在我这里干活？"大家心里的怨气正没处撒，正好围住张钩子骂他："你也是邻邦村里人，人模狗样的装什么蒜！"天平早就看不惯他，涨红着脸喊了一声："打狗日的！"铁头上来就把张钩子扑倒在地上，"呼啦"上来一群男人，对着张钩子连踢带打，张钩子起初还诈诈唬唬吓唬人，后来就哭叫着求饶起来。天平环抱着双臂冷笑说："不行，你磕三个响头就饶了你！"张钩子浑身是土，鼻青脸肿地爬起来就磕头，女人们都快乐地哄笑起来，男人们也就饶了他。

天平、庆有、"眯眼儿"二贵和学书叔叔把车开到仓库门口，车斗里装满色拉油和男男女女，挨家挨户地送。红生媳妇坐在天平车上，对大家说："今天才发现天平有种，天平才应该当村干部，他当村干部咱老百姓不受欺负！"

铁头跑来约庆有一起开上拖拉机去县城周边的村子卖色拉油，庆有说："我家没入股，秀芹工资顶来的这十来八桶油自家就吃了，反正我现在也没活儿跑，你开上我的小四轮去转村子吧！"秀芹不高兴地数落男人："昨天铁头帮你打架的事倒给忘了？怎么说秀芳也是我妹子，她家里的钱全入股了，那么多油不卖出去，你让她喝西北风啊？你当姐夫的不该开车跑一跑？"庆有嘿嘿地笑着说："我去就去么，你着什么急哩！"发动了拖拉机，和铁头一起去他家里拉色拉油。刚出了门，听见秀芹吆喝他："庆有，庆有，等我一下。"庆有踩住刹车回头问："怎么了？"秀芹拉住车斗爬上来说："我和秀芳一起去，我看见我妹子恓惶哩！"庆有和铁头一对挑担都笑了。

庆有的拖拉机"咚咚"冒着黑烟，拉着一车斗色拉油直奔县城郊区的村子，一对姐妹一对挑担，四个人有说有笑一副买卖人气定神闲的样子。跑了好几个村子，每个村子都能碰见几个南无村卖色拉油的，刚开始还互相插科打诨嘲笑一番，慢慢地话就懒得说了，头也垂了下来。所到之处，那些刻薄的郊区婆娘都会大惊小怪地叫嚷："哎呀，又是你们南无村的卖油啊，我们能吃多少油啊，再买就变成'油葫芦'（一种昆虫，作者注）了！"到天黑也没卖出去几桶，大冬天喝凉水啃干馍，庆有的胃又疼起来。秀芹心疼地说："算了，算了，回吧，你姐夫的胃病犯了就麻烦了。"庆有捂着胃皱着眉头开车，三个人垂头丧气坐在满车斗的色拉油桶中间，秀芳抹着眼泪，铁头说："别哭了，别哭了，哭顶个什么事？"秀芹骂着："好歹让云良死在上海吧，拿上大家的钱在外面享福，也不怕天打雷劈了他！"

第二天，庆有的胃病就犯了，弓腰曲背跪在床上像个虾米，头顶在枕头上，牙齿把嘴唇都咬破了，一向忍让媳妇的庆有妈抓住机会把秀芹数落了个不亦乐乎，秀芹理亏，蹙着淡青色的眉头，一声不吭。听见铁头在院子里喊庆有，秀芹赶紧出去，低声说了几句话，让他自己把拖拉机开上走了。

学书放寒假回来，听妈妈说了一件事，铁头和秀芳叫了村里几对儿年轻夫妇当托儿，在集市上行骗挣钱。那种骗术学书在学校门口也见过：几个专门骗学生钱的人，一个坐在马扎上，膝头放一个三合板做的木盒子，盒子里用挡板隔成几个轨道，轨道对面有两颗钉子拴着一个橡皮筋，把一个玻璃球放在橡皮筋中间往后拉，像弹弓一样弹出去，玻璃球进了哪个轨道，就按照那个轨道的赔率给下注的人钱。这种骗术俗称"打弹子"，关键是庄家的膝盖能左右玻璃球滚动的方向，并且那些大呼小叫着赢了钱的都是托儿，专门欺骗没文化的村里人，还有老人和娃娃。学书没有想到铁头和秀芳干起了这种伤天害理的勾当，心里堵得慌，埋怨他妈："你告诉我这些干什么呀，他们想干啥关我什么事！"他妈却说："我还没说完呢，营里村有个没儿没女的老婆婆，养了一头猪，卖了三百块钱准备过年，秀芳和铁头几个人骗人家'打弹子'，老婆婆糊里糊涂把那三百块的活命钱都输了，回到家里想不开，解下裤带，把自己吊死在了窗棂上。"学书听得肚子疼，两只手按在肚子上，弓着腰小跑着去了茅房。

来年春天，一并传来两个坏消息，一个是铁头在火车站扒货车偷东西，摔下来被碾断了腿，另一个是传说云良在南方的一个宾馆里喝安眠药自杀了。铁头没死就不说了，云良死了的消息和春风一起来到晋南大地，不知道在这个春天里该给大地种点什么的庄稼人，摇摇头，叹息一声，心里总算有了谱。人死账烂是传统，也是道德，"人都死了，还能怎么样呢？好死不如赖活着，好歹咱还活着，钱不钱的，就算了吧，本来种地的也没那个有钱的命。"人们慷慨地原谅了死者，恢复了他们大地般的沉默和温柔。很快，田野上又恢复了五彩纷呈、脏乱驳杂的面貌，唯一不同的是，那些在厂里上过班的人，他们走路的姿势和说话的腔调甚至看人眼神都和庄稼人不一样了，学书发现，谁上过班，一眼就能看出来，后来他找到了一个词来形容那些人的不同之处：他们有了"气质"。

庆有把四轮拖拉机卖掉，买了一辆三轮摩托，车斗上安装了顶棚，每天到县城的火车站排队拉人，和出租车抢生意。这天，庆有刚放下碗要出门，支书和村长来了，让庆有拉着他们到县城跑一趟，他们想去云良在县城的家里祭奠一下，毕竟是一块儿光屁股长大的，不去一下心里过不去。进了城，他们先去寿衣店买了个花圈，庆有要用绳子捆到三轮车顶棚上，村长银亮说："别捆了，够麻烦的，我们俩就这么扶着吧，没几步就到了。"举着花圈来到云良住的小区门口，保安拦住了："举着个花圈干什么，这里没死人！"说了半天好话，只让人进去，花圈不行，只好让庆有看着花圈，支书和村长进去了。云良家两个人是来过的，到了楼下不见有灵棚，两个人就很纳闷，上楼敲门没人开，问邻居，才知道云良生前就搬走了，已经有小半年了。

他们去退花圈，花圈店老板少退了十块钱。看看到吃饭时分了，找了个小饭馆，要了一瓶黄盖汾酒，三个人坐下来喝着。村长银亮说："也许云良根本就没死，他还不起钱，装死糊弄大家吧？"支书英豪说："话不能这么说，我觉得云良真的是为难得不行，熬煎死了。"庆有说："村里人都说是巧儿把他的魂儿勾走了，巧儿是喝药死的，云良也是，这不是报应吗？"支书说："你这是迷信，巧儿是喝农药死的，云良是喝安眠药死的，怎么能一样？根本就不是一回事！"喝完一瓶，又要了一瓶，一直喝到半下午，吃了三大碗面才出来，三个人走路都不大稳了。村长银亮的脸和脖子都成了粉红色，大着舌头说："庆有也喝多了，别开、开车把咱报销到路上，我看也不着急回、回去，咱好容易来一趟城里，找个地方洗、洗个澡，等酒醒了再回也不、不迟。"支书笑眯眯不吭气，庆有说："你们是当头儿的，反正我跟着你们就是了。"他们找到一个浴池，进去泡了半天，互相把满身的油泥搓了搓，要了个房间看电视。服务员给他们沏了一壶大叶茶，问："叔，要按摩的吗？"村长银亮说："要，要三个，一、一人一个！"支书英豪摆手说："我不要，你们要吧！"银亮笑他："欸，要吧，肯定比我嫂的手细嫩！"服务员出去不一会儿，领进来三个女人，站在门口笑嘻嘻地望着他们，他们正背对门口看电视，闻到浓烈的香水味，也笑着转过头来看，三张男人的笑脸和三张女人的笑脸撞在一起，十二颗眼珠子差点都瞪得掉下来，那三个女人"哎呀"一声扭身就往出跑，支书就骂起了村长："银亮，你这鸡巴人，我说不来不来，你偏要来，这下要在村里传成笑话了！"

　　庆有不说话，脸和脖子都烧灼得通红，连裸露的胸脯子都红了半截子，他看见，刚才那三个女人，排头的就是他的小姨子、铁头的媳妇秀芳，其他两个都是村里和秀芳年纪相仿的媳妇子，秀芳和铁头"打弹子"骗人的时候，那两个都是她的托儿。

15

二福回来后好些年都没脸出家门,开了二十几年车,他已经不知道该怎样种地,也放不下架子和天平、庆有他们去云良的榨油厂开拖拉机,只好窝在家里坐吃山空。偶尔跟着翠莲下地,动弹不了几下就气喘吁吁,一屁股坐地下直到天黑。翠莲不嫌弃他,两个半大小子却不吃他那一套,晒得黑鬼似的儿子经常和他们养得白胖的爹吵得面红耳赤,那场面就像旧社会的长工要造地主的反。于是二福经常挂在嘴上的一句话是:"唉,我现在是社会没地位,家庭没温暖!"

闲时,翠莲还是在巷子口和婆娘们七长八短说闲话,笑起来依然像庆有家那一树风干的木疙瘩梨一样"哗哗"响,仿佛真的没心肝。外面看,瘦死的骆驼比马大,谁也想不到,二福家经常有揭不开锅,把八九岁的女子艳艳饿得直哭的时候。雪上加霜的是,大小子军军结婚的日子定下了,女方要两万块钱的彩礼。翠莲含着两泡泪问二福:"怎么办?"二福笑眯眯地说:"这要是以前……"军军冲老子瞪起了眼:"你就会提以前以前!"脖子一拧甩了门帘出去了。翠莲说:"我出去借吧?"二福没事人儿一样说:"我不管你,你要愿意,出去卖×都行。"

翠莲把南无村跑了一圈,平常爱在一起聊野歌的婆娘们,大都是耍嘴的把式,听到个借字,眼睛都瞪大了一圈,嘴皮子翻个不住，像看见了鬼，只剩下个哭恓惶。翠莲对她们咯咯地笑着，替自己也替对方遮羞。相好们靠不住，翠莲只好骑着自行车去向外村的亲戚们借债。

吃过早饭出门，先到办养鸡场的表弟家，表弟不在，弟媳妇说刚刚买了几百只优种小鸡，把本钱都贴进去了，借钱没问题，但要等秋后这一茬小鸡都下蛋了才有富余钱。弟媳很热情，非要让翠莲走的时候带一网兜鸡蛋，弟媳妇说："眼下鸡蛋卖不上价钱，养鸡的又多，鸡蛋成了狗粪，姐你要愿意，我给你一卡车！"翠莲咯咯地笑着，把那一网兜鸡蛋系在车把上说："过两天我给你还网兜来。"弟媳赶紧说："不要了不要了，也不值个钱，网兜不要了！"

翠莲的自行车车把上晃荡着那一网兜鸡蛋，蹬了三十多里路，来到县城北边纺织厂职工宿舍找自己的小舅舅。头发稀疏的小舅舅正在院子里给两条大狼狗喂食，他呵斥住两条狂吠的狗，圆圆的红眼睛看着翠莲亲热地笑着问："翠莲啊，你怎么来了！"翠莲望着小舅舅，鼻子就有些发酸，眼睛也有些发涩，小舅舅只比翠莲大两岁，从小喜欢带着她玩，甚至，在他们懵懂的童年，他们还模仿大人在麦秸垛里玩夫妻那一套。小舅舅看见翠莲手里提着一网兜鸡蛋，责备她："来看看舅舅，舅舅就高兴，带东西干什么！"接过鸡蛋兜，把翠莲让到屋里，倒茶给她喝，还给外甥女洗了一个苹果。翠莲问："舅舅，我妗子呢？"舅舅有点掩饰地嘿嘿笑笑说："她去找厂领导了，振国结婚要买厂里集资的房子，他和媳妇都在生产第一线，厂里有政策，双职工结婚每平方米优惠三百块，可就这咱这情况也困难，你妗子去找厂领导，看能不能分期付款。"翠莲一块苹果没咬碎，卡在了喉咙里，赶紧端起茶来喝了一口往下冲了冲。

舅舅问："你来有什么事情吗？"翠莲说："军军的日子定下了，七月初六，一是通知你和妗子，二是人家那边要两万元的彩礼，我这几年困难，来找舅舅想个办法。"舅舅看看她，垂下头静静地笑着，一会儿抬起脸来说："舅舅不怕你笑话，存折都在你妗子那里，这要在平时就不说了，眼下她也正熬煎给振国买房子，舅舅要和她说你的事情，她那个脾气你也知道，就是个吵架……"翠莲赶紧笑起来说："不了不了，算喽算喽！"舅舅说，你等一下。站起来拉把椅子放到衣柜前面，踩着椅子从柜子顶上拿下来一个鞋盒子，眯着眼睛"噗噗"地吹去盒盖上的尘土，打开来，拿出一只旧皮鞋，从鞋子里掏出几张钞票，递向翠莲，难为情地笑着说："别笑话你舅舅啊，这几百块钱是我偷偷藏的买烟钱，你别嫌少啊！"翠莲赶紧去推："舅舅、舅舅，这可不行！"舅舅沉下脸来了："你舅舅没本事，帮不上你大忙，让你笑话了。"翠莲慌了："舅舅，看你说的，我什么时候敢笑话你。"舅舅笑了："不笑话，就把钱拿上。"翠莲把钱接过来，揣裤兜里，觉得心里发堵脚下发飘，也顾不上笑了，说："舅舅那我走呀！"舅舅说行，穿着一件印着红色毛体"纺织厂"字样的白背心，把翠莲送出门来。

为了赶上在自己的哥嫂家吃晌午饭，翠莲一路上拼命地蹬着车子。嫂子看见翠莲进门一头汗，脸色就不太好看，嘴里说："有什么重要事赶成这样,气都喘不匀。"她把翠莲让到炕沿上说:"你坐着,我去给你倒碗水。"翠莲笑着说:"嫂,我哥快回来了吧,等下我落落汗帮你做饭。"嫂子哼一声说:"你是亲戚,坐着吧,我用不起!"

那嫂子一路说着阴阳怪气的话,端着碗水回到里屋,看见翠莲已经歪在床上睡着了,发出像男人一样粗重的鼾声。

嫂子是个痛快人,两人做饭的时候,嫂子说:"翠莲你也不用等你哥了,吃了饭该回就回吧,你哥的主我作得了。你看见我圈里的母猪了吗,这个月底就下娃娃啊,我这猪品种好,一窝就是十六个!原来打算把猪娃娃卖了给国旺交大学学费,我看我这娃这样子,估计连大学的门儿也摸不着,卖了猪娃娃的钱,干脆先给军军结婚用算了。"翠莲望着嫂子笑,呵呵两声说:"你不敢这么说,国旺要考上呢?咱还是希望娃上大学哩!"嫂子张着大嘴"哈哈哈哈"一串笑,最后说:"考上还不简单,他姑姑垫学费就是了。""他姑姑"就剩下个笑了。

翠莲骑着自行车,从新修的一级公路拐上回南无村的柏油路,没有进村子,直接去地里找"老姑娘"秀娟。她把自行车放在秀娟的地头,踩着地垄向秀娟走去。晚风里,田野上的暑气渐渐被大地吞吸,草叶上开始有了潮潮的水珠,太阳快落山了,大地和人心一起即将归于宏阔和安宁。秀娟隐约听见背后有裤脚擦着庄稼苗的声音,回过身来,就看见翠莲正大步走过来。翠莲来到秀娟跟前,还有好几步远,抬起右手,"啪",打了自己一个耳光,接着抬起左手,"啪",又给左脸来了一下。秀娟赶紧抢上一步拽住她:"嫂,嫂,你这是干什么呢!"翠莲憋了一整天的眼泪终于滚出了眼眶,用粗糙的手掌抹着脸上的泪水说:"我今天算是把脸掉地下了!那些年二福跑车的时候,我没少接济他们,现在我有难了,都装孙子,什么他娘的亲戚!"秀娟就明白了,宽慰她说:"嫂,你也别往心里去,都说远亲不如近邻,你有难处,就和我说。"翠莲等的就是这句话,一把攥住秀娟的胳膊:"秀娟,我心里和你挨的近,就来和你说说,你看,怎么能老借你的钱哩呢!"秀娟恬淡地笑着说:"你有难处就开口,我一个人也没个花钱的地方,就是给我家侄子补贴点奶粉么。"翠莲说:"走走,你坐上我的车子,我带着你回去。"

翠莲骑着车子,秀娟扛着铁锹坐在后面,先回老磨房取上存单,又去了村里代办农村信用社业务的洪记家取了五千块钱。翠莲一路起劲地蹬着车子,不断扭回头和秀娟说话:"那个荷花,我天天给她家干活,找她借两块钱,像割她的肉哩,钱没借上,把我啰唣了一顿,火了就不信她的教了!"秀娟坐在后面衣架上,闻到翠莲身上浓重的汗味,知道她今天跑了不少的路。

两人进了老磨房,翠莲一眼望见秀娟桌子上的香炉,瞪着两个大眼睛说:"秀娟,咱是个直肠子人,我看你也是个恓惶人,我和荷花说说,你也入教吧?入了教不得病,家里也不出事。"

秀娟说:"我不信那些个,我就信我自己。"

翠莲过去端起装沙的茶碗说:"那你烧香干什么?"

秀娟笑起来："初一十五的烧一烧、献一献，家家不都是这样？你们信的那个教烧不烧香？"

翠莲神秘地说："怎么不烧，天天烧。"她眨巴眨巴大眼，调皮地说，"实话说哩，供奉的是哪一国的娘娘，我真不知道。"

秀娟惊讶地问："那你还信的什么教？"

翠莲"嘎嘎"地笑着说："其实我也不信！"

秀娟也笑了："你不信还每天去荷花家唱什么歌哩？"

翠莲重重地叹口气："这不是日子不好过，跟上她们瞎胡唱一唱，心里轻快快。"

前排巷子副村长嘉成婆娘荷花自从儿子犯法被枪毙后，有几年病病歪歪大门不出二门不迈，家里盖了新房子后，不知哪路神仙显灵，不治而愈，仰着一张捂白了的大脸东家西家地串门，五十岁的人了，又学会了骑自行车，神神秘秘地在邻村上下进进出出，好像羊肉吃多了跑臊味。最近一半年，天天晚饭前有几个婆娘鬼鬼祟祟往她家里跑，人到齐了就关了大门唱歌，刚开始秀娟听声调以为她们唱的是《歌唱祖国》，暗笑这些婆娘学电视里的城里人唱红歌，后来听说她们在偷偷地搞"土教会"，才知道那是在唱经哩。每天去的除了翠莲，还有先死了男人又死了儿子的小呆婆娘，按说都是些恓惶人，秀娟不明白这些恓惶人在地里累死累活干一天，不好好歇着，跑到闲人荷花家唱什么歌。秀娟有心问问翠莲她们在荷花家干什么，话到嘴边又咽到了肚里，她到底不是个多事的人。

秀娟利利索索把五千块钱都借给了翠莲，翠莲眼睛里就有了泪花，低声说："信她娘的个脚的教，光知道叫我们给她家里干活，要是信她的教发钱的话就好了！"秀娟说："嫂，知道你这几年不容易，有难处你就开口，我一个人，村子也不出，没有花钱的地方。"翠莲又提起跑了一整天没借到一分钱的事，抹了好几回眼角，这才走了。

村里人有急事借不到钱的时候，最后都会找住在老磨房的老姑娘秀娟，翠莲借走了她存折上仅剩的五千块钱，还差一万五没有个着落。她放下秀娟，推着自行车走过了坐满人的十字路口，远远望见黑壮的婆婆和几个老汉、婆婆子坐在巷子口，近前扫了一眼，发现这么多年不和婆婆说话，面对面也从不看她一眼，老家伙已经明显地老了，脸上手上都皱巴巴的，背上也明显有了罗锅。翠莲没有像往常一样和叔叔、婶子们轻巧地笑着打个招呼，然后一直往前骑到自家门口，这次，她在他们面前下了车子，笑着对他们说："坐着啦？"老人们回答说："哦，哦，翠莲啊，回来啦？"婆婆假装没看见，依然俯着身子在和别人叨叨。就在众目睽睽之下，翠莲的自行车前轮一偏，拐进了婆婆家的巷子，她就那么推着车子，一直走到婆婆家门口，用车轮顶开门，进去了。就在进门的一刹那，翠莲想起了自己从这个院子搬出去时的情景，眼前居然什么都没变。

那些老汉、婆婆子一直在用昏花的老眼盯着翠莲，看她要往哪里去，就在翠莲从他们视野里消失的同时，红生妈抬起解放脚来，狠狠地给了福娃妈一下，急切而激动地宣布："死婆婆子，快看，你媳妇子进了你的门了！"福娃妈当然不信："死婆婆子，我还没死哩，人家进门去给谁烧香？"但是"眯眼儿"二贵妈也伸长了脖子说："福娃妈，真的，刚进去，你快回去看看。"

福娃妈眼睛瞪得和嘴巴一样大："啊？！"站起身来，马扎子也不拿，直倔倔地快步往家走。从来不洗脸的红生妈在背后逗她："死婆婆子，看把你绊倒着！"福娃妈也顾不上还击，甩开两只臂膀只管走路。快到家门口，先是听见有人哭，心说这帮老家伙都在巷子口坐着啊，这是哪个死了呢？紧走两步，就看到翠莲坐在屋子前面的台阶上，拍着自己的大腿在哭嚎。听见脚步声，翠莲偷眼瞧见婆婆进来，"啊——"地拉长了调子，连鼻涕都挂下来了。

福娃妈一直冲到自己的二媳妇跟前，上身前倾，眼珠子都红了，她使足浑身的气力叫喊："我还没死哩，你跑到我家里来嚎什么丧！"婆婆子声音嘶哑，全身都在抖动。翠莲马上就收了声，她心有余悸，不敢看婆婆的脸，没有底气地说："我不是哭你，我是哭你家二福，二福要绝后了！"婆婆子把一只手撑在膝盖上，另一只手指着媳妇，她上了些年纪，没有了力气继续喊叫，换了相当平和的语调说："长嘴的都是说话哩，你怎么光放屁？总要烂了你的嘴！"媳妇的手掌把脸上的泪水抹了一把，抹了个大花脸，哭叫："我死了才好，死了不用作难了……"话没说囫囵，触动了伤心事，悲从中来，索性一歪身子趴到台阶上痛痛快快地哭了起来。婆婆子抖抖地说："哭，你哭，你哭……"没词了。

婆婆弓着腰站在伏在台阶上的媳妇跟前，一动不动。院子平平展展地沉默着，白白的，光光的，伸展到墙根，那里梧桐树的阴影笼罩出一片铺满苔藓的湿地，地皮已经是黑的，婆婆子平素不敢到那里去，怕滑倒。再旁边是猪圈，猪圈的土墙根长着一株蒿草，几十年了也没长高，也不记得有没有被割过，那么蓬蓬的举着，像个倒立的扫帚，又绿又嫩。有时候人是会羡慕草木的，也没有什么烦心的事熬煎，就那么活着。婆婆终于拿定了主意，慢慢地转过身，踩着白白的光光的泥土院子走出了大门。

　　人家后屋檐的阴影里，已经有一些年老或不年老的男女试探着走近巷子，准备劝架和看热闹。福娃妈迎面而来，他们收住了脚步问："翠莲那是怎么了？"福娃妈吊着脸说："不知道，反正我还没死！"红生妈嗔骂："什么死不死的，急得死不了啊！"福娃妈这才说："我惹不起那奶奶，我找二福去，看他是我儿还是我爷！"走到巷子口上，一群放学的孩子吵吵嚷嚷地滚过来，二福家的女子艳艳冲过来拽住福娃妈的胳膊喊："奶！"当奶奶的没做出反应，红生妈抢着说："艳艳，快到你奶家叫你妈去，你妈在你奶家里。"娃娃抬头望着奶奶的眼睛，奶奶咬着牙发出一个意义含混的词："呃——"艳艳放开奶奶，跑进了巷子。福娃妈看看别人脸上的表情，神色和缓了些，望着孙女的背影低声说："这也是个小奶奶！"她撇下那些事不关己的人，按照原计划走向了二福的家，她走到两座院墙中间，东边的墙是福娃家的，西边的墙是二福家的，她朝福娃家的院门口望了望，确定大媳妇不在门口，于是拐进了二福家的大门。二福家的大门依然是那么宽,二福没把它砌起来,似乎有些雄心未泯的意思,不过,也可能他连盖个门楼也力不从心了,当妈的走过那空荡荡的大门,心里也觉着空荡荡的。

她进了门,没再往前走,就站在那里喊:"二福,二福你出来!"没听见二福应声,婆婆子转身就走,嘴里嘟哝着:"打麻将能顶饭吃?"出来看到福娃家的大门口已经有人闻声出来了,她的大孙子海明站在那里问:"奶,你干什么呢?我二叔在三喜家打牌哩!"海明穿着一双白球鞋,站在那里明显的外八字,显示着他的纯正血统。奶奶一直走到大孙子跟前,才用很小的声音吩咐道:"明,明天你抽空去接一下你大姑姑和小姑姑,再给你三叔打电话叫他回来一下。"孙子瞪大眼睛问:"怎么啦?"奶奶说:"有事和他们说。"孙子皱起眉头劝道:"奶,你别和我二婶计较了,我二叔成了那个样子,这个家还不全靠人家?"奶奶骂道:"你知道你娘的个脚!"

第二天一早,海明开出了自己的"小金刚"农用车,奉奶奶的旨意去搬兵。

饱满高大的两个姑姑,挤在侄子的"小金刚"副驾驶座上,一路上问着出了什么事。侄子扶着方向盘笑嘻嘻地说:"还不是和我二婶!我说姑姑们,你们别跟着起哄啊,回去好好劝劝我奶,我二婶容易吗?"小姑姑没吭气,大姑姑气派地说:"先回,回去再说。"

当妈的依然在巷子口闲坐,远远看见有辆车"噔噔噔"地拐进村街，从来不洗脸眼睛也不花的红生妈就冲她喊："老家伙，你孙子把你女儿接回来了，快回去做饭吧！"福娃妈黝黑宽阔的脸膛荡漾着泉水般的笑，呵呵地笑着说："看见了，我又不瞎！"站起来，甩开罗圈腿急急地往家门的方向去。

两个姑姑在巷子口下了车，大声而亲切地和摆在那里的老人们打过招呼，追着妈的脚步去了。

母女三人坐在屋檐下的阴影里，看着海明从大门口进来了，奶奶吩咐孙子："你进来干啥？回你家去把你爸和你三叔叫过来，还有你二叔，别成天和三喜混在一起打麻将了，三喜连喜钱都多得能把人砸死，和人家混什么混！叫他过来，他要不过来你就说我快死了！"海明把脖子一拧，青筋蹦起老高说："一天净胡说！"两个闺女还在打量着她们的妈，目前还琢磨不出老人家的深浅，只是问："又怎么了？这些年不是好好的吗？"妈黑着脸说："一会儿再说。"

儿子们也都到齐了，人高马大的聚在一起有些不适应，都抽着烟催妈发话。那妈也是个干脆利索的人，睁开大眼，把儿女们一个个看过，只没看二福，老人家说："福娃、三福、福女、小福女，你爸死后咱第一次人这么全，我今天没叫媳妇子们，就是要你们说一句良心话，这些年不说了，那些年二福光景好你们光景不好的时候，明里暗里的，老二没少帮你们忙吧？"福女也利索，说："妈，你说要怎么样吧？"小福女说："你直说妈！"当妈的就用手背去抹眼泪，用儿女们从没听过的拉二胡般奇特的嗓音说："这两年二福倒灶了，军军要结婚，当大人的连摊子也铺不起，你们不帮忙，是成心要村里人看妈的笑话哩！"儿女们面面相觑，沉默着。妈继续说："老二那个媳妇子再不是人，我的孙子我心疼，不能让他结不了婚。就是个这，就看你们有人心没人心！"小福女埋怨道："妈，别说下这么难听！"福女说："这点事不值得熬煎，妈你就发话吧，一个人出多少，我们嫁出去了，也还是这家的人，不能让人笑话。"儿子们谁也没吭气，福娃、三福不说话，二福更不说话，当然那是默认了。

　　这事有人说给福娃的媳妇，挑她的气话，那愈加干瘪黑瘦的婆娘拉着刚学会走路的孙子高门大嗓地说："哦，人家老的说啥就是啥吧，反正到了还是各家过各家的。我们家这弟兄三个处得还可以。"

众生之路
·下 部·

卷四　五福临门

16

　　这天夜里，有人从大门外扔石头，把支书银亮家的窗户玻璃打碎了。转天正午，银亮两口子去镇上买玻璃的工夫，有人用毒馒头把他家的狗药死，翻墙进来，把家里值钱的东西偷了不少。银亮老婆到底是支书婆娘，没有像村里其他媳妇子一样提着尿盆走街串巷地哭骂，她给在镇上派出所上班的弟弟打了电话，公安人员很快就"呜啊呜啊"开着面包警车来查案了。

　　尽管嫌丢人，银亮一家一点没敢张扬，这事情还是在南无村迅速传成了笑话，男女老少都等着看支书一家的哈哈笑，人们密切关注着公安人员的查案动向，猜测着谁最可能够胆做下这样的事情，没人吭气，但大家心里似乎都有个七七八八的谜底在那里。一句话，做贼的就是大家都猜想到的那一两个人。

案子当天就破了，做贼的就是银亮家一条巷子里的邻居——跛子铁头和秀芳十六岁的儿子永强，同伙居然是村长嘉成在外打工的儿子新峰。公安人员在排查中找到了拉赃物的三轮摩托，发现是跛子铁头的，顺藤摸瓜把两个混在人堆里看热闹的坏娃抓住了。这两个人正是一开始大家都认定的那两个人，让南无村的人惊奇的只是公安人员的破案速度。人们都还记得，就在不到一年前，老姑娘秀娟不能生育的弟弟福元抱养了一个娃娃，秀娟她妈兰英给孙子过满月，就是永强和新峰送喝醉了的秀娟回老磨房，趁机偷走老女子的七千块钱，跑到南方去，结果刚下火车就被人掏了包，最后被遣送回来的事情。当时就是支书银亮觉得铁头缺胳膊少腿挺恓惶，又是近门邻居，而嘉成是村长，他婆娘荷花和自己婆娘又相好，就徇了私情，把两个坏娃袒护了，没送派出所，谁能想到养虎为患，让他们把自己祸害了。

那次从南方回来后，新峰结了婚，媳妇刚生下娃娃，他就不死心地又跑到南方打工去了。剩下永强一个人吊儿郎当在村里晃悠，孟良离开了焦赞，也翻不起什么大浪来，南无村算是有了些平静年月。可不知为什么，最近新峰突然又回来了，每天和永强纠集着玩伴们用扑克牌"爬山"，赌输了要翻本，就打起了支书银亮家的主意。这回算是把银亮婆娘惹恼了，也不管铁头和秀芳邻居的交情了，也不管相好荷花的面子了，干脆利索地让弟弟把人塞进警车带走了。

听说这次新峰肯定要判刑，永强未满十八岁要劳教，秀芳赶紧打发铁头去找姐夫庆有借钱，村长嘉成跑到县城去找做生意的连喜替他和银亮说合，秀芳和荷花也顾不得脸面了，结伴到银亮家来哭恓惶，好话、软话说了一箩筐，眼泪鼻涕流了一泊池，就差把银亮婆娘的恩德和王母娘娘相提并论了。银亮婆娘才吊着脸，把两个妇人骂得找不到东南西北。磨蹭了一整天，两家又把加倍赔的钱拿了过来，最后银亮婆娘才答应给弟弟打个电话，拘留十五天后放人。秀芳和荷花千恩万谢地回去了。

十五天后，永强回来了，不见新峰的人。

问永强，永强说不知道。

问荷花，当妈的说是直接回打工的南方城市去了。

问银亮，银亮光笑不说话。

问银亮老婆，银亮老婆说："我只管放人，还管他去城里还是京里？"

转脸就有人去了趟县城回来，传出这样的话来，说是新峰在南方打工的时候，伙同别人抢劫出租车，把人给杀了，原本是跑回来避风头的，没想到因为偷银亮家的东西进了派出所，结果被警察审问时诈了一下，他就交代出来那桩大案，然后直接就移交省城了。银亮婆娘的弟弟因此立了功，升了副科级，成派出所指导员了。真话假话，反正都在传这样的话，有信的人这样说服不信的人："你没见荷花和银亮家的多少年好得穿一条裤子，现在呢，谁还理谁呢？"

再后来，就传出新峰已经被枪毙了。没人敢当面问荷花，只见荷花还是抱着孙子喜眉笑眼地站在村街上和人说笑，说她娃新峰在南方工作忙，抱怨着这个死娃娃都顾不上回来看看。当然，这是后话了。

又据新峰的媳妇月月后来跟人说，结婚后第一年的大年初二，新峰骑着摩托车带着大肚子的月月回娘家，公路上的雪被汽车压成了冰片子，一路摔了好几跤，新峰就说等娃娃生下来自己就去南方打工，他发誓要赚一辆小轿车回来，这样月月再回娘家的时候就不用摔跤，也不怕天冷受冻了。月月眨眼滴泪地说："谁知道他去抢车呢！"

二福的大儿子军军结婚后，踏着他大伯和父亲的脚印，也搬了出去。又过了不知多少年，那黑壮高大的奶奶到底还是作古了。二福家的艳艳出嫁的时候，福娃已经有了两个孙子。

午后斑斓的日影里，福娃微微伛偻着魁梧的背，走进自家的大门，轻轻地把门掩上，不想惊动任何人。其实屋里院里都没人，老伴下地了，大儿子两口和小儿子开着"大金刚"跑运输，要到天黑透了才能回来，孙子们还没放学。但福娃还是把脚步放轻，尽量像猫一样走路。他来到储物的厦子底下，把那一层玉米秸秆拢拢，抱起来倚到墙上，露出掩盖着的三具白茬子寿器——没有上漆的棺材上落着尘土，有一具已经有了细小的裂缝，福娃心疼地用粗糙的手指抚摸着那裂缝——像这样的寿器，凡有老人的人家的厦屋里都准备着一具，一来以防万一，二来这东西是个镇物，反而能让老人多活那么几年，而且据说对家里的年轻人也好。南无村的那些寿器若干年来都是福娃打的，它们带来的收入成为大儿子娶亲的彩礼、孙子的学费和书本费。家家都储备了那器具后的若干年里，人吃得好了，活得日月长了，当然不会有人再登门来拉福娃做好的这三具寿器，即使有年轻的或者中年的人意外夭亡，一般也是从邻居或者本家暂借寿器来应急，将来再还就是了，断断不会马上到福娃家来买。而这样的东西，福娃也不好去向别人兜售，于是，眼下在他很需要一笔钱给二儿子娶媳妇的时候，想把它们变成钱就很不容易。

他嘟哝着直起腰来，从墙上的砖缝里拔出一把早年割草的锈迹斑斑的短把镰刀，颠倒过来，握住镰脖子，把弯曲光滑的把儿朝上，把它想象成一把鼓槌。然后他做了一个用"鼓槌"去敲击寿器的动作，在即将敲打到棺材板时，他收住了力道，犹豫着，伸出另一只手掌去把每个寿器上的浮土清理出一片来，又弯下腰去，噘起黑厚的嘴唇来"呼呼"地吹着，让那片木头的表面白净到一尘不染。

那会儿在巷子口，闲汉银贵抽着福娃递给他的烟，耸着肩膀，斜视着他不断嘿嘿地笑。福娃不耐烦地问："你笑什么哩呢？"那闲汉分明看透了他的心事，故意拿他一把说："难住了吧，把你福娃也难住了吧？你以为盖起一座一砖到顶的院子这辈子就消停了？想得太美了吧？老天爷让你有两个儿子，就是让你受两份罪。难住了吧？把你一天骄傲的，你骄傲什么呢？！你看看我们家二贵，给镇上领导当了司机，挣工资不说，天天有人请吃请喝，好烟好酒的送上，你们家二福行吗？"人有三年狗屎运，南无村人谁能想到"眯眼儿"二贵扔掉拖拉机摇把，给镇长当了小车司机，也开始下眼瞧人了，就连他本家哥哥闲汉银贵也狗仗人势地瞧不起这个看不上那个了，福娃无奈地嘿嘿两声。那闲汉越发得意了，卖个关子说："也不白抽你的烟，我有办法让你不熬煎哩！"福娃不屑地说："你能有啥办法，有办法你就不是这样，你也成了二贵了！"银贵也不生气，依旧"嘿嘿嘿嘿"地笑："我要指给你一条路，你怎么谢我？"福娃"哈"一声说："你看你这怂样子，你要真能，我摆一桌，和你喝一瓶！"那闲汉先看看两边没人，对福娃招招手，压低声音说："你往跟前走走。"福娃不由附耳过去，只听闲汉那张臭嘴热气烘烘地说："你不就是想卖几具棺材给老二娶媳妇么，你趁家里没人的时候，把厦子底下那几具棺材敲敲，那东西是个老虎，能吃人，敲醒了就有那该死的立马完蛋，你的棺材不就卖出去了？"

福娃赶紧瞅瞅两边，幸好没人，也压低声音说："不能干这事吧，让人知道了还不骂死我？"银贵"啧"一声说："你看你这人，这又不是害人，该死的活不了，这办法只是解决一下他死了用不用你棺材的问题。"福娃又递给他一支烟说："我再想想，这话你可不敢跟第二个人说。"银贵嘿嘿笑着说："我等着你请我喝酒哩！"

福娃把镰刀把举起来，可是敲不下去，他能看见那棺材板下面的确躺着一个人，那是谁呢？他朝门口望了一眼，那里没人，嘟囔了一句："该死的活不了！"把心一横，瞪圆了眼，镰刀重重地敲击到眼前的棺材板上，发出空洞沉闷的回响，然后，他又接着在这具棺材上敲了两下。不知为什么，他有些毛骨悚然，只望了望另外的两具，终于没有去敲。他把镰刀挂回墙上，抱起玉米秸秆重新把那三具寿器盖好，走出厦屋，没有敢回头去望，甩开罗圈腿，慢慢踱到灶屋去烧水，准备沏一壶大叶茶来打发剩下来的白日时光。

一条巷子里的正元家的女子出嫁，二福也去帮忙。村子里像他这样年纪的人到有红白喜事的人家去帮忙，其实是帮闲，喝喝茶吃吃饭斗斗酒，捧个人场，干活的自然有那些年轻的。闲汉银贵嘴里常常淡出鸟来，盼着谁家有个事情，早早就赶去，拉条板凳，半拉瘦屁股坐板凳头上，跷起二郎腿，裤腿挽起老高，露出青筋暴突的瘦腿脖子，开始一根接一根地抽那不抽白不抽的纸烟。一边不时瞥一眼灶上，等着打牙祭，一边冷笑着打量这一圈的人，盘算着一会儿和谁斗酒，以便多喝两杯。

貌似伟人的二福吸引了银贵的兴趣，那闲汉不说话，只是望着二福笑，他知道一会儿上了酒场，怎样用一句话戳到二福的疼处，让他来者不拒地把酒灌下肚去。银贵的主意是：只要有一个人喝多了，场就能晚散一会儿，最好喝到月偏西。

二福不知道闲汉在打他的主意，酒瓶子一开，起初大伙都会有一小会儿的腼腆，直到有个家伙平举着胳臂把酒杯伸到桌子中间大吼一声："日他妈，喝一家伙！"这个人永远不是闲汉银贵，他的策略是暗里使劲，底下烧火。喝开后，银贵殷勤地给大家倒酒，他拿眼角瞅瞅二福说："啧，正元不行，让喝这么便宜的酒，大席都不敢上汾酒。"熊黑般的村委副主任嘉成笑着反对："喝你的吧，让你喝这也不错了，满桌子有能让喝起汾酒的主儿吗？"银贵马上说："谁说没有？你忘了，二福家的艳艳出嫁的时候，二福让你喝的不是汾酒？"嘉成瞪起眼珠子说："胡说，二福多会儿让喝汾酒了，别说艳艳出嫁的时候了，军军娶媳妇的时候他已经倒灶了。"老实人兴儿爸诚恳地说："早些年二福的确能行，这几年他不行了，他也'二蛋'，艳艳出嫁的时候你喝他汾酒了？还不是喝的这个猫尿？"二福一直笑眯眯的，像个佛爷爷。银贵就把在座都扫了一眼，咕咕鬼笑："看来我记错了。"

二福拿起酒瓶子，慢腾腾地说："倒上。"

一群帮闲的父辈好容易散了场，更深露重，月光把树影投到东墙上，该死的狮怪子（猫头鹰）不知在谁家的屋脊上鬼笑。闲汉银贵打着满足的嗝儿，深一脚浅一脚地踩着树影儿向村子深处走去，剩下嘉成和学书爸几个人把不说话光打嘟噜的二福送到大门口，问道："能行吗？用送你进去吗？"二福笑眯眯地摆摆手。但大伙还不放心，已经当了支书的银亮对着那亮灯的窗户大喊："翠莲——"

翠莲和回娘家住的女子艳艳把沉重的二福搀回到床上躺下，艳艳拧着眉头埋怨她爸："闲得没事干，又喝多了！"出外屋看电视去了。翠莲没有力气给二福脱衣服，就那样给他盖上被子，问了一句:"有凉茶你喝吗?"二福笑笑,呼噜打雷一般响了起来。翠莲出来坐在女子身边看电视,咯咯笑着说:"今晚我和你一起睡,别让你爸把我熏死!"艳艳盯着电视,含混地说:"我爸吧,多少年了还是这样,真是的!"

早晨起来,翠莲做好了饭,冲蹲在花池边上刷牙的女子喊:"叫你爸和你二哥起来洗脸吃饭。"艳艳含着牙刷喊:"爸——二哥——吃饭哩!"翠莲不满地骂道:"叫花子女子!"她亲自来到小儿子住的角屋,站在窗子外面喊:"冬冬,冬冬!"冬冬烦躁地答应:"知道了!"翠莲骂道:"你个死娃娃!"她回到自己屋里,看到二福睡得很安详,就爬上床去把窗帘拉开,上午的阳光射进屋里来,照到二福盖的绿底团花被子上,翠莲借着光线看到二福的脸色有点发青,就一边嘟囔:"这死人怎么不打呼噜了?"一边往跟前凑,她半路停下来,怔了怔,怕烫似的用手掌尖碰了碰二福的脸,发现二福已经冷冰冰硬邦邦了。

第一个听见二福家哭喊的是福娃,他正站在茅房里撒尿,听见声儿不对,抖了抖,尿了一裤子。福娃出了茅房,沉着地对端着只空碗戳在院子当中的老婆说:"快到二福家看看怎么了。"两口子就往门外跑,孙子在后面追,福娃老婆回头说:"娃,娃你在家,奶奶去你二爷家一下就回来。"

二福死了。闲汉银贵在十字路口宣布,那天在正元家喝的酒不太真,可能是工业酒精勾兑的,他也差点死了。无论酒的真假,南无村的人得出一个结论:二福是喝死的。他们认为恓惶归恓惶，这总归是一个笑话。

二福死了，大伙要笑话自然是笑话翠莲，婆娘们聚在二福家陪着翠莲哭天抹泪，比死了男人的还恓惶。这都不是装的，就算女人的心是硬的，她们的眼皮却总是软的，管不住自己比小孩的尿水还多的眼泪。可也有那偷偷把眼睛扫来扫去只管到处打量的，早在心里开始笑了，顾忌着场合不合适，硬是要装出和别人一样的良善来。这样的人不是不善良，她是翠莲的冤家，婆娘们，尤其村里的婆娘，谁能没一两个冤家幸灾乐祸呢？只看村长婆娘荷花，高挑饱满，脸盘也还周正，只是眼白大黑眼珠小，嘴角老要撇来撇去沾着一点白唾沫。这是个会说笑的，即便儿子在外打工的时候抢车杀人被政府枪毙了，媳妇扔下娃娃跟人跑了，也还能泰然自若地坐在巷子口和人扇风，说我娃在南方太忙了，干的事情太重要了，好几年也没请一天假回来。又骂媳妇子脸皮太厚，跑到南方找自己男人去了，说出来可真够辱没人的。荷花只把一村子的人当傻子，一村子的人只道瞒着她一个人，以至于她竟然从来没被别人戳破，还能掩耳盗铃地搜罗别人的笑话。大概就是在儿子丢掉性命后，荷花开始嫉恨有两个人高马大的儿子的翠莲，面儿上和翠莲相好，常常借着自己在"土教会"里的地位和权力让翠莲替她洗洗涮涮。

埋了二福，翠莲在巷子口和人说笑，嗓门听起来更大了，那些等着看她守活寡背后好讲笑话的婆娘，只能当面骂她："没心肝的眉眼！"

真正成了笑话的是福娃，都在传说他敲棺材结果把亲弟弟敲死的事。要想人不知，除非己莫为，也不能认定这事情就是闲汉银贵讲出去的，南无村很有几个称得上"先知"的，更不乏"眯眼儿"二贵的哥哥大贵这样只照别人不照自己的"镜子"。可怜人总是依靠笑话别人的可怜来觉得自己活得还不赖。

装殓二福的寿器，正是福娃用镰刀把儿敲过三下的。但福娃认定二福是自己喝死的，迟早是要喝死的，和自己敲棺材没一点关系。但心里还是有愧，从此经常半夜睡不着，因此来年侄子冬冬结婚的时候，作为大伯的福娃包揽了一切事宜，替死去的弟弟做主了，为此他在南无村获得了一个好名声。

17

二福没死的时候，女子艳艳就住娘家了。原本艳艳的两个女娃子没跟来，二福死了，她们来哭姥爷，来了就没再回去。两个挂着鼻涕虫的外孙女来了就没提回去的事，开始她们的姥姥翠莲也没觉得有什么不对劲，一来二福死了，翠莲成了寡妇，身边没人心里寡得慌，有女子和女子的女子缠在身边，她还怕她们回去哩；二来大伯子福娃和她商议说，二福死是死了，死了也放不下的是老二冬冬的婚事——妹妹艳艳都两个娃了，当二哥的冬冬还打着光棍，二福肯定比活着的人还着急这件大事，那么没必要等守满当年的孝再给冬冬办事，只要七七过了，就办喜事，老二一准不会怪咱，还要托梦感谢咱，"你说呢？军军他妈？"翠莲擦把眼泪骂起了二福："管他高兴不高兴，他都死了算，我和娃们还要美美地活哩。还守一年的孝？他活着不如人，耽误了我娃的事，死了还要看他的脸色？看他个死人敢！"福娃也不好说什么，帮着发落了二福，接着就开始操办冬冬的婚事。这样，艳艳的两个女子一直住到二舅娶了媳妇，还一直住着。

冬冬结婚后，住着五间正房西头的两间，拿个大衣柜堵住原本和东头三间串通的门，就算独立门户了，只是吃饭还在一起。艳艳和两个女子住在娘家，翠莲没觉得有什么不方便，新媳妇的脸色渐渐不好看，开始骂起了自己的命不好，嫁了冬冬这么个没出息的，人家结了婚都单门独院过，自己一过门儿就得给小姑子看娃娃。隔着个立柜，翠莲听见了，艳艳也听见了，翠莲对艳艳"嗤"地笑一声，压低声音说："别理她，你就当是狗叫哩！"艳艳翻翻白眼，呵斥自己的两个人事不懂的女子："你俩要再敢往人家那边跑，看我打折你俩的狗腿！"

新妇要买个铁炉子自己做饭，冬冬面子上下不来，被她歪缠得火了，拴了门美美地揍了个不亦乐乎。新妇就不下床了，不吃也不喝。冬冬说："有本事你回娘家去！"新妇脸上的泪水粘着几缕头发，撕心裂肺地喊："你怎么把老子娶来的，怎么把老子送回去，你这没种的龟孙子！"翠莲要过去劝，艳艳拉住了："你管人家的闲事干什么，谁会说你个好呢？不骂你就是好的了。"三天过去，媳妇子更加蓬头散发目露精光，冬冬两眼通红没了主意，过来找他的妈:"妈,要不离了算了!"翠莲咬着后槽牙说:"可把你有本事的!"她拦住要去西屋理论的艳艳,亲自端了碗鸡蛋臊子面给媳妇送进去,坐在床头对着床上那卷大红的绸子面被子说:"娃,你心里有什么不平的,你就和妈说,冬冬是个老实娃,你别和他计较。妈知道你受屈了,这个家没有当家的,要啥没啥,可买个铁炉子还是能买起的。妈是怕你们年轻自己做不好饭,吃不好。娃,你起来吃口饭,吃完饭就让冬冬去镇上买个铁炉子回来。"翠莲一手端着碗,一手抹着自己的眼,那新妇头蒙在被子里瓮声瓮气地说:"这到底是谁的家?你说这到底是谁的家!"翠莲这才明白过来,媳妇这不是和冬冬生气呢,这是在和自己生气呢,是要当家作主哩。

冬冬和艳艳看到他们的妈从西边屋里出来,一声也不吭,推上自行车就往外走,都赶上去问:"妈,你干什么去?"翠莲说你俩别管,头也不回地出了门。艳艳说:"哥,你看看咱妈去。"冬冬说:"不用去,她肯定是去镇上买铁炉子去了,她看好了我一会开上我海明哥的'大金刚'拉回来就是了。"

翠莲推着自行车刚出门,碰见福娃的老生子小崽。福娃四十岁的时候,矮婆娘给他生下这个老儿子,矮小枯干,长成个猴子样,脾气却大得很,随了妈。小崽拦住翠莲说:"婶儿,我和你说个事。"翠莲躲开他说:"我有急事要去镇上。"小崽一把拽住车龙头,瞪起眼睛说:"婶儿,你把我爸给冬冬结婚垫的一万块钱还给我。"翠莲笑了:"看这傻娃,你爸都没要,你操什么闲心。"

小崽拧起眉头说:"我还差一万块彩礼,你不能不让我结婚吧?"翠莲挣了挣车把,小猴子劲还挺大,没挣开,她提高嗓门嚷:"我现在没钱,就是你爸来要也没钱!"小崽说:"你骗谁,我冬冬哥结婚没收礼?你把礼钱存银行了吧?"翠莲扑哧笑了,扬扬手作势要打小崽的头:"收下的礼都在你新嫂子手里,你有本事问她要去。"小崽一缩头说,我不去。翠莲咯咯笑:"不去拉倒,反正我没钱。"小猴子怔了怔,突然撒开手往家跑,头也不回地说:"我就不信你不还,你不还,我回家搬梯子去,我搭梯子上你家房,把你家房上的瓦都掀下来卖了!"翠莲赶紧大呼小叫地去追,一边跑一边喊:"儿,儿,好我的儿哩,婶儿这就去信用社取钱还你个龟孙!"

翠莲安顿好小崽,骑着自行车路过十字路口,又被荷花拦住了。荷花说:"我都听见了,你要去取钱,有钱先把我那五百还了,反正不多。"翠莲咯咯笑着,压低声音说:"我骗那傻小子呢,要不他要掀我房上的瓦。我哪有钱,钱都在媳妇子手里呢!"荷花翻着白眼,撇撇嘴角说:"两个儿都结婚了,你把欠人的钱往他们头上分分,你不就轻松多了?"翠莲瞪大了眼睛:"那可不行,那不是让媳妇们生气吗?闹不好要离了婚,我儿子不是要打光棍儿了?不分债,我一条命顶到西天!"

于是荷花到处散播翠莲要赖账,凡是借给她钱的这辈子别想要回来了,她拿定了主意让翠莲给她当"长工",她在自家巷子口儿对学书妈和几个婆娘宣布:"她不是没钱还给我?想赖牛皮账就给我干一辈子活儿吧。"

有人来接艳艳,来人不是她那个矮胖的女婿,是个瘦高的平头,五官倒周正,只是目露凶光,人看上去也比艳艳大很多,开着一辆黑色的普桑。翠莲不认识这个人,冬冬认识,他就是镇上有名的地痞喜喜。艳艳结婚后在镇上开着一个服装店,喜喜常来坐,两个人就好上了。早就有人说,艳艳那个矮胖的女婿不中用,这两个女子都是喜喜亲生的。翠莲第一次见这个人,发现他的眉眼很熟悉,再看看自己的两个外孙女,什么都明白了。翠莲看了看艳艳的脸色,艳艳跟没事人一样,踢给喜喜一把椅子说,坐下。喜喜坐下来,把车钥匙扔给冬冬说:"老弟,你把我后备箱里给姨姨买的东西都拿下来。"冬冬说你抽烟,递根烟过去。喜喜没接,不耐烦地命令:"快去!"冬冬出来碰见路过的天平弟弟天星,天星皱起眉头问:"喜喜怎么到你家了?他来诈唬谁?"冬冬笑着说:"他不敢,这是在咱村里呢,他敢诈唬卸他一条腿。"

喜喜直截了当地告诉翠莲:"姨姨,以后艳艳就跟我过了。"

翠莲看看艳艳说:"好好的,你这是怎么了?"

艳艳平静地说:"妈,你别大惊小怪,这几年我们就在一起过着哩!"

翠莲问:"你婆家那头儿知道吗?"

艳艳说:"知道,怎么不知道,这世界上就你一个人不知道。"

翠莲瞅了闺女一眼说:"想咋就咋吧,我管不了,把两个女子给我留下就行。"

艳艳说:"就是给你商量这事呢。"看看冬冬新妇不在院子里,压低声音说:"你也该给人家腾地方了,等着人家撵你呀?!"

冬冬提着东西进来了,翠莲就没吭气。艳艳接着说:"喜喜在镇上给你租了房子,今天就是接你去,你和两个孩子一起住就是。"冬冬把东西放下,坐下来点上根烟问:"接咱妈给你看娃去呀?咱妈要享福了。"翠莲骂道:"娶了媳妇忘了娘,你真出息!"冬冬"嘿嘿"地笑,嘴角的纹路像极了他死去的老子。

艳艳说:"妈,我和你收拾东西去。"翠莲惊讶地说:"这就走呀?"

艳艳冷笑道:"这个家你还没住够啊!"

翠莲说:"其实也没个什么收拾的,就是一床被子。"

喜喜一直坐着没动,看着冬冬和艳艳往外搬东西,他用大拇指把遥控钥匙摁了一下,"咯——"打开了院外的车门。冬冬新妇大惊小怪地跑出来问怎么回事,像个男人一样一只手插在裤兜里,不住地打量喜喜,喜喜盯着她看了一眼,没吭气。

翠莲领着两个外孙女上车的时候,车边已经围了一圈看热闹的婆娘们,她们眼神复杂表情酸涩地开她玩笑:"哟,翠莲,熬出来了,这是要跟上女子享福去了。"翠莲满面红光,笑着,骂着:"怎么啦,不行啊?光眼馋不顶事,有本事你们也跟上走啊!"冬冬的新妇扑闪着眼睛说:"妈,我们过不下去了到镇上找你要饭,你别不认识啊！"惹起一阵哄笑。在这样欢乐的气氛中，翠莲上了轿车，抱着两个外孙女坐在后排，不由自主很有风度地从车窗里向外摇着手，脸上洋溢着羞涩的笑容，竟然有了点当年出嫁时的感觉。婆娘们在车轮腾起的烟尘中摇着头，交换着意见："你看人家翠莲，你看人家翠莲，到底是个有福气的人，二福活着的时候享福，二福死了照样享福！"一片"啧啧"声。

镇上出了件不大不小的事，公社时期的派出所所长老叶死了老婆。这个曾经叱咤风云的人物如今也六十好几了，却虎老余威在，加上弄下不少钱，在这一方还是个人物。灵棚就搭在菜市场门口，花圈摆满了市场。喜喜在丧事上当总管，当年老叶是猫他是老鼠，光阴荏苒，他们成了忘年交，成了生意上的伙伴。如今，他们都是镇上有头有脸的人物。

这天，两个外孙女快放学了，翠莲正做饭，艳艳抱着一堆脏衣服进来了，"妈，你抽空儿给洗了。"

翠莲回答："你吃饭吗？"

艳艳说："顾不上，老叶的婆娘死了，我和喜喜都在那边帮忙。"她走进厨房，拿起根生黄瓜"嚓嚓"地吃着问："妈，你知道这事吗？"

翠莲说："啊！"

艳艳不耐烦地说："老叶死了婆娘！"

翠莲瞪瞪眼，笑着骂："叫花子女子，他死了婆娘管我什么事，不是病了好几年了吗？"

艳艳也瞪瞪眼，哼一声："你就装！"

翠莲是在装。她刚到镇上安顿好，老叶就来过了。和二十年前比，老叶更加富态，像个面团，眼神也和善多了。不知为什么，翠莲一见他就想起了二福，恍惚间，她觉得二福和老叶似乎从一开始就是同一个人。老叶来重申他是艳艳的干爹那件事，翠莲骂道："别不要脸了，谁承认呢！"老叶就眯缝着眼睛笑，表情像极了二福。

老叶的婆娘刚出头七，他又来找翠莲，开门见山地说："干脆，我这干爹变湿爹算了。"

翠莲说："你别胡说，艳艳还不把我骂死！"

老叶乐呵呵地说："你担心的全是没用的，我让喜喜和她说，让她和你说。"

翠莲骂道："没脸没皮，还能让我女子做媒，这世上做媒的人死绝了！"

老叶恍然大悟："行行，我这就去找媒人。"

翠莲赶紧拉住："急死你个老家伙，还不等过了七七？你让人笑话死呀！"

老叶的婆娘死了七七四十九天之后，第五十天，老叶把比他小十岁的翠莲娶进了门。翠莲的两个儿子军军和冬冬都来参加了亲妈的婚礼，婚礼结束后，军军把一对儿女留给他们的奶奶看着，翠莲把艳艳的一对孩子也留在身边，从此他和老叶绕膝承欢，过着幸福的生活。

然后，小半年过去了。晚饭后，看电视，翠莲和老叶商议："那人，明天我得回去一趟。"

老叶歪歪头，看着她，"没事就别跑。"

翠莲说："该跑就得跑哩，还有一件事没了。"

老叶呵呵笑："欠人钱啊，除了这事别回去。"

翠莲看老叶眉开眼笑的，也咯咯笑起来："可不是啊，二福没本事，死了给我留下一屁股债。这几天我睡不着，老梦见村里人追着我两个儿子讨债，我不能光顾自己享福，让儿孙替我遭殃，你说是不是？"

老叶收敛了笑容，认真地问："就知道二福给你留下了饥荒，欠人家多少呢？"

翠莲笑笑，眼神闪烁地说："两万。"

老叶说："明天咱去信用社取两万，让喜喜开车和你跑一趟，还清了你别老往回跑了，麻烦！"

翠莲亲昵地推老叶一把，"你替我还了，我还回去干什么？儿孙要孝顺以后叫他们来看我，我才不操他们那份闲心哩！"

老叶笑眯眯瞅着翠莲说："你这是把自己卖给我了啊！"

翠莲打他一下说："你愿意买么。行了，别讨厌了，我给你端洗脚水去。"

老叶乐呵呵地望着翠莲肥硕的屁股扭啊扭地进了厨房，扭过脸去看电视。

一天早饭后，南无村下地的人们看到一辆黑色的桑塔纳小轿车进了村子，都驻足回头观望。小车停在了学书家隔壁庆有家门口，车门开了，下来一个有点眼生又有点眼熟的身影，学书妈眼尖，站在自家院门口叫喊起来："翠莲，你个死人回来了！"翠莲回骂着："你个死人，我就不能回来啊。"又嘎嘎地笑着，"我顾不上和你说话，要给人还钱哩，晌午去你家吃盘子！"学书妈就骂："还吃盘子哩，有牛粪饼子你吃吗！"说话到了跟前，看见翠莲烫了头，穿着身时兴的新衣服，人捂得越白了，脖子上挂的，耳垂上吊的，左手无名指上箍的，全是黄灿灿的物件，学书妈走上前来仔细瞅瞅翠莲，发表感想说："看你脸上皱纹多得，受苦了吧！"翠莲嘎嘎笑着说："天天受苦，钱多得花不了啊！"学书妈又扭头去看小轿车，影影绰绰从玻璃里看到有个人坐在里面，记得是艳艳后来跟的那个人，不由得撇了撇嘴角。

说话间，进了庆有家的门，庆有妈去女子庆霞家住了，灶屋前的梨树下摆着饭桌，庆有、秀芹两口子和娃娃正在端着碗喝米汤，秀芹看见翠莲进来，赶紧搬了个椅子让坐下。秀芹话少笑多，笑容像蒸熟的南瓜一样甜，翠莲自己拉呱了半天，从衣兜里掏出一沓钱来递给庆有说："还给你的两千，这是死鬼二福自己借的啊，我替他还饥荒。"庆有说："我二福哥要面子，我还以为他没跟你说过这事。"秀芹剜男人一眼，埋怨道："看你把人想成什么了，咱嫂是那赖账的人吗？"又对翠莲说："要不是娃要开学，这钱你就用着吧，还什么还！"翠莲哈哈地笑："有钱，有钱，咱不是那两年了，不光还你的，今天我家家的都要还。"秀芹接过钱来，捏在手里感叹道:"嫂,你还是有福气。"

秀芹把翠莲送出大门,翠莲脚下发飘,跳舞一般朝停着的小车走去,快到跟前儿的时候发现自己眼睛花了,眼前停着两辆黑色的小车,她站在那里犯起了糊涂。后面那辆小车开了门儿,"眯眼儿"二贵笑眯眯地钻出来,调笑道:"我说这是谁的小车挡住了我的道儿,是老叶的婆娘啊!"翠莲骂他:"不放屁憋不死你,那么多好人死哩,你怎么不死!"二贵锁上车门,把钥匙挂到皮带上,嘿嘿笑着走过庆有家的院门,朝自家院子走去。翠莲笑着冲他的背影往地下吐口唾沫,使劲拉开车门,肥胖的身子钻了进去,喜喜发动了车子,翠莲说:"咱去老磨房,那会儿进村时看见秀娟锁着门哩,大概她妈叫她过去吃饭了,这会儿也该回到她自己的窝儿里了。恓惶人,可是个大好人哩,头一个就该还她钱。"

整个上午,喜喜的车这里停停那里停停,翠莲把债都还完了,寻思回家看看,又想起件事情来,于是车停到腊梅家院门口。腊梅三十岁上男人被火车撞死了,本家族里人帮扶着把两个儿子拉扯大,儿子成人后,族里人怕她想改嫁,又从本家儿女多的人家过继给她一个小女儿,如今女儿也嫁人了,腊梅自己一直没再找过人家。

喜喜的车等在腊梅的院门外,翠莲和腊梅在屋里说话,翠莲咯咯地笑着说:"腊梅,快着快着,你要愿意,年前就能把事情办了,天天和老叶下棋的那个老赵,铁路上的,一个月挣好几千,婆娘也死了,也想找一个——你不抓紧,就让别人把窝儿占了。再说，你来了，咱俩也是个伴儿。"腊梅羞得满脸通红，笑着啐她一口，骂道："你怎么不死！"翠莲瞪瞪眼说："我还要美美地活着哩！"两个婆娘呱呱地笑个没完。

后来，腊梅把这件事当笑话讲给学书妈听，她们都呱呱地笑，骂翠莲不要脸，笑过后她们认真地讨论了翠莲这个人，一致认为那家伙好本事，到底是个有福气的人。

18

作为同样热爱和驾驶动力机械的人，开拖拉机的"眯眼儿"二贵一直眼热着开卡车的二福，二福红火的那几年，他当面背后地都嘲笑二福，平衡着自己的嫉妒心。二福一蹶不振连命也搭上后，二贵却时来运转给镇上领导开了小车，不出车的时候，他腰里挂着小车钥匙在巷子口和人扯闲话，眯着眼睛摇着脑袋嘴里啧啧有声，对学书爸和天平说："二福死了，咱还活着，咱就比他强。"这话落地没半年，他就查出了胃病，手成天捂在肚子上，没办法开车了，镇上给了这个临时工五百块钱，把他打发回了南无村。手术费和住院费很快拖垮了"眯眼儿"二贵经营了几十年的光景。

"眯眼儿"二贵的胃被切掉了，成了残废。二贵只道自己这些年开车落下点痔疮，万万想不到还会有胃癌。不过他并不知道自己已经没有胃了，医生和亲属合谋欺骗他，告诉他坏掉的三分之二胃切掉了,他还有三分之一的好胃留在肚里。市医院的高大夫开导二贵:"三分之一的胃是小了点,可那玩意儿就好比橡皮口袋,会越撑越大,好好吃饭吧,用不了几年你的胃就像原来一样大了,而且不会再疼。""眯眼儿"二贵因此很振奋,褐黄的脸上努力地绽开了笑容。

"眯眼儿"二贵觉得自己大难不死,必有后福,回到家里也躺不安生,脚刚能沾地就挨家挨户地开始串门。得病之前的二贵壮得像个铁锤,是个看不起人的主儿,鼻孔朝天,下眼瞧人,眼下就不同了,双颊深陷面色黑黄,眼珠子都没力气动,全身向胸部集中,萎缩成了一个霜打的老倭瓜,南无村的人们努力地展示给他像平日里一样轻松的笑容,尽量用漫不经心的语调劝他好吃好喝。二贵梦游一般慢吞吞地走到学书家,对学书爸说:"日他娘,我现在还有三分之一的胃了。"学书爸眨眨眼说:"够用了,撑撑就大了,又不是牛,要那么多胃有个屁用。"坐一会儿,"眯眼儿"二贵就满足地告辞了,慢慢地站起身来,脚不离地地蹭向下一家。背后,学书爸脸上堆出的笑容渐渐熄灭,眼里浮上一片感慨的云来,注视着二贵的背影摇摇头。

"眯眼儿"二贵躺在床上的日子里,他哥大贵早就把南无村的人家跑了一个遍,挨家挨户地诉苦,告诉人家他弟弟二贵就要死了,今后他弟媳的盖房子、养老以及侄子娶媳妇就全靠他了,那是多么重的担子呀!大贵一把鼻涕一把泪地诉说着,好像要死的人不是二贵,而是他自己。有时候,大贵会站在村街上的十字路口拍着胸脯向围观的男女老少讲述他后半生不可逃避的重大职责，一讲就是半下午。因为事关一个就要死去的熟人的事情，大伙儿都很乐意更深入地知道一些细枝末节，不时还会有人提出问题来请他回答。只要天不黑，大贵就会没完没了地讲下去，除非远远地望见他肥胖的弟媳苹果一摇一晃地从巷子深处走出来。因此，全南无村的人都知道二贵已经没有胃了，在别人眼里，二贵已经是个死人了。

大伙儿多少有点怀念以前的"眯眼儿"二贵，虽然他每天开着冒着黑烟的小四轮目中无人地疯跑，回到家打老婆打儿子，牛气哄哄，跟女人开玩笑不讲分寸，但这些都不足以判他的死刑。一个人还没活到老就死掉，对曾经跟他一起活着的人来说，不能说是件无所谓的事情。二贵进东家出西家，大家就交换意见说："真可怜，快走的人了，这是挨家的告别呢。可不是吗？可怜了苹果和娃娃了。""眯眼儿"二贵什么也听不见，他满心欢喜地向亲近的及不睦的人们——宣告着他的大难不死和活下去的心劲儿。

和二福死后大家对福娃的嘲笑不同，由于二贵的将死，大贵在村里人眼中空前高大起来，这个男人即将成为两个家庭的顶梁柱，这将是多么艰难和悲壮的一件事啊！大贵的女儿巧云和倒插门的女婿长青一边为大贵鸣不平，一边又认为那是他们一家义不容辞的本分。这家几十年口碑都不怎么样的人家，开始令人另眼相看，风光无限起来。

"眯眼儿"二贵在村街上慢慢朝前蹭，遇见在县城做生意的连喜开着小车回来，连喜看见他这副模样一惊一乍地问道："哟，这不是二贵么，怎么就成了这副模样了？！"

二贵不好意思地冲连喜笑着，有气无力地回答："可是个啥呀，我被人家把蛋骗了。"

连喜只顾瞪起眼睛打量他，完了笑着劝他："好好吃，好好吃，吃着吃着就吃过来了。"

二贵回答："好好吃，好好吃。"伸出手去摸了摸连喜的小车，恋恋不舍地把小车从头到尾看了一遍，然后头也不回地向前慢慢走去。

趁着"眯眼儿"二贵不在家，婆娘苹果来到大贵家说："哥、嫂，你们给准备副好寿材吧，我看他也没多少日子了。"

大贵瞪起了眼睛说："胡说哩，丧事和寿材的费用应该你们自己出。你将来的养老、盖房子和你儿子建军娶媳妇都是我的事呢，我管将来不管现在，管大事不管小事。"

苹果说："哥，小贵做手术花了五千块，全是我问别人借的，你一分钱也没出。"

大贵嘲笑道："五千块算什么，我将来还不知道要在你们身上花几个五万块呢！"

苹果哭着回家，在村街上碰见兴儿妈，拦住问她哭什么，苹果就说："小贵做手术花了五千块，他哥一分钱也不出，全是我借的，现在要打寿器，他还不肯出，让我到哪里去借呀！"

兴儿妈就打抱不平："大贵真是个铁公鸡，亲弟弟要死了都不肯出一分钱，自己又没儿子，留着钱给女婿擦屁股呀！"反过来又劝苹果想开点,"将来你和建军都要靠人家呢,眼下就自己作点难吧。"

苹果红着眼睛说:"谁靠得上他?早把我们都饿死了。"兴儿妈就骂大贵假善人、铁石心肠。兴儿妈是南无村有名的小广播,她一宣传,全村人都知道大贵的真面目了。

"眯眼儿"二贵回到家里,看见婆娘坐在灶前擦眼泪,问怎么了。婆娘说:"家里没钱给你买药了,我去找你哥借,你哥不借。"

二贵指责老婆:"谁让你去找我哥借钱,他的日子也不好过。"

苹果争辩道:"他一个月一千多块钱的退休工资,怎么没有钱?"

二贵说:"他要攒钱盖新房。"

婆娘顶嘴:"盖房重要还是人命重要?他根本就不管你的死活。"

二贵喝道:"你住嘴,不许这样说我哥!"

婆娘说:"就是,他不配当你哥。"

"眯眼儿"二贵骂了一声,摸住个茶壶盖就扔了过去,砸向婆娘的脑袋。他没有力气,茶壶盖扔偏了,只把苹果的额头打出了一个小包。苹果一屁股蹲在地上,号啕大哭。二贵从案板上提起菜刀,凶神恶煞地威胁道:"再哭,再哭一刀活劈了你!"苹果边哭边喊:"来来,劈死我吧,劈死我省下受这份活罪了……"

说时迟、那时快,一个人影儿从灶房门外头蹿进来,一把夺下了"眯眼儿"二贵手里的菜刀。二贵差点被他带进来的风刮倒,手扶着水瓮定神观瞧,原来是他的儿子建军。建军从地上把他妈搀起来,扶到一把小椅子上坐下,然后走到二贵跟前,盯着他爸的眼睛说:"我不上学了,我要去挣钱!"

"眯眼儿"二贵说:"你想死!"

建军毫无惧色地说:"我要挣钱养活你和我妈,反正我学习也不好。"

"眯眼儿"二贵想了想,笑了,对娃娃说:"不想上就算喽,又省下一笔费用。反正你老子就这样了,你能挣下钱就盖房子娶媳妇,挣不下就打你的光棍吧!"他扭头对婆娘说,"听见没有?你儿不想上学了。"

苹果抬起哭肿的眼睛看了他父子一眼,长叹一声,有气无力地说:"只要他自己不后悔。"

建军坚决地说:"我决不后悔。"他把书包一扔,抓起扁担挑水去了。

"这娃什么时候长这么大了!""眯眼儿"二贵望着儿子的背影美滋滋地琢磨道。

苹果她哥在县城开了一家羊肉泡馍店,手里有点钱,"眯眼儿"二贵做手术的钱就是婆娘向他哥借的。苹果跟男人商量:"眼下建军不上学了,在村里种地肯定挣不到钱,年龄又小,干不动重活,不如去他舅舅那里打杂,一月也挣个两三百块。"二贵不愿意在大舅哥面前低架子，沉默了半天说："这事情最好找我哥商量一下。"

苹果说："找你哥商量个什么？"

二贵说："我们老张家就这么一根苗，建军是我儿，也是我哥儿，我哥有文化，当然要跟他商量一下。"

苹果酸溜溜地说："屁，他连你这个弟弟都不管，还能把侄子当儿？"

二贵呵斥道："再多嘴我扇你两巴掌。"老婆被他打怕了，再不敢搭话，站起来去学书家串门了。

"眯眼儿"二贵一步步走到大贵家，请教他哥建军该不该去他舅舅那里打杂。大贵把手一挥说："不行，咱老张家的人怎么能给别人当长工，咱祖上是地主，不能丢先人的脸。这样吧，我跟厂里打个电话，看能不能让建军顶我的班，就说是我儿。"二贵赶紧说："就是就是，建军可不就是你儿？"

大贵跑去邻居支书银亮家里打电话，支书婆娘不太高兴地说："你一个月拿那么多钱，咋不装个电话？"

大贵说："先盖房子，盖下房子就安。"

大贵拨了个号码，电话里说："对不起，您所拨的号码是空号。"又拨了一遍，还是空号。大贵对守在跟前的支书婆娘说："是我要拨的电话号码变了，还是你家的电话坏了？"支书婆娘摇摇头，不吭气。大贵放弃了，走出门去。

支书银亮在院子里擦洗摩托车，笑眯眯地问："打完了？"

大贵回答:"那边的号码变了。"

大贵刚走出门去,婆娘低声对银亮说:"你真有办法,把拨号键调了调,'铁公鸡'就打不出去了。"

大贵回到家,对欢欢喜喜坐在那里等他的二贵说:"厂里说要上会讨论,叫咱们等消息。"二贵眉开眼笑地说:"当然要讨论,这么大的事情,谁能一个人说了算?"门帘儿被掀开,阳光在堂屋脏黑的砖地上照出惨白的一块儿,大贵的女儿巧云进来说:"叔,跟我们一起吃午饭吧,我妈捏的饺子。"二贵说:"不了,我不能吃饺子,我来时你婶子正做饭呢,我得回去啦!"他慢慢站起来对大贵说,"哥,建军就在家里等你的信儿呢,我叫他每天过来问一问。"大贵微微皱着眉头,庄重地说:"你路上慢点。"

巧云送二叔出了门,回来问他爸:"我叔刚才说让建军等什么信儿?是不是想让建军顶替你?"大贵赶紧赔着笑说:"八字还没一撇呢!"女儿沉下了脸:"爸,这就是你的不对了,虽说长青是你的上门女婿,他可是要给你养老送终的,再说,还有我呢,我们两口子不比个侄子强?你不让长青顶替,你让长青怎么想?"大贵摆摆手,笑着说:"我不糊涂,我心里有谱,建军今年才十四,厂里不会要童工的,我骗骗你叔,叫他安心上路。"

女儿笑了,说:"那长青能不能顶替你?"

大贵说:"吃了饭我再去银亮家打个电话。"

19

黄昏里,秀娟在老磨房院西南角上的茅房系裤带,目光越过土墙头上那丛狗尾巴草,看到一辆黑色的小轿车挂着一条又粗又长的尘土尾巴嗡嗡地开进了村子。那条黄色的大尾巴让秀娟想起了放臭屁的黄鼠狼,脸上浮现出温柔的笑容。

第二天一早,支书银亮笑眯眯地进了老磨房院,秀娟正给梧桐树下那几只笼养鸡撒饲料,没听见他的脚步声。银亮走到她身后咳嗽了一声,把她吓了一跳,回过头来看见是银亮,就说:"呀,把我吓了一跳!"银亮见她在喂鸡,就扯了几句关于鸡的闲话:"都会下蛋了吧,你一个人肯定够吃了。"秀娟笑着说:"我一个人每天炒鸡蛋也吃不完,攒上几天给我家江江送去,娃最爱吃鸡蛋黄。"银亮笑得眼角布满皱纹:"都说姑姑亲侄子,你这是把江江当儿对待呢。"秀娟说:"可不,我还指望将来死了让娃发送我哩。"

银亮抬头望望头顶梧桐树巨大的树冠说:"你看,这树有了病了,长出那么多芽子。"秀娟也望望树杈里密密扎扎的鹅黄色梧桐芽子说:"这树年头儿太长了,该生毛病了。"秀娟以为银亮是来跟她说砍树的事情,她想这是村里的树,虽然自己这些年借住在村里的老磨房,要砍树也用不着和自己商议,自己什么时候做过让别人作难的事情?就主动说:"银亮你要砍树就让人来砍吧,我把鸡窝挪到屋檐下就行。"银亮笑呵呵地又环顾了一圈老磨房的破围墙说："这墙还是英豪当支书的时候筑的土墙，都让雨淋化了，眼下麦子也收了，反正是闲着，该拉点砖砌堵新墙了。"

秀娟就不知道该说什么了。她不知道银亮是个什么心思。

银亮问："秀娟，这磨房屋顶漏雨吗？要是漏的话，要赶紧把瓦翻翻新，秋天雨水多，别把椽子淋沤了。"

秀娟说："银亮，你别操这心了，我让福元抽空帮我翻瓦就行。"

银亮问："福元忙着跑车拉客人挣钱哩，和咱看天种庄稼的人不一样，他最近有空吗？"

秀娟笑着说："有空，他还能不管他姐姐的死活？"她望望颓圮的土墙，又望望银亮笑眯眯的眼睛，"墙，砌不砌吧……也没什么值钱的东西……"

银亮马上说："墙不能叫你砌，你住的是村里的地方，不是你私人的地方，怎么能让你砌墙呢？"

秀娟干脆地问："银亮，有什么事你就直说吧。"

银亮嘿嘿地笑："也没什么要紧事，我和嘉成商议过了，好歹你也算一户，分地的时候给你单另分了，我们考虑也该给你批块地基，迟早你得有自己的房子，你说呢？"

秀娟已经不再俏丽的脸上浮现出男人一样的豁达神色，笑着说："批不批吧，我都四十几了，这老磨房差不多也把我打发了。"

银亮笑眯眯地说:"该批就要批哩么,你一辈子不出门(嫁人),一辈子就是南无村的人。你抽空和我兰英婶子商议一下,你的地基,村里不收宅基地费。"他压低声音说,"三分地,村里规定收五千块,最低也要收三千。"

秀娟说:"我给村里添麻烦了。"

银亮摆摆手:"看你说的!"他嘱咐秀娟,"最好今天就和兰英婶子说一下。"又补充说,"不着急,不着急。"

秀娟说:"这是我自己的事情,不用和我妈商议,我能做主。你让嘉成批地基的时候别把我扔到村外的野地里就行。"

银亮笑起来:"看你说的,你是五保户,优先照顾,你想批到哪里就是哪里,别人不能说啥,你说个地方。"

秀娟说:"那就学校后边吧,将来江江上了学,娃想到他姑姑家吃饭近点。"

银亮满口答应。他走后秀娟就打算去做早饭,抱柴火的时候听见前排的村长婆娘荷花家里又唱起了"歌"。

就像银亮说的,他当支书、嘉成当村长的这二年,村里批了不少新地基,房子一排排地盖起来,原来老磨房对面那几亩地盖了一所村办小学,娃娃们上小学已经不用出村子了。

日头半上午已经很毒了,收割后的麦茬地一块一块覆盖在深绿色的田野上,像一个绿色的巨人身披金色的铠甲,多亏有点野风,秀娟戴着草帽,背上的汗水还是浸透了半袖衫,周身散发着成熟女性特有的甜腥腥的气味。她点完几垄玉米籽,四下望望,周遭地里已经没有人了，就到地头的菜地里摘了几个茄子，兜在装玉米种子的布袋里，挂在锹把上往回走。

路两边的排水渠里长满了荆条，是编筐子的老罗圈秀娟爸种的，如今大家都知道种点经济作物了，主要是想多弄几块钱给娃娃交学费。秀娟记得小时候这条路两边的排水渠一年四季水汪汪的，长满了猪最爱吃的水葫芦，弟弟福元经常因为在这里捉黄鳝，腿上一次能钻进好几条水蛭，要她拍打老半天才能挤出来。路边是两排一搂粗的笔直的箭杆白杨树，叶片正面是绿色，背面银白，在小风里沙沙翻动，留下满地浓荫，人们下工的时候走在树荫里，扛着农具说说笑笑打打闹闹。如今杨树早被村委会砍掉卖光了，路边插着两排指头粗的树苗，只有树顶上长着一把把叶片，不够羊一口吃的。

走回小学校对面的老磨房，秀娟没有进院子，只把锁着的木板门推开个缝，把铁锹揎进院子里去，提着那袋茄子给父母家送去。几天没回去，她挺想侄儿江江的。远远望见十字路口憨憨家伸出墙头的石榴树荫里，她的罗圈儿爸腿间夹着胖娃娃，和那一排被称作"等死队"的老汉汉们说笑得正起劲。秀娟突然觉得她罗圈儿的老爸很可怜，也很伟大，这个人没有计较过她和弟弟福元是不是自己亲生的，更没有在乎过江江是抱养的孙子，几十年来他是那么疼爱她和福元，像个没有痛感的木头人一样承受着人们的唇枪舌剑，笑眯眯地又郑重其事地走到现在，现在又兴高采烈地在人前展览着他的"孙子"。秀娟想，这个人真的是没有一点点的脾气吗？世界上竟然有善良到这个地步的人!

老罗圈儿远远望见闺女走过来,就站起身把娃娃放回身边的竹子童车里,把衣服和玩具也放进去,他弯着腰一边呵斥娃娃,一边和老汉们聊那没结束的话题,一边不时看一眼走近的秀娟。秀娟走到排排坐的老汉们近前,和叔叔伯伯们打过招呼,抱起了娃娃,亲着走着。那娃娃哇里哇啦地表达着他说不出来的兴奋,把口水蹭了姑姑满脸。矮小的老罗圈儿把女儿提的布袋放进童车里,推着车子,蹒蹒跚跚又郑重其事地跟在女儿的后面,脸上始终挂着淡淡的笑意,和当妈的兰英不同,他从没有因为秀娟的不嫁说过一句抱怨的话。

秀娟抱着娃娃走路,无意间朝连喜家住的巷子望了一眼,看到他家的高门楼前停着昨晚自己上茅房时看到的那辆黑色小轿车,她想,连喜回来看他妈了。

一进大门,罗圈儿在秀娟后面大喊了一声:"秀娟——"这其实是在喊秀娟的妈兰英。果然兰英就从厨房里跑了出来,望着她的孙子夸张地哈哈大笑,"小狗子,小狗子回来了!"露出镶着银边的牙齿来。那娃娃也冲着奶奶张牙舞爪,秀娟一手提起装茄子的布袋,一手把娃娃放回童车里,对跟在后面的罗圈儿说:"爸,你看娃,我和我妈做饭。"

兰英坐着把小竹椅,秀娟坐着小板凳,母女俩面对面坐在梨子树的树荫下择菜,秀娟就说起了早晨银亮去磨房院找她的事。兰英警惕地问:"他让你什么时候腾出来?"秀娟说:"他没说。"

兰英又问:"他让你腾出来,他要磨房院干什么用?"

秀娟说:"他也没说。"

兰英就起了疑心,手上停止忙活,撇撇薄嘴唇说:"平白无故银亮怎么会来献好心?"

秀娟没来得及答话,在一旁支棱着耳朵的罗圈儿哼一声说:"他能有什么好心?这些当干部的,把村里的树卖光了,把一座土山也卖光了,我看只要是原来集体的东西,他们就要想办法变成钱装进口袋里去!"

秀娟埋怨道:"爸,你一天在十字路口听闲话!卖村里的树和土山的是村长嘉成,人家银亮对咱不错,别人说他闲话,咱不说。"

罗圈儿就不吭气了,摇着玩具跟娃娃玩。

兰英不屑地说:"银亮要是撵咱出去,把磨房院给别人,他就过不了我这一关!"

秀娟扑哧笑了:"怪不得银亮千叮咛万嘱咐让我先跟你说好,你还真不好打发。"

兰英也笑了,翻翻白眼说:"他撵咱们道理讲不通,磨房院是英豪当支书的时候分给你的,他凭什么要收回去。"

秀娟说:"人家什么时候说要撵我了?人家不是还要白给我一块宅基地吗?"

兰英抬杠:"宅基地不要钱,盖房不要钱啊?"

秀娟就烦了:"我的事不用你们管,我已经应承人家了。"

兰英喝道："你敢！"

这里正打嘴官司，大门口有人笑道："哟，怎么这么热闹？"是娃他妈红芳回来了。罗圈儿就摇着娃娃说："江江，江江，你看那是谁，你看那是谁？快叫妈，叫妈哩么！"

红芳走过来叫过姐，过去亲了亲娃娃，去厨房叮叮咣咣舀了一瓢冷水喝。兰英低低地说了句："生水鞑子！"秀娟就推了她一把，娘儿俩咕咕笑。红芳出来，拿手背抹着嘴，笑着问："有什么好事，这么高兴？"

秀娟就说："村里要给我这'五保户'批地基哩，不要钱，白给。银亮让我选地方，我说把房子盖在学校后面，将来江江上学到我那里吃饭近些。"

红芳就说："看这姑姑和娃亲的！就是不知道说句让我也到你那里吃饭的话。"小学校教语文课的老师桂圆回去生娃娃，校长郭老师（秀芹妈）就找高中毕业的红芳来代课，如今她已经当了多半年老师了。

秀娟说："我倒把你忘了十万八千里！"

兰英揶揄媳妇子："你说这村里再找不出第二个高中毕业生了？怎么看你也和人家桂圆不像，人家一看就是文化人，你快教了一年学了，还是个'土八路'！"

红芳竟听不出话外音来，倒激动得又是眨眼又是甩手说："就是就是，娃娃们在路上碰上叫我老师，我半天反应不过来是叫我哩，你说可笑不可笑！"她那没心没肺的样子让一家人笑得要死，兰英翻她一眼，又剜她一眼，红芳都以为那是婆婆和她亲昵，比谁笑得都欢实。

等到人高马大的福元回来，一家人围坐在灶屋前的小桌上吃着饭聊天。兰英把面条在小碗里夹断了喂娃娃，不小心喂了一根没夹断的，挂在娃娃下巴上，兰英赶紧去抢，娃娃红红的小嘴把面条一吸，哧溜一下把面条吸了进去，逗得一家人哈哈大笑，兰英更是前仰后合。每当秀娟过来，当妈的都不像以前那样指桑骂槐心里不平整了，这几年，兰英也认命了，人老了喜欢儿女在身边，她经常恍惚觉得秀娟是嫁在本村了，回来就是回娘家，嫁不嫁人，女子到底是门亲戚啊！

红芳突然问秀娟："对了姐，你那磨房腾出来，银亮没说干什么？就那么闲着？"

福元抢话："你想搬进去？"被红芳打了一下，嘿嘿地笑，专心地吃饭了。

秀娟说："咱不知道，那会儿咱妈还问我哩，我不管人家的闲事，有块地种够我吃，有间房住不淋雨就行。"

红芳突然脸红起来，眼光闪闪烁烁地看看一圈的人说："别说，老磨房是个好地方，院子又大……"她更加羞涩地笑了笑，鼓足勇气接着说："我寻思桂圆的娃娃也能放下了，该回学校了，我不能占着位子不让人家回来吧……"

福元没耐心了，笑骂："说什么呢？囫囵西瓜西瓜囫囵的，你到底要说什么哩！"

红芳甩甩头说:"你看,我在学校教了多半年书吧,就觉得咱村应该有个幼儿园。现在村里的学校都不设咱小时候在团结学校上的幼儿班了,娃娃家只能到了年龄直接就上一年级,有钱的人都把娃娃送到镇上的幼儿园了,我寻思将来咱姐搬到新房子,老磨房腾出来后咱在那里办个幼儿园,和江江差不多大的娃娃就不用每天送到镇上了,公路上汽车那么多,天天跑太操心了。"

兰英只顾喂娃娃,罗圈儿不发表意见,秀娟还没想好,福元开始嘲笑红芳了:"你也不撒泡尿照照,当了三天假老师,这家里就装不下个你了!"

红芳看到没人响应自己,就吐了吐舌头说:"我也就是这么想想,真要办幼儿园,办手续也麻烦哩,好幼教也不好找。"

此事就算作罢了,可是秀娟把它放在了心里,因为这事和江江有关系,凡是和侄子有关的事情,她都会放在心里。

吃过饭,老两口回屋哄娃娃睡午觉,秀娟帮红芳洗涮完,回老磨房了。红芳回到自己屋里,以为福元早睡了,趴床边一瞧,那个人瞪着眼睛望着天花板。红芳在他腿上拍了一巴掌说:"吓死人了你!"低声笑着在他身边躺下。

福元眨巴眨巴眼睛,又哑巴哑巴嘴说:"你说办幼儿园能挣钱吗?"红芳揶揄他:"你钻钱眼儿里了?"

福元从牙缝里吸进口凉气,又喷一声说:"你说咱俩每天累死累活的,日子怎么还没人家缺胳膊少腿的铁头和秀芳过得好呢?"

红芳说:"你别提秀芳啊,我俩一年出嫁的,我没人家好看,人家会生娃，我也不会；人家永强都十七八了，咱江江还是个月娃娃。你妈老拿我和她比，现在你又拿我和她比，嫌我没人家会过日子，你看见她好，为啥没娶她？现在后悔也晚了！"

福元说："你放什么屁哩！我是说就算铁头是残疾人，有点救济，也做点小买卖，可你看人家的娃娃每天换几身新衣服，秀芳也穿得跟小姐似的。"他嘴里发出嘶嘶的声音，"不知道怎么回事！"

红芳说："人家秀芳会造钱么！"

福元说："早起我出车时，碰上过她好几回，从公共汽车上下来，胳膊下挎着一个包，看见我装没看见。"

红芳就瞪大了眼睛："真的？我去问问她搞什么秘密活动！"

福元说："不该问的别问，问什么问？"

"怎么了？"红芳的直肠子转不过弯了。

20

后晌下了一点雨，不过连地皮也没湿。秀娟蹲在院子里拿块瓦片擦钢锹上的泥巴，打算下地点种谷子，听见门口有汽车响，就朝那两扇木门望去。门被推开了，进来一个白胖的人，龇龇白牙笑着和她打招呼："秀娟姐，在家呢？"秀娟挂着锹把站起来，愣了一下脑子才反应过来，扬扬手笑着说："连喜啊，又白又胖的我都没认出你来！"连喜笑嘻嘻地走到她跟前，抬起戴着两个戒指的手摸摸自己的鼻子说："我常回来的，你不爱串门么，这些年咱没怎么见过，我以前又黑又瘦你忘了？"秀娟说："倒是常看到你的车，昨儿个天快黑时还看见了。"

连喜打量打量磨房院说："姐，和你直说吧，给你批地基的事，是我和银亮说的，钱我也替你出了。"他黑黑的小眼睛望着秀娟，留心着她的反应。秀娟张大了嘴："这怎么行，这不行、不行……"

连喜哈哈一笑："你先别着急说不行，和你说实话哩，秀娟姐，我是个做买卖的，不会干吃亏的事情，地基的钱我不会替你白出，我和银亮商议好了，我要投资给咱村建一个纸箱厂，这磨房院子大，房子也多，是现成的厂房。到时候咱村的剩余劳力都招来当工人，姐，你就是第一个。"

秀娟说："这是好事呀！"

"当然是好事，电视里常播增加农民收入的事情啊，我这也是致富不忘乡亲，你说呢姐？"见秀娟在点头，连喜一把抓住她的手说，"秀娟姐，这事情要办成，还得你帮忙哩！"

秀娟抽出手来，把两只手都挂锹把上，笑着问："帮什么忙，我能帮什么忙？"

连喜堆出一脸苦涩："姐啊，要办厂子，这房子得赶紧翻瓦一下，刷一遍白灰，围墙也得重新砌，我订的设备也要到了。"他为难地说，"我想让银亮来跟你说说，你先把磨房院腾出来，回兰英婶子那里住一段，这里我们抓紧给你批地基，银亮死活不来，我就厚着脸皮来了，你是当姐的，不会骂我吧？"

秀娟没想到他说出这话来，这不是撵人走吗？好人也有点恼火了，冷笑着说："还有你这样说话的哩，急也不是这个急法啊，我找银亮去！"

连喜赶紧去拉她，这时从门外来势汹汹地走进一个人来，几步来到连喜跟前，一迭声地说："你和我说，你和我说！"原来早有路过的人跑去给兰英传闲话，告诉她连喜的小轿车在秀娟的大门口停着哩，兰英起身就来了。

连喜看清是兰英，知道她是个厉害的角色，赶紧陪上笑说："婶子，婶子，你别着急，咱随后再说，随后再说。"从裤带上解下手机来，按到耳朵上说，"打个电话，我先打个电话，婶子你先忙，随后我去家里看你啊。"转身往出走。兰英一直跟着他出来，盯着他上了车。连喜没敢回家，开着车出了村子。

秀娟拉不住，兰英就急匆匆地找上支书银亮的门来。银亮家大门虚掩着，两口子正在睡午觉，听见有人进了屋，赶紧出来看，一见兰英的脸色，就明白怎么回事了。银亮老婆赶紧说，婶子坐下说话，兰英说我不坐，说两句话就走，她质问银亮："你这是逼我女子走绝路么，你还嫌她过得不恓惶？"银亮嘿嘿地笑着说："这个连喜，有两个钱就装不下他了！"往下就没话可说了。兰英盯着他说："银亮，今天我把话给你撂到这里，老磨房是别人手里分给我女子的，你要撵她出去，就抬着她出去！"甩手走了。银亮老婆要追出来理论，被他拉住了，叫人扫地出门，这事搁谁头上也不会装怂，何况南无村的"铁嘴子"兰英。

红芳走进秀芳的院子，叫了声秀芳，厨房里有个男人答应了一声，铁头胳膊下夹着拐杖，两手泡沫从那里走出来，他正在洗衣服。红芳听见厨房里有洗衣机转动的声音，绕过铁头扒住门框朝里看看，问："哟，新买的洗衣机？什么牌子的？"铁头笑着说："海尔的。"红芳说："有钱哩么！"又揶揄他，"秀芳真有本事，她挣钱，你洗衣服做饭。"

铁头满不在乎地说："谁有本事谁做掌柜，有钱花就行。"

红芳这才问："她去哪了？"

铁头说："上班去了。"

红芳就笑了："好家伙，秀芳当干部了还是当工人了？"她乐得身子直打晃，"还上班哩！"

铁头"嗤"了一声说："什么干部工人，她在城里给人搓澡哩！"

红芳就不笑了，瞪圆了眼睛问："人家都是男人搓澡哩，女人也搓澡啊？"

铁头半边身子支撑在拐杖上，哼哼着说："说你是山毛儿吧，一看就没去城里洗过澡，女人就不能搓澡？你敢说你两口子洗澡时，你没给福元搓过背？"

红芳骂道："呸，那能一样？"转身往出走，"她回来叫她来找我，我和她有话说。"

铁头冲着她的背影说："行，这几天她就说找你哩。"

夏至后白日时光长了，吃过晚饭，秀芳来找红芳，天还没有要黑的意思。一进门，这家人正围坐在灶屋前的饭桌上声讨"该死的连喜"和"袜子银亮"，在晋南，一个男人要被人说成"袜子"，那他肯定是在大家面前树立不起自己的形象，用《三国演义》里的话说，就是"浮（扶）不起的阿斗"。看到秀芳进来，一家人都住了口，抢着招呼她坐下来喝碗米汤。秀芳温婉地笑着说："别管我，我刚吃过。"红芳给她找来把马扎子，秀芳说："不坐了，你要是吃完了，我到屋里和你说几句。"红芳说吃完了，两个媳妇子就进了屋。

兰英低声问福元："她来干什么？"

福元嘴里"嚓嚓"地嚼着咸菜说："我怎么能知道？"

兰英就对秀娟说："秀芳刚嫁给铁头那二年，多好的个媳妇子，一说话还脸红哩，你看现在打扮成个啥了——跟个花蝴蝶似的！"

秀娟埋怨她妈："你管人家了？这不是六个指头抓痒痒，多此一举嘛！"

兰英不服气地说："有什么神秘的事情，这么热的天气，要闷到屋里去说。"

两个媳妇子在红芳的屋里，没说什么神秘的事情，秀芳问红芳娃娃饭量怎么样，一天拉几次，夜里哭不哭，是不是打过防疫针了。红芳把娃娃姥姥买的几身小衣服翻出来让秀芳评说。闲话说了几箩筐，红芳先进入了正题："哎，今天后响我找你去了，你不在。你真有福气,铁头还给你洗衣服,福元啊,想都别想!"

秀芳玉盘似的脸微笑着,她不仅比红芳长得白,性格也安静,是南无村这一茬的媳妇子里顶好看的一个。秀芳漫不经心地说:"我上班去了。"

"哎哎,你到底上的什么班?"红芳是个急性子,受不了她这样慢吞吞的说话法。

秀芳静静地笑着,望着红芳,急得就快上手打她了,才说:"铁头不是都告诉你了吗?"

"真的是给人搓澡啊?"红芳有点失望,继而又抖擞起精神说,"现在搓澡这么挣钱?我都看见你新买的洗衣机了!"

秀芳依旧静静地笑着,望着红芳说:"咱俩好,我才告诉你,你不能告诉人。"她又补充说,"我今天来就是想叫你也去和我一起上班,咱俩好,是个伴,我也想让你的日子过得好一些。"

红芳喜上眉梢,怀着傻傻的期待望着她,等着她说话,秀芳就说:"给男人家搓澡。"

红芳就真傻在那里了。

秀芳笑了,望着她的相好说:"这就把你吓死了?!"

红芳立刻表态:"不去,不去,给一万块我也不去,那还不羞死人了!"

秀芳笑着说:"你低声点,人家听见还以为我要杀你哩!"

红芳捂住了嘴。秀芳悠悠地说:"看你想不想让男人和娃娃过好日子哩么!"

红芳也笑了，压低声音问："单独给一个男人搓啊？他光着你也光着？"

秀芳光笑不说话。红芳惊恐地瞪大了眼睛："呀，那要是他起了坏心眼，要和你那样怎么办？"

"怎么办？"秀芳冷笑着说，"正好问他多要钱！"

红芳又捂住了嘴："那不成了……"

秀芳笑笑说："你别以为谁就那么干净，就咱村里几辈子的男男女女，谁没个相好的？我也想开了，长着这么个东西，和谁还不是那么几下？能把日子过好才是第一。"

提起这个茬，红芳就不吭气了，院子里就坐着一个现成的例子，人高马大的福元和他没三块儿砖头高的罗圈儿爸！

红芳抓住了秀芳的手，眼泪汪汪地说："傻女子，你就不怕得病？"

秀芳把随身带的小包的拉链拉开，把里面的东西倒出来给她看，红芳只认得那一串跟方便洗发水相似的避孕套，那些"湿巾"、"洗液"的，她却是第一次听说。"哎，我告诉你红芳，我干这个有些年了，天不亮就出村，黑了才回来，村里人不知道我们干什么。跟你说你别跟别人说，前几年，我们刚干的时候，在城里一个澡堂子还碰上了支书、村长还有我姐夫庆有，他们喝多了找按摩的，可巧我们三个在那里，弄了个大红脸，我们转身就跑了。他们嘴挺严，回来也没跟人说过。"

"哎呀，死女子，羞死人了！"红芳抬手去打秀芳，两个媳妇子笑作一团。

两个人说好了,今天的事情谁说出去谁是龟孙,秀芳嘱咐红芳:"你要是想和我一起去,就来家里找我,我一三五上白班,二四六上夜班,星期天上全天。"秀芳还说,"光彩不光彩,至少一年里你自己可以盖起一座新院子,不用再和老的住在一起憋屈。"

红芳晕头晕脑地只会摇头。

送秀芳出门的时候,面对一家人狐疑的目光,秀芳笑得跟没事似的:"婶子,我走呀,一会儿娃也该睡觉了。"红芳跟在她后面,扭扭捏捏,一副做了亏心事的样子。

秀芳刚走,秀娟过来找红芳,跟弟媳妇说办幼儿园的事情,秀娟说:"我今天去镇上的幼儿园转了转,问了几个人,她们都说现在别说村里办幼儿园,就是镇上最好的幼儿园,也请不到像样的好幼教,现在幼儿教师很吃香,幼师毕业的小女娃娃,都被城里的幼儿园请去了,一个小村子要办独立的幼儿园,肯定办不成个样子,只能把娃娃们耽误了,也批不下手续来。"红芳红着脸说:"好我的姐哩,我就那么一说,你倒放到心里去了!"秀娟说:"我是替江江操这个心。"

兰英说:"办不成最好,你还不知道红芳的本事,把她的话也当真!"

福元嘿嘿地笑:"不怕,等娃上幼儿园了,我用三轮摩托接送就是了。"红芳揶揄他:"好个有本事的娃他爸哩,三轮摩托顶小轿车使！"一家人都笑了，又一件事情告一个段落了。

夜里，红芳却少见地失眠了。秀芳说过的那些话让她觉得心里乱糟糟得像麻雀做了窝，越不去想，越是挥之不去，"光彩不光彩，至少一年里你自己可以盖起一座新院子，不用再和老的住在一起憋屈。"可是福元不是铁头，让他知道自己跟秀芳做一样的事情，怕是要动杀猪刀了。福元明天要出车，又不能打搅他，更不能对他说，就这样闭着眼睛思来想去，刚有点迷糊，听见那边娃娃一哭，又醒了。想到江江是抱养的，又联想到秀娟来：一个恓惶人，可又那么刚强志气，现在人家撵她走，她也不急不躁，倒让别人替她熬煎。

天不亮，红芳就爬起来，去河边找秀娟。她知道秀娟每天早早要去河边跑步锻炼身体。露水浸湿了田间的土路，黎明的空气像刚打上来的井水一样清凉。红芳顾不上这些，迈开大步走着，她不能替秀芳保守秘密了，她要把这事情告诉一个人，否则就得憋出病来。这个村里和这世上最值得信赖的人，红芳觉得就是江江的姑姑秀娟，只有她从来不会把别人裤裆里的事情当笑话到处去讲。

河已经干涸了，野蒿和水草纠缠在一起在河道里疯长。看见秀娟正对着河谷用手掌拍打自己的身体。红芳怕吓着她，老远就喊了一声姐，还是把秀娟吓了一跳。秀娟几步走过来问："怎么了，咱妈还是咱娃？"红芳笑着说："神经过敏！咱妈和咱娃都不咋，是我找你哩！"秀娟说："回去说不行啊，起这么早，还跑到河边来。"红芳说："我一会儿还要去上课哩！"

大姑子和弟媳妇相跟着一边说话一边往村里走，走到村头的老磨房，话也就说完了。红芳长出一口气说："可憋死我了！那我回啊姐，你一个耳朵进一个耳朵出，也别往心里去。"秀娟掏出钥匙开门，回头说："别到处和人说，看丢人哩！"红芳说："肯定不会，我就和你说了，咱妈我都没说。"秀娟就嘱咐："可不敢让咱妈知道，她和兴儿妈啥都说，兴儿妈那张嘴你还不知道？"

连喜让福娃的大儿子海明用"小金刚"农用车去窑上拉了几车青砖，就垛在老磨房北边的空地里，然后他找到支书银亮，让银亮再去和兰英说说。银亮甩甩手说："你的事情你自己说去，我顾不上。"连喜没办法，又去找和兰英相好的媒婆金海妈，金海妈哈哈笑着说："侄儿子，你也在外面混了半辈子世事了，什么人能惹，什么人不能惹，你就没好好想过？你见过那打雁的让雁啄了眼的吗？"说得连喜也火了，开着车又去找银亮："我看清了，得罪人的事情谁都不愿意做。不行算了，说到底我是为了我自己？在哪里不是建个厂子？我到外村投资去还不行！"银亮嘿嘿笑着说："行，怎样都行。"

黄昏，秀娟在老磨房院西南角上的茅房系裤带，目光越过土墙头上那丛狗尾巴草，看到连喜黑色的小轿车挂着那条又粗又长的大尾巴，像一个放臭屁的黄鼠狼一样蹿出了村子。她急忙出了大门，远远望见小轿车拐上了去县城的公路。秀娟抬手锁上了门，就往公路的方向急急地走，从背影上看，上面的剪发头和下面宽宽的裤管都让她像一个男人，那个丰腴高挑的人儿早就不知道消失到哪一国去了。

上了公路，才想到连个自行车也没有骑，站在那里东张西望。秀娟生在南无村，喝这里的水，种这里的地，四十多年来，没出过远门，没出过几次村子。对于她来说，这个世界就是南无村，南无村就是整个世界，南无村的人就是世界上所有的人，南无村的事就是世界上所有的事。在她眼前，连喜消失在公路上的小轿车，就像离开地球的火箭一样似乎再也不会回来了。好在过了一会儿，看到福元蒙着帆布的三轮摩托车噔噔地开过来了。

福元把车停下来问："姐，你要到哪里去？"

秀娟问："你碰见连喜的小轿车了吗？"福元说："碰见了，往城里开去了。"秀娟就跳上车斗，从小窗户里对福元说："快走，追上他！"

福元笑了："好我的姐哩，你寻思我开的是飞机？这破三轮怎么能追上'广本'？"

秀娟也笑了："我有急事和他说哩。"

福元皱皱眉头，望着姐姐："你和他能有什么事？"

秀娟说："先不和你说呢，你知道他的电话号码吗，给他打个电话。"

福元说："他的手机号只有村干部知道。"

秀娟说："那就去找银亮。"

找到银亮家，银亮阴阳怪气地说："我把人都打发走了，你就别找他的麻烦了。"

秀娟说:"你说的什么话!我这辈子找过人的麻烦吗?我是听说他要把厂子建到外村去,想和他商议商议。"

银亮笑着说:"有什么好商议的?你先和你妈商议通,让她同意在老磨房盖厂子才行。"

秀娟说:"不用商议,我同意。"

银亮瞅着她笑了,笑得脸像开了朵菊花:"你同意没用,我婶子那一关不好过,我知道。"

秀娟少见地拧起眉头说:"你看你这人,我叫你给连喜打电话,你就打一个,叫他来,来了我就有办法。"

"我和他顶了几句,他生我气了,还不知道接不接电话。"银亮靠在沙发上,一手拿起电话听筒,一手慢吞吞地翻着卷了边的电话本。秀娟出神地望着他翻动的手指。

连喜果然在电话里和银亮发起了脾气,但天黑前他还是又返回来了。来了坐在支书银亮家的沙发上,气哼哼地歪着脑袋抽烟,等着秀娟发话。

秀娟说:"连喜,你有现成人吗?有人就连夜动工,把老磨房的土墙拆了,砌成砖墙。那几间房子你该怎么拾掇就怎么拾掇,该进什么设备你就进什么设备。"她郑重地望着连喜,连喜眨眨眼,看看银亮,又看着秀娟问:"秀娟姐,你能做了我婶子的主?"

秀娟说:"我妈那里是我的事,你不用管,你只要应承我几件事情,你就建你的厂子,我不挡你肯定没人挡你。"

"秀娟姐,你说就是,只要我能办到!"连喜也很利索。

秀娟说:"我记得你和我说过,工人要用村里的人?"

连喜说:"这你放心,第一个上班的还是你。"

秀娟说:"别人我不管,有几个人你一定要招上,你不招她们,我也不当你的工人。"

连喜说:"你说,你说了就算。"

秀娟说:"就是铁头的媳妇秀芳,还有天天和她一起出村子的那几个媳妇子。"

连喜和银亮对视一眼,意味深长地笑了笑,村里每家的事情,其实都是公开的秘密。连喜说:"姐,你是个好人,你心真好。这几个人我肯定招上,我不招她们我就是女子养的!"说完了才觉得在秀娟面前发这个誓不合适,赶紧咬住了舌头。秀娟脸微微红了一红,站起来说:"银亮是证人。就这吧,我回去和我妈说,你安排人动工就是了。"

银亮老婆因为那天受了兰英的气,半天躲在厨房不出来,这时候,过来拉住秀娟说:"你看你,饭都好了,吃了再走么。"秀娟说:"不了,嫂子,我去我妈那里吃。"

银亮两口子和连喜一直送出大门来。

当天夜里,连喜让弟弟三喜叫来几个人,拉来一车橡子,给老磨房周围栽了几根杆子,每根杆子顶上吊上一个二百瓦的大灯泡,连夜开了工。

没听到兰英家那边有什么动静,当天晚上秀娟没回老磨房,第二天,罗圈儿也没推上娃娃出来,有人问红芳,直筒子的媳妇子吐吐舌头说:"病了,从我嫁过来第一次见人家病,我还以为她永远不会病哩!"红芳还神神秘秘地说:"福元天不亮就抓药去了,秀娟和我爸都贴身地伺候着哩!"

老磨房院里六间没隔墙的正房,当年放着几台雄伟的钢磨,后来秀娟一个人住着。还有两间偏房,当年是剃头匠的所在,后来秀娟一间当厨房,一间当羊圈。现在六间正房做了"鸿禧纸箱厂"的厂房,两间偏房收拾出来给秀娟住,秀娟把两只羊牵到了兰英那边。连喜给秀娟一个人开了三份工资,一份车间工的,一份烧水工的,一份夜间看厂人员的。连喜到底是生意场上混出来的,心就像那缝衣针屁股一样细,买了一辆小卡车,就让福元开上专门拉料送货。让村长嘉成把秀娟的宅基地也批到了学校后面。

兰英躺了半个月,起来了。就这件事情上,原本也不至于气病,只是人老了,一方面是心疼闺女没个安顿处,二方面也是借着这个事情,发泄一下对闺女一辈子不嫁人的怨怼,其实早该病一场了,她一直坚持到现在。坚持了一辈子,不容易呀!

卷五　普天同庆

21

"眯眼儿"二贵慢慢吃胖了,脸上的黑气渐渐褪去,泛出点红光来。作为选民和党员,他还积极参加了南无村的支、村两委换届投票,村里人议论新当选的干部,干部们议论二贵。

落选的支书银亮说:"这人是不是有两个胃,切了一个还有一个?怎么没死还吃胖了?"

新当选的村长天平说:"八成二贵是属鹅的,用肠子也能消化。"

新当选的支书嘉成说:"这种人平时看见跟好人没两样,其实就像那没根基的墙,哪天说死就死了。"

说法归说法，二贵却没有一点要死的迹象，虽说走路还慢腾腾的，嘴皮子早活泛起来，把他儿子要顶替他大伯上班的事到处说给人听，牛气哄哄的，又瞧不起张瞧不起李了。他堂兄闲汉银贵当着二贵的面对人说："看见没有？这就叫狗改不了吃屎，死不悔改。"二贵也不生气，他很得意。

两委换届结束了，二贵也吹过瘾了，又来到他哥家，打听建军顶替上班的事。大贵有点烦了，给弟弟脸色看，唠叨道："急顶个屁用呀，你们父子俩每天追在我屁股后头，好像我是厂长，我也是求人家办事呀！"二贵唯唯诺诺，他从小听惯了大贵的话，不敢顶嘴。

大贵跑到新当选的村长天平家去打电话，天平家的电话不用白不用，"铁公鸡"大贵才不会白给他投票。电话终于打通了，那边说："顶替个屁呀，那是哪辈子的政策了？在职的还不停下岗呢，你们不干活了还拿高工资，知足吧！"

大贵只好一个劲儿地赔礼。

回来，大贵对二贵说："不行，国家没有顶替的政策了，还是让建军跟他舅舅干去吧，给亲戚帮忙，不算扛长工。"

二贵说："不能就算了吧，那是人家国家的政策，不能咱们想干啥就干啥。"

打发了二贵，大贵脸上愁云不散，他不知道该怎样向女儿交代，女儿可不像弟弟那么服他。

二贵回到家里，把自己那辆旧自行车推到院当中，擦干净了，把车闸紧了紧，又给链条上了油。

婆娘苹果问："怎么，叫建军上班去呀？"

二贵嘲笑道："天底下哪来那么便宜的事情！"

婆娘说："那你修车子干什么？"

二贵半晌不吭气，末了说："给你哥打个电话，说建军明天去给他帮忙。"

婆娘冷笑道："我就知道你哥靠不住。"

二贵火了，抡起手里的扳手来喝道："再敢啰嗦取你的命呀！"

二贵婆娘心疼儿子建军年纪小，舍不得让离开自己，又担心他受不了苦，一边为儿子收拾明天的行装，一边唠叨他没有一个有本事的爹。建军诚恳地说："妈，你别再埋怨我爸了，学是我自己不想上的，我一看见书本就头疼，只要能不上学，我不怕受苦。"二贵笑眯眯地夸儿子："好小子，有志气，只要不怕苦，将来准会有出息。"婆娘挖苦道："幸亏建军没像了你，像了你，懒得筋都断了。"二贵得意地说："我是老牛贴在案板上——就这样了，建军，你给咱好好干，将来让你爸你妈跟上享享清福。"

这一个晚上，二贵一家空前幸福，其乐融融，每个人都感到了一点年三十儿的味道。

天不亮，建军就蹬上自行车奔向县城。他妈起来给他冲鸡蛋汤，发现大门开着，儿子已经没影了。苹果站在大门口，望着晦暗的巷子，撩起裙围擦着眼泪。二贵"胃"疼，早早就醒了，听见儿子"哒哒哒"地把自行车推到门口,又"哗啦啦"地开大门,他躺着没动,无声地笑了。

"眯眼儿"二贵走出屋门,看到院子里装满了阳光,他咧开嘴,大大地打了一个哈欠,问正在给羊添草的苹果:"娃走了?"苹果专心地喂羊,没吭气。二贵没生气,笑着说:"给我冲碗鸡蛋汤,我喝了出去转转。"喝过鸡蛋汤,二贵往口袋里装了几块干馍片,慢腾腾地出了门。

"眯眼儿"二贵蹲在十字路口,和几个闲汉吹牛。支书嘉成的小舅子海云给连喜的纸箱厂当保管,这会儿出来在村街上溜达,指着"眯眼儿"二贵的鼻子说:"二贵,你他妈的真是瞌睡遇了个枕头,本来就是个懒汉,这下更不用干活了。"二贵掰了一块干馍片,放到嘴里"咯嘣嘣"地嚼着,腮帮子鼓出个圆疙瘩来,上下滑动,像钻了只老鼠,费劲地咽下一口才说:"海云,你不用笑话我,天无绝人之路,我还有个儿子呢,我儿子比我强。"二贵的儿子建军的确是好样的,能干能吃苦,南无村的人有目共睹。海云不甘服输,悻悻地说:"吃苦算什么,现在这社会,脑子好、学习好才会有出息,你看人家老郭家的老大学书、老二学文还有女子学琴,三个娃都考上了大学,你有本事也培养个大学生看看。"二贵说:"我就不信除了上学就没出路了,走着瞧!"海云轻蔑地笑了笑,不屑与他争执了,转身往纸箱厂去了。海云不敢跟他计较,知道"眯眼儿"二贵就是个纸糊的架子,有个万一的话,谁担得起?

大贵的女儿巧云来到叔叔二贵家,劈头盖脸就问:"叔,建军是不是顶替我爸上班去了？"

二贵笑着说："没有，建军给他舅舅帮忙去了。"

巧云将信将疑地问："去了多长时间了？"

苹果没好气地接过话头说："有些日子了，你有什么让建军捎的买吗？我把他舅舅铺子里的电话给你。"

巧云堆起笑脸说："没有，没有，婶，我爸让我来看看我叔，我是专门来看我叔的。"

二贵不好意思地说："有什么好看的，跟你爸说，以后没事不用专门来看我，都挺忙的。"

巧云说："叔，我爸让你别买那些特效药了，买普通药就行，两样价钱，一样治病。"

二贵说："行，行，买便宜的，我现在已经好了，基本不用吃药了。"

苹果说："少吃一顿行吗你！"

二贵呵斥婆娘："你是不是不想活了！"

巧云刚出大门，苹果冲着她的背影说："光耍嘴哩，谁也不帮一分钱的药钱！"

"眯眼儿"二贵的确没钱买药了，他又不愿放下架子问人借，全都推到婆娘身上。婆娘说："能借的我都借过了，实在没处去借了。"二贵说："你也不用作难，我死了算了。"婆娘就开始哭，二贵抡起笤帚"啪啪"朝她头上脸上打。婆娘一把夺下笤帚，扔到门外，把虚弱的二贵带了个趔趄。婆娘擦了把泪，冲出门去。二贵在后面喝道:"站住!"

苹果就站住了,怕把他气死。

二贵说:"你去给建军打个电话,叫他回来把羊带到城里卖给他舅舅。"

婆娘说:"羊还小哩!"

二贵叫道:"等羊长大了,我早死啦!"

苹果红着眼睛去学书家给儿子建军打电话。学书妈看见她披头散发,知道又挨二贵的打了,关心地问怎么回事。苹果哇地哭出来,前前后后把一肚子苦水全都倒了出来。苹果说:"辛辛苦苦养的羊全给他买了药了,还每天挨他的打。他哥家一分钱都不出,他把他哥敬到了天上,天底下哪有这么糊涂的人呀!"

打过电话,学书妈把苹果送回家,责怪二贵:"你这么一把年纪了,每天还打婆娘,你知道她跟上你受了多少苦?"二贵不接茬,先骂婆娘:"打个电话用了这么长时间,我还以为你死到那边了。"学书妈说:"二贵,你几十岁的人了,怎么说话呢?"二贵瞪起眼睛说:"我打我婆娘,关别人什么事?不就打你个电话吗,给你一块钱。"他从口袋里摸出一张皱巴巴的一元票来,递向学书妈,阴阳怪气地说:"不用找了,发财去吧!"学书妈脸上挂不住,转身直撅撅就走,出得门来,"呸呸呸"吐了三口,低声咒道:"活该,该死,死了才好,真是个混账鬼!"

建军回到家,天已经黑透了。晚饭也没吃,倒头就睡。苹果看儿子累成这样子,坐在他床边守了一夜。二贵在里屋骂道:"又不是守灵,你坐在那里不得活啦!"

第二天一早,天还黑着,建军就起来了,他先到里屋二贵床前站了一会儿。二贵醒着,不愿睁眼睛。娃看着他爸,心里头不知道想些啥,转身轻手轻脚地出去了。

这些年村里人懒了,起早贪黑的人少了,村落里鸡鸣刚落,犬吠未起,建军站在厨房里,端着碗喝着鸡蛋汤,隔着玻璃看她母亲在晨曦中喂羊。二贵在里屋隔着窗户骂道:"马上就杀它呀,还喂个啥呀,真是败家!"建军母子都没吭声,像是都没听见。

建军这些日子以来练了一把子力气,一个人三下五除二就把羊捆好了,架在自行车后衣架上,头也不回地出了门。

晨光初现,初冬的早晨,寒风贼贼地直往衣缝里钻。建军边哭边蹬车,孩子心疼他妈,可怜他爸,又无能为力,只剩下了个哭。哭又不愿在父母跟前哭,也不能在舅舅跟前哭,就在路上一个人痛痛快快地哭。起早做生意的人们,骑着摩托、开着三轮从他身边掠过,坐在车斗里的人木然地望着这个哭泣的孩子,弄不明白怎么回事。

天大亮时,建军已经进了城,这时,城市夜里排出的污浊之气结成了一层薄薄的雾帐,被稀稀落落的汽车扯来扯去。孩子望见马路对面红底白字的"张记羊肉泡馍"招牌,一扭车把,冲向门口。他隐约看见一辆墨绿色的客货两用车冲过来,自行车突然被扯住,他的羊发出了一声惨叫。孩子想,坏了,羊被压死了。

建军的舅舅正用一把铁锹搅锅里的羊骨架,突然听到一声羊叫，吓了一跳。这时门外剥葱的伙计跑进来叫道："老板，建军被汽车撞了。"建军的舅舅扔下铁锹，跑到马路上，撩开薄雾，看到他的外甥安静地躺在清晨潮湿的沥青马路上，头边的窨井口散发出令人恶心的羊腥臭。建军的舅舅蹲下来，仰头问旁边站的两个穿皮夹克的："怎么了？"那两个人中一个拿着车钥匙的说："撞了。"建军的舅舅又低下头仔细地端详外甥，这孩子可能是摔昏过去了，浑身上下找不出一点伤。那个司机说："别看了，帮忙送医院吧！"建军的舅舅这才醒过神来，跳起来一把揪住人家的衣领子叫道："你别跑，你撞了人，你跑不掉的！"

司机煞白着脸说："我不跑，我要送他去医院，看还能不能救活。"

22

羊死了，建军也死了。没出一点血，但孩子的确死了，车轮从肚子上压了过去，肋骨全断了，五脏都挤坏了。

"眯眼儿"二贵正在家里骂婆娘，学书妈撞开门冲进院子大喊："电话，快接电话，建军舅舅的电话！"

二贵不屑地翻着白眼儿说："他舅舅怎么了，打个电话比圣旨还重要？"

苹果却脸色大变，冲出门去。

很快，二贵听见婆娘在巷子里发出一声大哭，那声音像是把灰蒙蒙的天撕开了一道口子。"眯眼儿"二贵腿一软，跪到了地上。庆有家夹在两家中间，庆有妈正在做饭，听见声音不对，赶紧小跑着出来看个究竟，作为经见过事情的老一辈人，她很快就弄清了怎么回事，冲院子里喊："庆有，快着，快点出来！开上三轮摩托拉二贵和苹果去城里，建军娃出事了。"她一边帮着学书妈扶住昏厥的苹果，一边悲叹道："老天爷瞎了眼睛，那可是个好娃啊！"

二贵两口子没能见儿子最后一面，建军舅舅怕二贵的身体受不了，没让见。

二贵在太平间的门外骂婆娘："都是你个丧门星，昨晚给娃守了一夜灵！"

苹果傻呆呆地没有反应，以后的岁月里，她就成了这么个样子，和人说话时眼神发直，不知道在想些什么，一副失魂落魄的样子。

大贵也一块儿来到县城，作为上过班见过世面的人，他没掉一滴泪，皱着眉头和肇事司机一道去了交警队。他住下来和死者的舅舅一块儿解决赔偿金的问题，庆有和学书爸把二贵两口子送回了家。

村长天平在城里认识人多，帮着大贵和建军舅舅找了事故中队的关系，肇事司机的单位才答应赔偿三万九千元。司机单位来了一位处理问题的领导，没带现金，带的是转账支票。这笔钱就先转入了死者舅舅的账户。除去打点交警队的九千元，还剩三万元整。由于死者长辈和村长天平的努力，这件事情不到一个星期就解决了，结果双方都还满意。

南无村的人们知道，"眯眼儿"二贵这回必死无疑了。儿子建军一死，二贵和他那个家的顶梁柱可就塌了。人们都看出来了，二贵他哥大贵一边积极地为侄子撮合冥婚，一边悄悄地筹备着下一个丧礼了。因为此举，许多人改变了对大贵的看法。

大贵的婆娘在侄子冥婚后曾在人多处说："瞧人家两口子多省心呀，早早就把儿子打发了，房子也省下盖了，把养老的钱也赚下了。"兴儿妈听了这话，连连翻着白眼，收拾大贵婆娘："这是什么话，还不如放个屁，屁还有点臭味哩！"愤愤不平地转身就走。大贵婆娘惹不起兴儿妈，在背后压低声音说："死的要是兴儿就好了，兴儿妈就不这样看谁都不顺眼了！"

说归说，大贵一家这回真是尽了心了，发落侄子的好几个晚上，大贵都住在二贵家。要知道，他这个哥哥从来都是有身份的，父母过世后，轻易不来弟弟家串门。

大贵还从镇卫生院请来医生给二贵看病，亲自给二贵陪床。

二贵昏睡了两天，睁眼看见他哥坐在床边，咧开嘴先哭了一阵。大贵也哭了，他拉住弟弟枯瘦如柴的手。

二贵眼泪汪汪地说："哥，我没儿了，我还怎么活下去呀！"

大贵摇摇弟弟的手说："别胡思乱想，好好活他后半辈子，没儿了，你不是还有个女吗？"

二贵又哭了："哥呀，我还没糊涂哩，我就建军这一颗蛋，我哪来的女呀？"

大贵责怪弟弟："你怎么忘了咱们是亲兄弟啦，你的儿就是我的儿，我的女就是你的女啊！"

二贵问："你是说我巧云侄女？"

大贵说："除了她还有谁？你放心，巧云、长青两口子就是咱的儿女，将来叫他们给咱养老送终。"

"眯眼儿"二贵想了想，哭了，完了对他哥说："出院吧，别把娃给我挣下的钱糟蹋在这里。"

学书妈不计前嫌地来家里看望二贵，二贵靠在被子垛上阴阳怪气地说："看我笑话来啦？我才舍不得死呢，我儿给我挣了几万块钱，我要好好花一花。"学书妈骂道："真是个活畜生！"转身就走，苹果拉也拉不住。

学书妈鼓着一肚子气，"噔噔"地走过庆有家门口，刚要进自家大门，听到巷子口有人喊："嫂——嫂——"扭头瞧见巷子口有几个婆娘探头探脑地冲她招手。学书妈回头看了看二贵家门口，不见有人，就小跑着来到巷子口。那几个婆娘立刻把她围了起来，神神秘秘地问："嫂、嫂，二贵是不是快死了？"学书妈气咻咻地说："死他妈的×，活得好好的，坐在炕头上骂人呢！"婆娘们都惊讶地瞪圆了眼睛，红生婆娘说："不死拉倒，省下一笔上礼钱！"村长天平婆娘骂道："真是个没人心的，儿都死了，换上别人心疼也心疼死了，他怎么跟没事一样！"兴儿嫂子叹口气："唉，好人短命，王八千年！"

骂归骂，咒归咒，"眯眼儿"二贵愣是不吃那一套，半个月后，他拄着根棍子出门了。

副村长虎娃妈死了，请来后洼庄的黄瞎瞎看日子，有人把"眯眼儿"二贵的事讲给风水先生听，胖得成了一堆的老先生喘着气说："二贵的儿子替他死了，他活的是他儿的命。"

大伙恍然大悟，发出一片惋惜的声音。

在虎娃家坐了半晌，二贵笑眯眯地走出人们打量的目光，披着一件皱满了小裂缝的皮夹克，慢慢地走进村街十字路口的小百货铺子。出来时，怀里抱着一卷果丹皮和一包雪米饼。对于他虚弱的身体来说，那件陈旧的皮夹克似乎太重了，压得他不得不斜着膀子走路。

背后赶上来两个人，大贵的女儿巧云相跟着上门女婿长青快步来到二贵面前。

"叔，"巧云用责怪的目光盯着二贵说，"我们正要去看你呢。"

二贵抱着堆吃食面对着两个空着手的晚辈，有些难为情地笑着。

长青伸出手去说："叔，我拿着吧！"

二贵躲了一下，让他把东西拿了过去。巧云和她的女婿一左一右虚扶着二贵，慢慢向前走。二贵有点挂不住，劝他侄女："你俩走得快，就先回去吧！"

"叔，慢慢走就行，不着急。"巧云很乖巧的样子。

二贵很听话地慢慢走。

"叔,建军的钱还没要回来吗?"巧云问。

"明天我就让你婶去城里问他哥取。"二贵很自信地说。

"早取回来早安心,咱的钱放在别人手里,总不是个事儿。"

二贵绽开发黑的印堂,笑眯眯地说:"明天一定取回来。"

苹果站在屋檐下蓝色的阴影里,看见三个人进来,没吭声,站在那里直直地望着。巧云叫了一声婶,她答应了一声,依然没动,眼神散漫。二贵呵斥道:"你站在这里干啥,像根旗杆!"巧云的女婿长青拉过一把椅子来,扶二贵坐下。二贵坐下,命令婆娘:"你马上去城里,叫你哥把建军的钱提出来,明天给我取回来。"

苹果木木地问:"取那钱干什么?"

二贵说:"干什么?我儿给我挣下了,我要花,我要在死前把钱花得光光的。"

苹果说:"这也是当爸的能说出来的话?!"

二贵捡起一个空酒瓶掷了过去,打中了婆娘的肚子。苹果一屁股坐到地上,哭起了她的儿。"哭,我叫你哭,这个家就是叫你哭败的,建军就是叫你哭死的!"二贵骂着站起来,抡起椅子朝婆娘身上砸。巧云和女婿赶紧把他抱住,巧云责怪道:"叔,你这是干什么!"二贵气咻咻的,大口喘着粗气,觉得有点头昏眼花,赶紧蹲下来。长青把他重新扶到椅子上坐下。

苹果却不哭了,站起来走出门去。不一刻,听见她在隔壁向秀芹借自行车。

"最好把你也撞死！"二贵恨恨地骂。

"叔，你歇一会儿，脾气大了对胃不好。"巧云示意女婿陪二贵聊天，她去了厨房。

巧云做的面条不软不硬，二贵破天荒吃了两小碗。巧云说："叔，往后我每天来给你做饭。"二贵笑眯眯的，不吭气。

刚放下碗，大贵来了。大贵对二贵说："我原本打算替你把盖房子和建军的婚事都办了，想不到建军出了事。我和你嫂子商量了一下，目前你身体还没恢复，建军妈又受了点刺激，家里没人照应不行，就让巧云和长青住过来吧，将来盖房子的事由他们两口子承揽，你好好保养身体。"

二贵笑着听他哥讲完，推辞道："娃们有他们的事要忙呢，我手头有建军的那几万块钱，够养活自己了。"

大贵问："建军的钱拿回来了吗？"

二贵笑着说："他妈已经去城里要了。"

大贵若有所思地说："我看这钱不好要，她哥肯定要替她留一手，你万一有个三长两短，人家不得不防啊。"

二贵勃然大怒："他敢，他敢我杀了他全家！"

大贵说："这钱要回来也不能留在她手里，那跟没要回来一样。"

二贵想了想问："哥，那你说怎么办？"

大贵眨眨眼说："巧云和长青是我的儿女，也是你的儿女，我看最好能把钱交给他们，将来反正由他们养咱们的老，盖房子呀、买健康保险呀，都是他们的事了。"

二贵看了他哥一眼，想想说："先要回来再说吧，巧云和长青需要，就先拿去用。"

巧云插嘴道："叔，我们不缺钱用，我爸这都是为了你。"

大贵说："可不是吗？有我在，他们什么时候缺过钱？"

二贵不好意思地笑了："哥，就按你说的办。"

后晌，苹果回来了，没带回钱来。二贵怒不可遏，拿刀要砍婆娘，结果自己摔了一跤，跌了个半死。苹果把他背回床上，哭着问："你都快死了，要钱干什么？"

二贵挣扎着说："老子要住院。"

婆娘说："你别折腾了，那点钱要养你老的。"

二贵骂道："养个屁，你急着盼我死，你好带上我儿挣的钱改嫁。"

婆娘气疯了，掀起被子要蒙二贵的头，二贵紧紧地揪住被子不放，叫道："你杀不了我吧，杀了我你也得抵命！"

苹果大哭起来："老天爷啊，我活得有什么意思！"

趁苹果不在家，大贵和女儿、女婿搭上福元去火车站拉客的面包车，拉上二贵去城里问建军的舅舅讨钱。福元把他们放到"张记羊肉泡馍"门口，去火车站揽生意了。四个人进去和建军舅舅谈判，建军的舅舅板着脸说："钱我一分不留，但我要给到我妹妹手里。"

大贵环抱双臂，义正词严地说："不行，你马上把钱拿过来，二贵要住院。"

　　建军舅舅问:"我妹夫住院,我妹妹怎么没来?"

　　二贵说:"她下地去了。"

　　建军舅舅说:"那我不能给,你们去把她拉来吧,我已经把钱存到了她的名下,存折要给她本人。"

　　大贵拉下脸说:"你们兄妹串通一气,居心不良。"

　　建军舅舅冷冷地说:"你再说一遍,再说一遍我拿大巴掌扇你。"回头拿起剔羊骨头的钢刀来,作势欲扑。

　　大贵不吭气了,回头看看女儿、女婿。女婿没动静,巧云护在大贵身前说:"有理讲理嘛!"

　　"眯眼儿"二贵突然跑到建军舅舅的店门口,歪了歪身子,躺在了地上。他仰面朝天地对建军舅舅说:"我儿死在你门口,我也打算死在这里了,你看着办吧!"

　　建军舅舅手握钢刀,望了妹夫一会儿,把刀子狠狠地戳在案板上,伸手从内衣口袋里摸出一张褚红色的存折来,张开举到二贵脸前:"妹夫,你看好了,三万整,一分不少,从今后,再没我什么事了。"他把存折扔到二贵头边的地上,从他身上跨了过去。

　　大贵弯腰把存折捡起来,翻开看了看,递给女儿。巧云把存折揣起来,示意女婿一块儿扶起了二贵。大贵和二贵不依不饶地骂骂咧咧着,四个人慢腾腾地朝马路对面的饭馆走去。

　　"走,吃他娘,我儿给我挣下的!"胜利了的二贵意气风发。

　　四个人走进一家饭店,要了一桌子菜,一边吃一边骂。二贵竟然吃了一只油汪汪的鸡腿。太阳从窗户里射进来黄白的光照着一桌子残羹剩肴。大贵黑油亮的脸庞上晃动着笑,他灵巧地剔着牙问二贵:"你说咱是先去取钱,还是先回呢?"

巧云说:"爸,没我婶的身份证,取不出来。"

二贵不屑地说:"那就先回,明天拉上她再来取,倒成了她的事了!"

大贵劝道:"你跟她好好说,别闹僵了。"

四个人再次来到大街上,巧云两口子一边一个扶着二贵。大贵笑道:"二贵,你看看你,真是有福气的人呐!"

"眯眼儿"二贵很幸福地笑了。他们路过"老"支书银亮儿子在城里开的"佳佳小超市",知道银亮落选后在这里给儿子看店,就进去说了半天闲话,大贵给二贵买了几包养胃的"干馍馍片",银亮的儿媳妇面无表情地把钱收了。

学书奶奶九十大寿的时候,"眯眼儿"二贵还跑来帮闲,只是不能久坐,慢慢悠悠地转两圈儿就回去了。学书分配到省城工作的第三年,白天给家里打电话,没人接,晚上爸爸打到他手机上来,说"眯眼儿"二贵死了,白天他去帮忙发落了。爸爸说:"村里人都认为他早不行了,想不到这家伙挺能活,一根鹅肠子硬是坚持了四五年。"

23

　　腊月门儿里边了,兴儿过门儿没半年的新妇又跑了。兴儿妈讨债一样找上村长天平的门儿,埋怨个没完没了。天平环抱着双臂,笑吟吟地望着她乐:"婶子,你别着急,她还能跑到哪里去,一个神经不正常的人,只能认得她娘家的门儿。你回家里去坐炕头儿上喝茶等着,我这就安排人开车把兴儿新妇给你接回来。"兴儿妈的指责还有点意犹未尽,但脸上已经绷不住了,黑黄的脸上纵横的皱纹开始绽开笑容,她夸奖天平:"这还差不多,天平你说我们这样的恓惶人家,出了窝心事,不找你这村长找谁?我就说我们全家都投票选你当村长选对了,你婶子的眼睛算没瞎么!"

　　天平从腰间摸出手机来,握在手里,嘴巴凑近兴儿妈的耳朵低低地说"鬼话":"婶子,说正经的,马上又要换届选举了,你们全家的票没问题吧?还有你那些相好的婶子大娘,你都去给我说几句好话,这回再选上,你和我叔的低保你就不用管了。"他直起身来,呵呵地笑着,大声说:"兴儿的残疾证现在是三级吧,我今天就进城去县残联找人,保证鉴定成二级,二级就能吃残疾人低保了。婶子你别光看人家铁头这回要换一级证,铁头没了一只脚,兴儿不是还是个全乎人吗?咱宁愿娃是个正常人,能靠自己吃饭,是不是这个道理?"兴儿妈做嗔怒状:"看你说的,你婶子不糊涂,不投你的票,我们全家还是人吗?"天平满意地笑着拨通副村长虎娃的电话，吩咐："你过来开上我的车，去接一下兴儿新妇……"他扭头问兴儿妈，"婶子，我记得是金海妈做的媒吧？"兴儿妈说："不是她是谁！"天平又对着手机说："去的时候把金海妈拉上，她是媒人。"

兴儿妈哪有闲工夫坐在炕头喝着茶等，她回家给小平车上扔了块大包袱皮，推上车去村北头老磨房改建的纸箱厂捡能烧火的废料了，大儿媳也在纸箱厂当工人，每天抽空给婆婆把废料捡拾在一起，等着她来拉。村里不少家户都换了天然气灶，兴儿妈不说嫌一罐气好几十块费钱，只说还是烧火做出来的饭吃着香。秋后县里实施"村村通"油路工程，村里的街巷都硬化了，兴儿妈推着小平车走在平坦的水泥路上，心情和十几二十年前走在布满车辙、终年潮湿发霉的土路上没什么两样，总觉得有窝心事重重地压在心上：大儿子已经四十出头了，开春就要当爷爷了，六十多岁就成了祖奶奶，这是让兴儿妈心里很美气的一件喜事；小儿子兴儿从八岁起得了脑膜炎落下后遗症，三十年来一直像个奶娃娃被父母养着，兴儿妈人前咬牙切齿地咒他："早死早安生，我也熬出来了！"兴儿一到眼前，她刀子一样的目光不由自主就变柔和了，柔软得能在儿子身上绕几圈，像个褓褓一样把他裹起来。

正午起风前，副村长虎娃拉着做媒的金海妈回来了，兴儿的傻新妇不在车上。虎娃把金海妈放到兴儿家大门口说："婶子，你先进去说着，我去把天平接过来，他在兴儿妈跟前有面子。"金海妈笑着说："没接回来就没接回来，她还能把我吃了！"

虎娃"嗡嗡"地开着红色的旧捷达车走了，金海妈拍打拍打身上不存在的尘土，走进院子里。兴儿妈正在给柴棚里卸车，金海妈过去帮手。兴儿妈哼哼着说："不回来，不回来拉倒，我还少口人吃饭！"金海妈拉住包袱皮低声问："兴儿妈，娃有毛病你知道吗？"兴儿妈拽拽包袱没拽动，没好气地说："全南无村都知道我娃有毛病，这是什么丢人败兴的事儿吗？"金海妈手上使着劲儿，和兴儿妈"拔河"，脸上的表情神秘起来，声音压到不能再低了："我说的是兴儿那方面不行你不知道？"兴儿妈就放了手，骨节粗大的手掌搁在包袱上，像个没有生命的塑料假肢，她垂下头望着自己的手，花白稀疏的头发垂到额前，遮住了大半张脸，只能看到一个布满棋盘般纹路的下巴。金海妈瞅见她的头顶有很大一块儿落光了头发，露出黑红的头皮，这个发现让她对兴儿妈的窝心事感同身受，她俯身趴到包袱上，把脸凑在兴儿妈下巴底下说："人家娘家妈什么也没说，把我叫到女子屋里，把女子的衣服脱得光光的，让我看，女子雪白的身上都是牙印子，青一块紫一块，没个好地方。"兴儿妈一动没动，低声嘟囔："我还没嫌她女子是个憨憨哩！"金海妈想笑没敢笑，多少有点羞涩地说："她妈问那憨女子，兴儿每天黑了睡下都和你干些啥，憨女子说兴儿的'狗筋儿'不顶事，只会用牙咬她，用指甲掐她，还用打火机烧红了缝衣针扎她，她就跑了。"

兴儿妈瞅着她，突然就笑了，又咬牙切齿地诅咒："他咋早不死，早死早安生，我也熬出来了！"

金海妈不知道该怎样安慰她，就说："虎娃接天平去了，他们一会儿就来了。"她又瞟了兴儿妈一眼说："人家女子妈也没说退婚的事儿，我寻思着反正还没领结婚证，这彩礼退不退你给个话儿我去说。"兴儿妈呆呆地想了半天，龇出黑黄的门牙来恨恨地说："我们家那个小'祖爷爷'谁惹得起？退了婚他要不高兴连饭也不吃了，好歹先把这个年好好地过了再说吧。"

茅房里那株巨大的椿树上突然传出几声鬼笑，听着瘆人，金海妈就替兴儿妈骂了几句那只藏在树叶间的猫头鹰："龟孙子，大天白日你鬼叫个什么，还嫌人心里不平整！"

副村长虎娃把车开进村长天平家水泥漫地的大院子，停在两辆农用大金刚中间，把车钥匙递到闻声迎出来的天平手里。天平拧着眉头问："白跑了吧？"虎娃笑着说："真没办法了。"天平批评他："怎么这点事也办不了？越是这样的恓惶户儿，咱越要重视，兴儿妈那张嘴就是个大喇叭，她把咱们的好处给村里广播一遍，比你拉上一车色拉油挨家挨户去送顶事。"虎娃搔搔头说："我知道我知道，出了特殊情况。"天平问："一个神经病人，能有什么特殊情况？"虎娃摆摆手："天平哥，你先别躁哩，让嫂子给炒两个菜，咱哥俩抿一壶，我有希古景儿讲给你听！"天平扭头进了门："这点小事办不成，还想喝二两，我家里没酒！"虎娃嬉皮笑脸地跟在屁股后头进了屋。

两人对坐，虎娃弓着背只顾往嘴里夹菜，天平挺直着腰板垂下眼皮瞅着他。喝得天平脸皮儿像关公了，虎娃还是只顾一个人偷着高兴，天平把酒瓶握在手里，面无表情地瞅着他，咬牙切齿地说："你信不信我一瓶子砸过去给你开了瓢儿？"虎娃笑嘻嘻地说："你看你看又躁了！"他瞟了端个碗在一边看着电视吃饭的村长媳妇一眼说："嫂啊，我和我哥说个正经事情，你婆娘家不合适听，你先忙你的去吧！"大个儿的村长媳妇把白里透红的长脸变酸了，讥讽虎娃："狗嘴里吐不出象牙，你能有什么正经事情，别在我家里胡说八道！"天平拧着眉头看了媳妇一眼，黑着脸用温柔的腔调说："你就出去怕啥，不碍你婆娘家的事儿！"媳妇端着碗站起来翻了虎娃一眼，"咯咯"地笑着出去了，一路撂下话儿："让我听我都不听，能有什么值钱的话说！"

两人又碰了一杯，虎娃开了腔："天平哥，你猜为什么兴儿的神经媳妇要跑？"天平不搭腔，冷漠地望着他。虎娃把酒倒进嘴里，咂咂嘴皮儿，夸张地回味着"啊"了一声才说："神经女子的妈把金海妈叫进里屋去不知干啥，回来的路上金海妈还不好意思告诉我，我猜是兴儿的那东西硬不起来，金海妈才夸我什么都知道，还叫我别跟别人说哩。"天平原本沉着脸，"扑哧"笑了，想了想说："我还寻思那个神经女子不懂得这方面的事情。"虎娃就大笑起来，络腮胡子像个张飞，露出两排被烟熏黑的牙："好我的哥哩，你也太实诚了！这都不是最有意思的，你知道那女子还跟我说什么哩？"

"说什么，一个脑子不对的女子能跟你说什么？"天平温柔起来，慢慢给虎娃倒了一杯酒。

虎娃身体前倾，压低声音说鬼话："那女子妈说不让女子跟我们回去，谁来接也不回去，兴儿敢来接就一口唾沫吐到他脸上。正说得热闹，神经女子叫了一句：'要是三喜和海云来接我，我就回去！'"

天平又皱起了眉头："三喜和海云？这是哪里和哪里？"

虎娃大摇其头："好我的哥哩，你是村长，耳根清净，没人敢在你跟前翻这些闲话。这是早百十年的事情了，三喜不是给他哥连喜的纸箱厂当保管么，海云也给连喜看厂子……"

天平打断他："你别说废话，咱村里的厂子咱村的人我还不知道这些个？"

虎娃撇着嘴角冷笑："你知道什么！你知道村里早有闲话，说三喜和海云把在厂里干活儿的几个小媳妇睡了的事儿吗？你知道他们欺负铁头是个残疾，把铁头媳妇秀芳睡了吗？你知道兴儿媳妇为什么说'要是三喜和海云来接我，我就回去'吗？肯定是三喜和海云哄着那神经女子睡过，那女子觉得那种事情美了，才能记住他们，你信不信！"

天平阴着脸看看虎娃："净胡说哩，海云的姐夫嘉成是咱村的支书，这肯定是想当支书的人造谣哩！虎娃，你别看我和嘉成不对付，这种背后下刀子的事情我还真看不上眼！"

虎娃不高兴地说："哥，你就是太直，我可是听说嘉成不停地到镇上和县里告你的状，说你给村里铺水泥路时贪污、造假账、领着村委干部大吃二喝，让把你撤了哩！马上要换届了，有人看见嘉成跑到城里找连喜，肯定是让连喜回来和你竞争村长，哥，咱也要早点准备准备。"

天平觉得很可笑，鼻子里哼哼两声，脸上泛上笑意说："管他们搞什么阴谋诡计，我是村里人一票一票选出来的，想扳倒我，先得过了村里人这一关。他们也不想想，这些年我给村里办了多少好事，哪家我没照顾到？"他挺直着腰板伸出胳膊去和虎娃碰了一杯，嘱咐道："你少喝两杯，后晌开车和我去趟县残联，铁头、兴儿和村里那几个人换二级残废证的事情得赶紧办了。"虎娃贪杯，说："这段儿酒驾查得太紧，你让庆有开上他的面包车，咱一起去吧。"天平说："也行，正好把那几个人全拉上，一锅儿都鉴定了算了。"

酒在肚里燃烧起来，鼻孔里就开始冒烟，天平也傻笑起来，掏出手机给前任支书银亮拨过去，拉着长短调说："银亮哥，你光知道住城里，住在儿子家享福，也不管咱村里的事情了。你回来吧，你回来我们还选你当支书，把狗日的嘉成踢下去么！"银亮在那边嘿嘿地笑："天平，有事儿说事儿，别说那不该说的。"天平也嘿嘿地笑着说："也没什么大事，后晌我和虎娃拉上咱村那些个残疾人去残联办证儿，你家娃不是在政府办公室工作么，你让他提前和残联主席说一声，我去了省事。"银亮笑着说："他就是一个办事员，和人家搭不上话。"天平不答应："那不行，你说咱村的事你还管不管，你要不管，我也不管了，我也辞职去城里做买卖呀……"

银亮被逗笑了，说："那行，办完事你来我店铺里，我还有事和你商议哩！"

天平脑袋搁在沙发扶手上，鼾声如雷，虎娃和他脚对脚躺着比赛打鼾。村长媳妇进来使劲推男人："快起来，人家庆有开着车来接你们了，后晌不是还要去残联么！"两个人晃晃悠悠地起来，天平洗了把脸，虎娃说不用洗。两个人深一脚浅一脚上了庆有的面包车，看到庆有被火车轧掉一只脚的挑担铁头早在车上了，又挨家挨户去接那几个残疾人。兴儿妈看到天平，没有提上午接媳妇的事情，依然对天平千恩万谢的。天平环抱着双臂教兴儿："兴儿，你记住了，到了地方，下车时别自己走下来，我让虎娃和庆有抬你下来，把你搀到残联，鉴定的医生要让你站起来走两步看看，你就说站不起来，他们要把你扶起来让你走，你就摔地上，记住了吗？"兴儿结结巴巴地说："我、我从小看见穿白大褂的就腿软，想站也、也站不起来。"天平又笑眯眯地指责兴儿妈："我说婶子，当年娃得了脑膜炎，你要舍得花钱送到县里的医院看看，能落下这毛病？"兴儿妈就咬牙切齿地恨自己："可说是呀，我和你叔都是扁担倒地上不知道是个一字的大老粗，那个时候要是你当村长哪有这些糟心事情！"

天平满足地上了车，自己坐在庆有旁边的副驾驶座位上，说："开车！"从倒车镜里，他看到看热闹的婆婆妈妈们还在望着车屁股指手画脚地夸奖自己。

路过废弃的村办小学，铁头瞭见支书嘉成的小舅子海云从大门里走出来，手里提着一个编织袋，就探身拍拍准备打瞌睡的天平，指给他看。天平定睛一看，吩咐庆有："停一下！"他推开车门跳下来，深一脚浅一脚走到海云跟前，面无表情地盯着他，海云也盯着他，两个人都不说话。

"你手里提的什么？"天平醉眼蒙眬，嘲讽地望着海云问。

"我家角屋的窗玻璃被风刮破了，到学校教室卸了几块，回去装上。"海云漫不经心地回答。

天平环抱双臂冷笑起来："谁让你卸学校教室的玻璃的？你姐夫批准的？"

海云躁了，叫起来："天平，你别狂，你别忘了你是二把手，我姐夫才是一把手！迟早收拾你，你等着……"他要走，迈出一条腿却没走成路，被天平扯住了肩膀。海云扭头瞪着天平，天平笑吟吟地望着他。

"你笑什么，谁和你笑？"海云的眼神有些怯了。

车上虎娃要下来，庆有把他拉住了："你别下去，海云是个泥腿子，你看村里谁惹他！不信你看着，就算是天平哥对他也没好办法。"

看热闹的人越来越多了，虽然都是些老汉、婆婆妈妈和娃娃家，没个正经人，也像看耍猴一样把他们围了起来，看到是村长揪着支书的小舅子，就没人出来劝架。海云把那边被扯住的肩膀用力挣了挣，没挣脱，又叫起来："天平，老子不尿你！"

酒精的作用，让天平的心情很好，他还是笑模笑样的，但是扯住海云肩膀上的衣服不撒手，他想起虎娃讲的海云和三喜在纸箱厂睡小媳妇们的事情来，嗓音轻松地问他："我问你，你和三喜在纸箱厂干了什么好事？别以为我不知道！"

海云愣怔了一下，看到天平的眼神，明白过来，他撒起泼来："你管我干什么，你算老几，老子又没日死你妹子……"

他正用怒骂来壮胆，不知道自己什么时候被天平拽倒在地上，瞪着眼张着嘴想不明白刚才两个人都站得好好的，怎么现在自己就和大地平行了，而村长已经骑到了他的身上，水泥马路睡着挺舒坦，太阳的光芒刺着他的眼，他看到一个巨大的拳头的阴影砸向自己的脸，下意识地闭上了眼睛，杀猪般嘶叫起来。太阳的光芒一会儿被遮住了，一会儿又刺着海云的眼睛，他哭了起来。

天平打完了，有一点气喘，拍拍身上的土，笑着望望死猪一样躺在水泥路上的海云，他冲叔伯大娘和娃娃们摆摆手，温柔地劝着他们："回去吧，回去吧，别看了，我还有正经事要去办哩！"他径自上了车，喘着粗气对庆有说："走！"

庆有发动车子，看了一眼村长，有些口吃地说："天平哥，你可给村里人出了气了！"那些残疾人跟着嚷嚷："打，怎么不打死他个龟孙子！"其中兴儿最激动，他宣布："天、天平哥，今年我们还选你当村长，谁不选谁是你、你儿！"

办完正事儿天已经不早了，天平推说还有点事没办完，让虎娃和庆有拉着那些残疾人先回村里，他自己顺着县城新建路溜达。进了腊月门儿了，和村落里变得更加寂静不一样，城里比平时更嘈杂了，连汽车喇叭声都有了着急过年的味道。天平想：真热闹，各村里的人都跑到城里来凑热闹了，能买些啥年货呢，县城的超市和镇上的超市其实卖的是一样的东西，就是人腿贱，有事没事要到城里跑一圈么。

他看到佳佳超市的招牌，脸上的神色像看见自己家院门一样平静中浮动着一丝傲然，甩开脚步走进去。"老"支书银亮和儿媳妇就在门口的收银台后面，银亮冲他无声地笑着，天平问道："买卖好吗，银亮哥？"

"就那个样子。"银亮脸上绽露他惯常的羞涩笑容，站起来迎向他，回头对儿媳妇说："回去跟你妈说你天平叔来了，我不回去吃饭了！"

他们一前一后出了超市，顺着被乱停乱放的汽车和自行车、电摩挤占的人行道往饭店走，天平说："我把海云打了。"

银亮回头笑着看看他的脸："是吗，你惹他干什么！"

天平冷笑一声，没吭气。银亮说："你这是打他姐夫嘉成的脸，以后你们这班子更不好搭了。"

坐进银亮经常光顾的小饭店，点了一盘凉拌鸡丝，一盘炒土豆丝，一个烧牛肚汤，一个烧鱿鱼汤，开了一瓶金家酒，两个人喝着。天平说："银亮哥，我话不变，你回来干吧，我最愿意和你搭班子。"银亮羞涩地笑笑，笑纹都往鼻尖那里挤，说："喝着说着。"

喝得脸皮儿像鸡冠子了，银亮问天平："听说县里把咱村的盐碱地和董庄的苗圃都规划到了韩国工业园区，定了给咱一亩赔偿多少了吗？"天平说："户主每亩两到三万吧，集体能到八百万……"他给银亮倒上酒，打量下他的眼神说："银亮哥，咱村账上什么时候有过这么多钱？有了这钱，谁当支书村长都不熬煎，想办什么事情办什么事情，想办多少事情办多少事情，老百姓能不承认你？你要不干支书，这好事情可都成了嘉成那狗日的了！"银亮笑眯眯地和他碰了一杯说："我再考虑一下吧！"他眼角堆着笑纹，"嘉成一大家子好几个党员，党员比例他比我有优势，上届选支委的时候就是这么把我日鬼下去的。"天平说："他一家子党员多是前几年的事了，这次咱把在外地打工的党员都叫回来，他家最多也只能产生一个支委，五个支委有三票给你，他就干瞪眼！"银亮的脖子和面皮都喝成了粉红色，笑容更加羞涩了，说："天平，有你支持，咱就争取再搭一回班子！"天平振奋起来，昂扬地说："这就对了，谁不听话，我收拾他！"

24

连喜开着黑亮的帕萨特从水泥路拖着条尘土尾巴进了南无村，拐进了鸿禧纸箱厂。纸箱厂原先是村里的老磨房，有五间正房两间偏房，后来分给村里的五保户老姑娘秀娟，还是在银亮当支书那些年，在外面做买卖的连喜要给村里办厂，相中了这块现成地方，当时就给秀娟另外批了块地基，秀娟把这里让出来让连喜办起了纸箱厂,各家各户的婆婆妈妈都成了他的工人。连喜到车间转了转,村里给他干活的婶子大娘媳妇子姑娘们都和他打招呼:"连喜,你在外面买卖大,还能想起回来看看?"连喜笑模笑样地和他们开着不荤不素的玩笑,不见海云,就问弟弟三喜:"这娃又跑到哪里浪去了?"三喜低声说:"你还不知道哩,海云叫天平打了,在家里躺着。"连喜笑道:"有多大事情值得打一架?"三喜不忿地说:"啥事也没有,还不是支书村长不对付,天平就找了个茬儿把海云打了,给嘉成难看哩!"连喜大笑两声说:"我说嘉成打电话非要我回来,还说有重要事情商量,就这怂事情啊,狗咬狗一嘴毛,我没时间管他们这些鸡毛蒜皮的怂事情,我走呀,嘉成要问你就说我没回来。"

话音未落,支书嘉成进来了,晃着狗熊般的身躯,高门大嗓地嚷:"有人看见你的车进村了么,不见你人,我就知道你要先看下你的厂子,你外头多少买卖,这里有三喜操心,还放心不下怎么的?"连喜只是笑,嘉成继续说:"走走走,你嫂已经炒下了盘子,等着你喝酒哩!"连喜笑着说:"我还要到县里办事,咱下回再喝吧!"嘉成抢上一步拉住他,脸上笑着,嘴里却在吼:"不行,今天你非去不可!"连喜皱了皱眉头,甩落他的手:"不就是海云挨了打吗,都是男人,他打不过人家就悄悄的,也值得咱们给他出这个头?你不怕人笑话是个袜子,立不起来?"嘉成说:"这算什么重要事,他打不过人,就是腿被打折了也活该。不是为这事,我真有正事儿和你说。"他扭头对三喜说:"三喜你一块儿去，这事情少了你不行。"

三喜看看他哥的脸色说："你和我哥先走，我交代了厂里的事就过去。"

嘉成不等连喜上车，径自出来拉开轿车的车门坐到了副驾驶座上，他舒坦地靠在座椅背上，看着连喜无奈的样子乐。连喜发动了车子，嘴里埋怨："没两步路，还用我专门开上车？"嘉成嬉笑着说："能自在一下算一下。"来到嘉成家大门口，两个人下来，连喜按下遥控锁了车，仰头打量少许，笑话嘉成："你盖这么高的大门，还漆成大红的，像个庙门！"嘉成顾着呵斥冲过来的狼狗，没听见。

进了新房子的门，连喜看见海云在沙发上坐着，左边的眼睛肿得剩了一条缝，像鸡起了水痘。这只水痘鸡看见连喜，站起来叫声哥，给他递烟。连喜没有接，冷笑两声坐下来。嘉成骂他小舅子："瓷壶儿！还不赶快到南屋搬酒去！"海云诺诺着出去了。

连喜不快地说："你这唱的哪一出？"

嘉成拿起海云放下的那支烟，递给连喜，两个人都点上，这才说："县里的韩国工业园区要征咱村的地，还要修条一级路，你真的不知道？"连喜说，知道，不是还没谱吗？嘉成笑起来："谁说的，外人不知道，我还不知道？要给集体耕地补偿费八百万，一百万已经到了村里账上！"连喜弹掉烟灰，身子靠在沙发上，眨眨眼说："看来是真的？"嘉成手拍着膝盖喊起来："什么看来是真的，就是真的！"

连喜鼻孔里冒出两股青烟来，冷笑道："真的就真的，关我屁事？"

肥大的嘉成突然扭捏起来，像个媒婆一样斜睨着连喜，阴阳怪气地说："看你说的这什么话！你要能选上村长，不就和你有关系了？"

连喜拿眼角瞟着他笑笑："不可能的事情，我一年能回来两回，连谁家大门朝哪里都不知道，村里娶媳妇嫁闺女我也没上过礼，谁认我哩？天平给村里办了多少事，我怎么和他比？凭什么老百姓不投他票投我票？"

嘉成的笑容神秘起来，挨着连喜那边的胳膊肘支在大腿上，俯低身子说鬼话："你说你想当这村长吗，你要想当，我教你个好办法；话说回来，你要没想法，就算我操回闲心。你给句话！"

连喜呵呵地笑起来："又不是明天就选举，咱先吃饭，一会儿喝着说着。"

嘉成肥白的婆娘一手端着一个盘子进来，咯咯地笑着，唱歌一样和连喜打着亲热的招呼。海云搬着一箱子酒进来，后面跟着三喜。

就在茶几上摆满了冷热混杂十样菜，海云边给连喜面前的杯子倒酒边说："连喜哥，你看着倒多少……"嘉成笑着呵斥小舅子："倒你的吧，婆婆妈妈的！"

福元家抱养的儿子江江十二岁了，过圆满。村干部、当过村干部的、和想当村干部的，都早早来帮忙，抽烟、喝酒、打扑克，捧个人场。端盘子洗碗的差事自然有承揽红白喜事挣钱的理事会包办，但少不了钱物支出有个人张罗，当个总管，这角色通常由副村长虎娃担任，特殊时期村长天平亲自出马。乡村的红白喜事、儿婚女嫁、娃娃满月和圆满都是节日集会，这种场合也是较量高下和树立权威的最好舞台。就连前任支书银亮也早早坐在阳窝里的桌子正中，脸朝着大门，给主家撑面子坐镇了。村里的会计铁山是铁打的礼金一支笔，坐在正房最里间的屋子里写账簿，治保主任给他当助手收礼钱。

　　第一拨流水席面是在村外上学的娃娃们，打发了他们好上学，村里的男女老少没人和学生娃抢座位；第二拨流水席面是远道来的亲戚，吃完要赶路回家去；第三拨是村里的婆婆妈妈们，她们早就把大门口和巷子里挤满了，叽叽喳喳吵吵闹闹，连看热闹带等着坐席。席面翻过三次，日头偏西，才是村里的男人们要坐的大席——"重八席"。重八席和流水席不只是菜肴大不一样，还多了酒水，老百姓最爱喝的汾酒——金家酒，这是办事的人家一天中最热闹也最庄严的时刻，席面上坐的什么身份的人，决定着这家在村里的地位，喝上酒的男人们也开始较劲，属于"英雄排座次"的时候。大席要开了，会计铁山和治保主任被村长天平喊出去陪着老支书银亮喝酒，福元的媳妇红芳适时地进来让他们交接了礼账，点过礼金，村里的信用联社代办员洪记现场给办理了存款手续，早早断了那几个一心想借几个钱糊弄日子的闲汉的心思。

　　理事会的几个婆娘和闺女在桌面上都铺上塑料薄膜，扔下一把筷子，放一瓶金家酒在席面上。四干四鲜八道凉菜都上来了，那边桌子上还只有三喜和海云几个人，支书嘉成不见露面，连喜说好的要来，到现在也没影儿。主家福元有些沉不住气了，他不安地微微佝偻着高大的腰背，走到三喜和海云跟前去低声询问。海云很仗义地对三喜说："你面子大，你给我姐夫打个手机，看他干啥哩，让他赶紧给人家福元撑场面来。"就听见外面巷子里汽车喇叭响，满院子人都被惊动了，只见连喜扯着破锣嗓子和谁开着玩笑走进了大门，后面跟着熊罴般摇晃着的支书嘉成。老支书银亮堆着羞涩的笑容招呼连喜过来一起坐，连喜摆摆手说："一样，坐哪里也一样，我一会儿提上瓶子过去敬你。"走到三喜和海云的桌子那里，收住了脚，笑模笑样地坐下了，嘉成坐在他侧面，背对着银亮和天平的桌子。

村长天平先提着一瓶金家酒过去给支书嘉成和连喜敬酒，过圈儿。海云挨了打，心里憋着气，可看见他姐夫喝了天平的酒，他没等天平说话，自个儿端上一仰脖儿干了。天平脸上挂着志得意满的笑容回来了，在南无村这个江湖上，他觉得自己就是宋江。

企业家连喜果然提着瓶子过来给老支书银亮敬酒了，银亮的脸和脖子已经喝成了粉红色，只剩下不停地笑了。连喜给天平敬酒，天平坐在板凳上，侧着身子，一只手叉着腰嘿嘿地笑，嘴角的八字胡抽动着问："连喜，听说你也要竞选村长？我告诉你，趁早别动这心思，你争不过我！"连喜微微哈着腰，半睁不睁的眼皮里眼珠像贝壳里的珍珠一样放着毫光，笑眯眯地说："天平，你要这么说,我还真想试试。"天平冷笑道:"你能把村里的人名喊出来一半,我就把村长让给你当,不让我是你儿!"副村长虎娃和连喜是老本家,比连喜小着一个辈分,出于这点亲情,他站起来给连喜解围,对天平说:"我连喜叔喝多了,他才不想干什么村长哩!"话音未落,就觉得眼冒金光,挨了一个大嘴巴,还没醒过神儿,连喜抡圆了巴掌又给了他一下。虎娃捂着腮帮子,眼泪汪汪地盯着连喜,此刻连喜的眯缝眼儿瞪得像张飞一样大,嘴里骂:"日你先人,你当狗腿子也不看个时候,我就是要竞选村长,什么喝多了,我什么时候喝多了?"天平早已站起来,一把推开连喜,作为村长,他忍了忍,没对企业家动手,连喜反指着他的鼻子一个唾沫一个钉儿地宣布:"天平,走着瞧,你要选不上村长,你就是我儿!"三喜伸长脖子关注着这边的动向。

那边桌子上有人撺掇天平的弟弟天星:"连喜弟兄俩要打你哥了,你还不快点过去帮忙?!"天星呵呵地笑着说:"喝你的酒吧,咸吃萝卜淡操心,我就不信他们敢动我哥一根毫毛!"他若无其事地谈笑风生,根本没把这点儿风波放在眼里。

酒喝到这个份儿上,不得不散场了,几个上了年纪有头面的过来,劝走了连喜。暮色笼罩了福元家的院子,屋子里灯火通明,房檐下专门换的大号节能灯照得门口亮如白昼。理事会开始收拾器具,封了炉子,撤了火,主厨张呆子的婆娘正和主家婆娘红芳在堂屋里算账。院子里剩下老支书银亮、村长天平、副村长虎娃和会计铁山几个人喝着,治保主任嘲笑虎娃:"你真怂,连喜不就是有几个烂钱么，你打了他怕什么！"虎娃苦笑着说："我看在我们都姓郭的面子上，人家比我辈分大么。"银亮收敛了他招牌式的羞涩笑容，一本正经地提醒天平："我看连喜不像是胡说，你是不是找他坐一坐？"天平环抱着胳膊，下巴翘着，鼻子里哼一声说："你让他试试！"铁山翻翻眼皮附和道："我觉得银亮哥说得对，连喜不是一般人。"看见天平把下巴勾了回去，明显有了心事，他转了话题说："要不到我家喝茶去，咱好好坐一坐吧，银亮哥你说呢？"虎娃和治保主任说："你们三个头儿去吧，我们不去了。反正不管你们谁当头儿，让我们进班子就行。"银亮呵呵地笑着说："你们记住支持天平就对了！"

　　兴儿爸吃完大席，佝偻着背走回家，大半生笨重的活计让他走路的时候已经不会甩手，总像拉着一辆平车，左边的肩膀稍微向前，脑袋低着，轻轻地左右摇动，像在感叹世道。今天，在灌进巷子的暮色里，他就这样摇晃着脑袋走进了自家院门，脸上的确挂着笑，右边的嘴角咧着，露着半边黄牙，像是牙疼，更像是叼着一件无形的重物。兴儿妈刚从厨房出来，听见老头趿拉着鞋嘿嘿地冷笑，她习惯地皱起了眉头，先从牙缝里吸进一口凉气，紧接着埋怨道："笑什么哩笑，有什么可笑的，一天跟个傻子似的就知道嘿嘿嘿，嘿嘿嘿！"兴儿跟出来，手里攥着半截大葱，撕着葱白吃，像他爸一样嘿嘿地笑着说："我知道我爸笑什么哩，他笑虎娃挨了连喜的打，不信你问我爸是不是。"兴儿爸一边扬手赶儿子："去去去！"一边笑着对婆娘说："连喜一连扇了虎娃两巴掌，那怂娃动都不敢动！"兴儿妈批判道："连喜有两个钱儿烧的！虎娃也不冤枉，他嘴就不值钱！"兴儿说："这下热闹了，连喜要和我天平哥争村长哩，也不知道谁能当上……"话没说完就挨了他妈的骂："连喜当什么村长，他连谁家的大门朝哪里开也不知道！你没事也替我到纸箱厂拉点烧的去，一天在这眼前晃荡，晃荡得人心里躁死了！"

兴儿爸从进门就没有朝儿子看一眼，这时对婆娘说："那什么，我在庆有家吃了，晚饭别做我的了，我去那二亩地里看看，听说韩国工业园真的要买地，庆有爸说早上跑步时看见推土机都开来了，要先盖工程指挥部。"兴儿妈的眉头拧成了一团："我还不知道你，没事就不想在这家里待，你去看有什么用，你是什么值钱的人？黑灯瞎火的，不怕摔死你！"兴儿爸眼睛瞪得铜铃大，语调却依然温和地说："你看你说的，我去看看放心么。"

老汉出了门，兴儿妈做着饭唠叨个没完，"卖地卖地，我看把地都卖了打不下粮食有钱也得饿死！"进进出出把家里人挨着数落，就是不提跟在屁股后面晃荡的兴儿，突然她站住了，回头骂兴儿："你老跟着我干什么，你就不能出去转转，串个门儿，让我也清静一会儿？"兴儿愁眉苦脸地说："我去人家谁家啊，人家都做饭哩！"就看见一个人影儿掠过窗户，厨房的棉门帘被掀开了，胖墩墩的大儿媳妇进来了，顺手拉亮了灯，也没叫声妈，凑到眼前从怀里拽出一个报纸包儿，递给婆婆。兴儿妈皱起眉头问："是什么呢？"兴儿也凑上来看，被嫂子不耐烦地扬手往外赶："兴儿你先出去转转，我和咱妈说几句话！"兴儿摇摇头感叹："有什么值钱的事情还要背着人说哩！"慢慢转过身，乖乖地挪出去了。

厨房里剩下婆媳两个，媳妇把报纸打开，婆婆就看到了一摞粉红色的百元大票，皱起眉头往外推："这是干什么？我不能要你们的钱，我和你爸能过活……"媳妇的胖脸显出厌恶的神情，利索地说了句："钱不是我给的，我哪有钱给你们！你先收起来再说，我爸呢？"婆婆说："你爸刚出去，到地里去了。"媳妇就扯着嗓子冲着窗户外面的小叔子喊："兴儿，你把咱爸叫回来！"听见兴儿在外面唠唠叨叨地走出去了。

吃晚饭的时候，大儿子旺儿也来了，迈着和他老子一样又慢又沉的步子进了厨房，拉把小椅子坐到自己的胖婆娘身边，埋头吃他妈炒的咸菜熬的米汤，咸菜是拿红辣椒炒的，吃着下饭得很，米汤里煮了南瓜，黏稠发红。旺儿边吃边握着毛巾擦额头上辣出来的汗珠子，头也不抬地问婆娘："你把钱给咱妈了吗？"婆娘说："给了，我是那昧钱的人吗？"兴儿妈眉头皱成一个"川"字，有些气恼地问："连喜究竟为什么要给咱家钱呢？"媳妇就烦躁起来，把筷子搁在碗沿上，嘲笑地望着婆婆说："什么都不懂，这是人家连喜给工人发的过年的'福利'，我和旺儿都有。"兴儿插话："我哥也有？我哥又不是他的工人！"嫂子嫌他插话，"喷"了一声，训斥："你静着，你更不懂，人家连喜说今年厂里效益好，奖励家属和工人'同等'的福利。"旺儿埋头喝着米汤，闷声闷气地说了声："把你狂得，我什么时候成了你的家属！"兴儿妈说："连喜给旺儿发福利就发吧，咱们早分家过了，怎么还有我和你爸还有兴儿的？"媳妇拍了下大腿，胖脸上绽露笑容："你看我，成了财迷了，光知道给你们钱，忘了把人家连喜的话转到了，妈，连喜专门让我跟你说说，他想让你和兴儿过了年也到纸箱厂去干……"兴儿爸又摇起了脑袋，鼻子里哼哼着说："让兴儿去哩，兴儿能干什么呢？"兴儿也笑起来："我能给他干什么呢？"兴儿妈剜了一眼父子俩，也笑起来了："我的劲儿比你们年轻的不小，身上也没毛病，我一个人去就行了，兴儿就算了吧！"兴儿爸嘿嘿笑着说："我看连喜没安什么好心，谁见过人还没去干活，提前把福利发给全家的？一人五百，他这是买选票要当村长哩！"媳妇就恼了："爸，你看你把人家想那么坏，你管他谁当村长，谁当村长你还不是个打土疙瘩的？再说了，人家连喜能让咱都当工人挣他的钱，咱为什么就不能选人家当村长？"婆婆看了媳妇一眼，没吭气，端起碗来喝米汤。一家人闷头吃饭，没话了。

25

刮了几天的西北风这天早晨停了，灰色的云团挤满了天空，学书的奶奶坐在自家院子里，对胳膊下夹着马扎子来串门儿的红生妈说："太阳不肯好好出来了，老天爷这是捂雪哩！"说完这话半年之后，老婆婆就去世了，享年九十四岁。她活着的时候是南无村最高寿的老人，村里人都说算上闰年闰月，学书奶奶活了足有一百年日月。

　　村委换届前要先进行村党支部换届，因为村民委员会的换届工作要在党支部的指导下才能进行，镇党委张委员来村里主持村党支部的换届选举。架在废弃的小学校里那株老梧桐树上的铁皮喇叭突然就开了腔，拉着防空警报一样的哨音，把干活的、走路的、阳窝里晒暖暖的人们吓了个哆嗦，支书嘉成粗门大嗓地吼叫全体党员马上到小学教室开会。此前，出门打工、做生意的党员也早被打手机叫回了村里。经过一上午的会议议程，投票产生了五个支部委员，按得票多少排名如下：天平、嘉成、银亮、铁山、三喜。张委员用手机向镇党委王书记通报了南无村的选举情况，王书记嘱咐他不要着急下一轮投票，给新产生的支委开个会，强调一下党性和纪律，要尊重最终的投票结果，保证不要乱，更不能上访告状。张委员现场给大家传达了王书记的指示，又借口上茅房，背开大家跑到女茅房和王书记电话沟通："王书记，南无村情况有点复杂，五个支委里，老书记银亮和天平穿一条裤子，天平公开说过要支持银亮再当支书；支书嘉成和三喜他哥连喜穿一条裤子，嘉成一直活动让连喜回村里当村长，三喜肯定投嘉成的票；现在的关键问题是村里的老会计铁山，这个人是有名的骑墙派，外号'墙头草'，他明里和老支书银亮关系好，私底下和现在的支书嘉成也在一起搞鬼，这个人现在是个关键人物，就看他投谁的票了。王书记，你看我是不是单独找他谈谈？"王书记在电话里说："不用谈，这个时候你不能表态,你不表态就不乱,让银亮和嘉成自己去争取他,谁选上你就支持谁。关键是不要乱,南无村换届后就面临着县里韩国工业园区的征地工作,这才是关键,一切以县里的此项重点工作为中心,你明白了吗?"张委员忍受着茅房里干燥寒冷的臭气和女厕特殊的异味,一手举着手机,一手插在裤兜里,仰着胖脸望着头顶上粗大的梧桐树枝条,嗓子里发出一连串的"哦、哦、哦",最后说:"王书记,你就放心吧,保证不会出问题,有什么情况我再及时向你汇报。"

张委员假装没事一样回到会场,嘉成脸上笑容可掬,像一头熊成了精一样别扭地笑着,邀请张委员和新产生的支委去他家里吃晌午饭。张委员很严肃地说:"那不行,这不比平时,你也是新一届支书候选人,这个时候我们到你家里吃饭,给党员和村民的印象不好。"三喜说:"到我哥家里去吃饭吧,他不是党员,村里人也知道我根本不想当什么狗屁支书。"天平叉起腰来反对三喜:"那不行,你哥下一步要竞选村长哩,张'书记'去他家里就代表了镇党委的意见,不能去!"老支书银亮笑着说:"行了行了,都别争了,不就是吃个饭吗,张书记给咱们工作了半天了,连个饭也赚不上?"他脸上挂着羞涩的笑容转向张委员:"领导你说,要不行叫天平打电话安排,咱去镇上的饭店吃?"张委员接过三喜递过的一根香烟来,天平探身给他点上,张委员抽了一口,笑着说:"我看也别光咱几个吃饭,全体党员都很辛苦,咱们叫上今天参与投票的所有党员,一起到你们村的纸箱厂食堂吃个工作餐,也算支持一下民营企业的工作,你们看呢?"三喜喜出望外,摸出手机来嚷:"可以,我这就安排。"天平低下头抽着烟不说话,张委员就对他说:"这个时候去谁家吃饭也不合适,让他纸箱厂管顿饭,你是村长,你给连喜打个电话吧,你打比三喜打好。"天平说:"谁安排都一样。"但他还是从腰间抽出手机来拨通了连喜的电话:"连喜,今天'公社张书记'来咱村抓支部选举,要到你厂里吃顿饭,你回来陪领导喝二两吧?"连喜那边说:"我正往回走哩,你看谁家有羊,拉来杀了咱喝羊汤,让三喜把钱给了人家就行。"天平的手机音量和梧桐树上的铁皮喇叭一样大,大家都听见了连喜的话,哄笑了起来。三喜说:"村里都没养羊的户,别管了,我打电话让营里村马上送一锅炖好的全羊就是。"

张委员笑容可掬地拍拍天平的肩膀说:"支书选出来之前,你是村里的最高长官,你召集投了票的党员们到纸箱厂喝羊汤吧!"

三喜刚吩咐食堂切好两大脸盆葱花和香菜,营里村送羊汤锅的面包车就到了。新当选的支委和现任的村委班子成员在纸箱厂食堂唯一的包间里陪着张委员喝金家酒,党员们在外间坐了两桌,工人们也跟着沾光,不回家吃了,这儿蹲一个,那儿坐一个"呼噜呼噜"喝羊汤。刚坐稳当,连喜风风火火地走了进来,张委员站起来和他握手,把他安顿到自己身边的空位上。连喜看了看桌子上摆的酒,吩咐弟弟:"三喜,你到我车后备箱里把那箱二十年'典藏金家'搬进来,让领导喝好的。"三喜接过钥匙出去了。张委员说:"下午还有重要选举任务,中午谁也不能喝多,十个人二斤封顶,每人二两。晚上叫新支书管饭，想喝多少喝多少。"大家都叫好，嘉成明显有些坐立不安，不停地拿眼角瞟着坐在他对面的铁山。

二两酒刚够红脸皮，不够遮羞撒酒疯，可就有一个人酒入愁肠喝醉了，会计铁山拍着桌子拉起了哭腔："哎呀，你们这是欺负人哩，都高兴地喝个没完，把难题推给我一个人，谁心里不清楚，我这一票是里外不是人啊，五个支委分两派，我投给谁谁就是三票当选，这是秃子头上的虱子，明摆的么，我注定要得罪一个人，这是个什么事啊！"张委员假装和连喜说话，只当没听见，银亮笑着不吭气，嘉成像个妇女一样媚笑着斜睨住他说："铁山，看你那点出息，不管谁选上支书，还不让你当个副支书？"铁山冷笑着说："当上副支书，我也是个恶人名声，有个啥意思！"天平说："铁山哥，你熬煎什么，谁当上支书，他还敢不巴结你这个当会计的？"大家都笑铁山，享受着事不关己的快乐。

铁山还是长吁短叹，眼神散乱，扶着墙站起来出去上茅房，脸上挂着喝醉的傻笑，出了门步伐却一点也不乱了。他还没回来，嘉成也出去了，在茅房门口截住了铁山，两个人站在墙角抽着烟嘀咕了老半天。村长天平和副村长虎娃陪着老支书银亮喝茶，没下桌。连喜叫三喜安排张委员到自己办公室的套间休息，说城里还有点事，要提前走。张委员要送他，连喜摆手拦住说："都别动，都别动，三喜送我就行。"连喜快步出来上了车，又摇下车窗，低声问弟弟："心里有底吧？"三喜鼻子里哼了一声说："哥，你放心走吧！"

冬天的太阳经不起耽搁，吃个饭就偏西了，五个新当选的支委簇拥着张委员往小学校走，六个人在村街上走成了一道风景。阳窝里蹲着、站着的那些个关心谁当干部的和闲着没事看热闹的人，都向他们行着注目礼，也有年纪大点或者没正性的主儿会大声地和他们中的某人开个玩笑，但气氛整体是肃穆的，整个村庄的午后都是肃穆的，家家的围墙都是肃穆的，头上铅云越来越厚的天空也是肃穆的。

进了会场，张委员先到临时安放的铁炉子那里烤了烤手，银亮指挥大家围着炉子坐下来后，他再次强调每个支委都有选举和被选举的权利，请大家以党性要求自己，投好神圣的一票。裤脚还没被烤热，选举结果就出来了：老支书银亮三票当选，嘉成只得了一票，铁山也得了一票。嘉成恼羞成怒，也不给张委员面子了，骂了声："选的是个屁！"站起来，摇摆着巨大的身躯头也不回地摔门走了。银亮望着他的背影，羞涩地笑着，轻声骂道："这种人，能上不能下！"根据组织原则，支部班子配备为一正两副，三喜主动放弃候选人资格，铁山和天平分别当选为党支部副书记。

在一名支委缺席的情况下，南无村新一届党支部围着火炉接着召开第一次支委会议，研究部署村委会换届的事情，成立村委换届选举领导组，由党支部书记银亮担任组长，副支书铁山和天平担任副组长，安排了下一步年满十八岁的选民登记和张榜公布的工作，研究确定了选举日。会后，张委员专程回去向镇党委王书记汇报了情况，王书记很满意，责成张委员继续指导南无村的村委换届选举工作。

纸箱厂像个发酵池,是南无村的舆论漩涡,也是张长李短的笑话发布中心,老支书银亮的复辟带来的惊奇刺激着南无村的人心,成为新鲜的话题。婆娘们手上忙活着,肆无忌惮地浪笑着猜测昨天下午的支部选举中,到底谁投了谁的票。

"你们信不信,嘉成那一票肯定是他自己投的!"红生媳妇这句话搔动了所有人的快乐神经,她们都笑得前仰后合,有几个人不停地拿手背擦着颧骨上笑出的泪水。

"铁山这根墙头草这回硬起来了,把票投给了自己,想谁也不得罪。"

"不是那么回事,他这算盘子又打错了,其实把两边都得罪了!"

"他就是那么个人,其实人家心里都清楚他是个什么把式,也没指望他。"

铁头媳妇秀芳低声问大家:"三喜把票投给了银亮,是他哥的意思吧?肯定是!"

旺儿媳妇爆料:"听说昨天晚上嘉成跑到三喜家里闹,要不是海云挡着,两个人就打起来了。嘉成叫嚷着要到城里找连喜算账哩!"

嘉成确实是到城里找连喜了,他一进城就给连喜打手机,以为连喜不敢接,才响了两声,就通了,连喜像没事一样说:"我在公司哩,你来,见了面再说吧。"嘉成又羞又恼,气势汹汹地去了连喜的公司。连喜的办公室没人，他寻思连喜一定躲出去不敢见他，心里稍微平衡了一点，自己坐到沙发上拿起茶几上的烟来抽。听见门响，赶紧扭头去看，是给连喜当通信员的那个娃娃，通信员说："伯伯，我连喜叔叔让告诉你，他正开会，开完会马上就过来，你先坐一下。"嘉成心里的火儿腾一下就起来了，他吼道："你告诉他，我等着他哩！"通信员笑笑，给他倒了杯水出去了。

嘉成看看桌上冒热气的杯子和玻璃烟灰缸，盘算着等连喜进来，先给他摔个烟灰缸，再把杯子拨拉到地上去。他预演着骂连喜的话："不就有两块钱吗，有什么了不起，凭什么要笑人？我不尿你！"

正自个儿激动着，门又开了，还是通信员，娃娃手扶着门，连喜就从门外进来了。嘉成埋头抽烟，没有看他。连喜在他对面的沙发上坐下，拿起茶几上的呼伦贝尔香烟，磕出一支来自己点上，慢条斯理地问："来一阵儿了吧？我开会哩，年底了，忙。"嘉成抬起头来，两只眼睛里都充满了血，他以为连喜在对他满脸堆笑地赔礼，看到的却是一块铁青的脸，连喜的眼睛里冒着寒气，嘉成就受不了了，他眼里的泪水开始"啪啪"地往下掉，嗓子眼儿里发出一声哀鸣，抖动着肥硕的身躯号啕大哭起来，数落着连喜："不能这么要笑人么，以后我还怎么在南无村做人啊……"

连喜望着他笑了："哭个啥呀，你以为现在的南无村还是以前的南无村？这马上要配合县里建设工业园区，还要修一级路，你和天平这种没见过世面的把式县里和镇上领导能放心吗？"

嘉成抹一把泪，瞪着红眼睛问："你说这是镇上王书记安排的？我这就找他去，凭什么说不让干就不让我干了！"

连喜说："我没这么说！你自己没选上，有什么脸去怨人家，这不是屙不下的怨茅房吗？"

"那这以后就没我的事了？"

连喜递给他一支烟，又给他点上，在沙发上坐稳当了说："下一步我要选上村长，你当副村长！呵呵，别光能上不能下，当过支书就不能当副村长了？你想想你当支书这几年除了和天平过不去，你还干了点啥？看你眼睛瞪得，你要不愿意就算了，有的是人愿意干。"

嘉成翻了连喜一眼，埋怨道："你这是还没过河就拆桥哩！也行，我就不信跟上你干，你还能让我吃亏？你先把我娃安排到你这里工作吧，这样我对他妈多少是个交代。"

连喜笑起来，露出左边槽牙上的金边儿，欠身把烟头儿摁灭在烟灰缸里说："这事你说了算，明天就叫娃上班！"他吩咐走进来倒茶的通信员："你把办公室刘主任叫进来。"嘉成望着连喜，眼睛眨也不眨，连喜问他："你怎么来的？"嘉成说："我侄子开的车。"进来一个烫着头发的白净女人，连喜指着嘉成对她说："等下你安排人搬两箱白盒的'红河'烟，放到他车上。"那女人看了嘉成一眼问："你现在走不走？"嘉成看看连喜，手扶在膝盖上，费劲地站起来说："连喜，那事情就这么安排，没事我先回去了。"连喜把烟头摁灭在烟灰缸里，站起来说："行，电话联系。"

卷六 麦黄种谷

26

天平走在南无村村街上,就像走在自家院子里一样舒坦,他和在阳窝里晒暖暖的老汉婆婆子笑眯眯地聊着,应付着来来往往的男女老少的亲热的问候,他已经习惯了大家的爱戴,这些年走路的步伐越来越慢。他就这样慢腾腾地走过十字路口,从山墙上张贴的喜报一样的大红选民登记表下面走过,一直走进支书银亮家的院子。当选支书后银亮晚上回城里住,白天回村里来。

"银亮哥,你说下一步咱该怎么办?"他站在正拿块抹布擦洗摩托车的银亮面前,两根手指中间夹着根红河烟,笑眯眯地问。银亮手上不停,忙里偷闲看他一眼笑着说:"这还用我教你吗?上一届你是怎么选上的,这一届还怎么办就是。"天平盯着忙碌的银亮,他觉得银亮再次当上支书后,和以前不太一样,有点官架子了。本来他指望着银亮能给句硬靠话,让自己吃个定心丸,两个人坐下来好好地谋划谋划村委换届的事情,但看上去银亮并没有这个打算。天平使劲抽了两口烟,忍了忍没忍住,鼻子嘴里一起冒着烟问银亮:"银亮哥,连喜怎么会让三喜给你投票?"银亮头也不抬地说:"我还没顾上问他哩。"天平鼻子里哼哼了两声。银亮擦完摩托,骑上去对天平说:"我得去一趟镇上见见王书记,你抓紧和铁山商议一下,这两天把村民选举委员会推举出来,你和虎娃选举日前尽量挨家挨户跑一跑,坐一坐。"天平把烟头扔地下,用脚尖踩住拧灭了,一只手叉在腰上,一只手扶着银亮的摩托车把,心有灵犀地笑着说:"你放心,推举选举委员会的事情我心里有底。银亮哥你快走吧,别让王书记等得着急。"银亮发动了摩托车,慢慢往出走,天平快步和他并行,出了门,天平说:"走吧。"银亮说:"走啦!"一溜烟上了村街。

天平慢条斯理地挪动着步子,脚下是县里村村通油路工程中硬化的水泥路,是他这个村长最近的一项政绩,南无村的人们习惯地将功劳记在他的头上,他也习惯了用不置可否的笑容来面对他们。这会儿,他打算到兴儿家去坐坐,问一问对兴儿新妇去留的打算,刚拐上村街,看见副村长虎娃骑着摩托车迎面而来,到了跟前,虎娃熄了火儿,坐在车座上,一只脚支在地上,仰头望着天平的眼睛说:"哥,和你说个事儿。"天平说:"你说。"虎娃笑着欲言又止:

"你现在没事吧，没事坐上来，咱到我家里去说。"天平正要找他商议推选选民委员会的事情，就扶住他的肩膀，一偏腿坐到他后面。虎娃发动了车子，一手握着车把，一手举着手机喊："喂，哦，我，你炒几个菜，我和天平哥在家里喝一壶。"天平警告他："好好开你的车，回去不能说了？！"

天平满心以为虎娃是为换届选举的事情着急，他更加显示出自己的沉着来。没等菜上来，喝大叶茶的时候，虎娃"呵呵"干笑着开了腔："哥，今年的危房直补把我老丈人家报上去吧，省得我媳妇每天在耳朵边聒噪，唉，娶个本村媳妇真麻烦！"天平夹根烟望着他笑："你老丈人家不是前两年才盖的新房吗？报危房直补人家要来拍照片的，你骗得了谁呢？"虎娃扭捏着说："我知道，我知道，老德福不是让他女儿送到城里的养老院了吗，他那老房子还没塌，照相的来了咱把他领那里不就行了？"天平手叉到腰上说："换届选举的节骨眼上弄这事情，村里人怎么看咱们？"虎娃脸色有些阴沉了，看了天平一眼说："反正危房直补也没指标限制，我这也不影响别人申报么！"虎娃媳妇端了两盘菜上来，摆桌子上，转动眼珠瞥了天平一眼说："天平哥，他光跟上你受苦了，你看人家谁家不比我家光景好？亏他还是个副村长，我跟上都觉得丢人哩！"天平笑了，豪气地说："这事我不管，虎娃是副村长，他自己定吧，只要我还是村长，他说了就算。"虎娃眼睛里放出光来，训斥媳妇："站着干什么，酒呢？"媳妇子反诘道："酒不是在床底下吗，你自己没长手？"虎娃龇着牙扑棱着大脑袋，无可奈何地自己去拿酒，逗得天平嘿嘿笑起来。

虎娃一手提一瓶红盖金家酒从外屋把棉门帘拱开钻进来，温差立刻让玻璃瓶子的外面罩上了一层水雾，他媳妇从开水锅里舀了一大碗热水搁在饭桌上说："把酒泡在里头温一温吧，天气太冷，别让天平哥喝冷酒，伤胃。"酒刚温上，听见屋外有人嚷："虎娃，天平哥在你这里吧？"虎娃媳妇瞭了一眼窗外，撇着嘴说："我就知道是他，肯定是闻见酒味儿了！"治保主任掀门帘进来了，煞有介事地望着天平说："天平哥，我找你半天了。"天平笑呵呵地望着他说："坐下喝着说着。"虎娃搬了把小椅子给他，又往他面前放了一个十年陈酿汾酒坛子的盖儿当酒杯。虎娃媳妇嘲笑道："你的鼻子可真长啊！"治保主任一本正经地说："我就是找天平哥说正事儿哩么，天平哥的事儿就是我和虎娃的事儿，这还用说？"扭头问虎娃，"你说是不是？"虎娃笑着不搭腔，正给他添着酒。虎娃媳妇不依不饶地说："我可是听说你在街上截住人家红生，逼着人家投票选你当村长哩。"治保主任急赤白脸地说："我儿才……"虎娃媳妇笑着打断他："就连红生说的什么我都知道，红生说，这都什么时候了你还能只拿着句空话干蹭，不看人家连喜给每家都卸了一车煤吗？"治保主任瞪圆了眼睛看着笑眯眯的天平说："天平哥你别听她的，婆娘家就能到处捡拾不值钱的闲话。"他扭头质问虎娃媳妇："你说，你听谁说的这些？"虎娃媳妇笑得直不起腰，娇嗔地说："我就不告诉你！你先说有没有这回事吧？"虎娃皱起眉头盯了婆娘一眼说："赶紧炒你的菜！"

天平眨巴着眼睛问虎娃:"连喜让谁负责给各家各户送煤?"虎娃说:"还能有谁,三喜和海云,还能有谁!"天平问:"用的谁的车呢?"治保主任抢着说:"福娃家老大明明的'大金刚',一车能拉二十吨,一户一吨,拉一趟能分二十户。"天平端起自己那杯酒喝掉,冷笑着说:"连喜这是和我明着干哩,他以为靠着这点小恩小惠就能让南无村的人都投他的票?"虎娃给他添上酒,眼神闪烁地说:"连喜说这是分给纸箱厂工人的取暖煤,和选村长没关系。"天平知道虎娃媳妇也在纸箱厂当工人,笑着看她一眼说:"我没说不让你们要连喜的煤啊,不要白不要。"虎娃媳妇低声说:"他给了也白给,我才不会被他收买哩。叛徒都没好下场!"捂着嘴咕咕地鬼笑。正说得热闹,桌子上酒杯里的酒荡漾起来,涟漪一圈一圈,像个被风吹皱的小湖泊,就听见大门外柴油汽车的马达轰鸣,有几个人在喊叫着指挥倒车,"轰隆"一声什么东西塌了。虎娃媳妇赶紧跑出去看,直到一切都安静下来她才扭着腰肢回来,喜笑颜开地嚷嚷着:"这些个人,不分青红皂白把煤卸在门口就走,把路都堵住了,我紧喊慢喊没喊住!"她没忘了吩咐虎娃:"你少喝点酒,下午就把门口的煤倒腾到厦子底下去,看天黑了被人偷着拉走!"治保主任抓住机会复仇:"一吨烂煤就把你收买了,你敢说你没拿连喜发的五百块钱?虎娃也拿了吧,听说纸箱厂工人的家属也跟着沾光拿'福利'。"媳妇子迅速地瞥了自己男人一眼说:"虎娃没拿,我给他哩,他扔到地上了,混账鬼还把我骂了一顿哩!"治保主任哼哼着,不屑去听这些。天平冷笑着,还是满不在乎的样子,吩咐他们两个:"正经事情别耽搁了就行,你两人明天抱着票箱挨家挨户跑一遍,把选举委员会的组成人员选出来,也贴到十字路口墙上去。"治保主任问:"嘉成那一大家子还去不去?"天平不屑地说:"去,怎么不去?嘉成当支书时瞧不起张瞧不起李,现在他落势了,还有谁会选他家里人进选举委员会?"

从虎娃家出来,天平又去了支书银亮家,银亮还没回来,天平就给他打手机,他不无伤怀地埋怨着:"银亮哥,我看你这是不管我了,连喜那里又发钱又送煤,明显的是贿选哩么,你就不能给王书记反映反映?"银亮笑着说:"情况我都知道,关键问题是,连喜一不是党员二不是干部,他就是个做买卖的,他愿意给工人和家属发福利,镇党委和村支部还真管不了人家。"他笑着反问天平:"怎么了,心里没底啦?"天平鼻子里哼哼着说:"我不信南无村的人都是属狗的,扔个馒头就跟着他连喜走!"银亮表扬他:"这不就对了么,你有你的优势,实在不行,你也脑子活络点?"天平就恼了:"我不干那抠屁眼吮指头的事情,靠给点甜头当上干部,也树立不起威信来,不如不干!"银亮说:"王书记和张委员都很认可你,可关键还是要看票,你有你的优势,原则上我要担任选委会主任,能说上话的人家我也会把招呼打到的。"

虎娃没顾上把堵在门口的那堆煤倒腾到院子里,三喜给他打手机说连喜让他去一趟城里。虎娃不想去,又不敢得罪连喜,庆有家的酒席上挨过那两巴掌,他更不敢见连喜了,好在酒壮怂人胆,他骂骂咧咧地骑着摩托车拐上了公路,伏在车把上,军大衣敞开着,像只耷拉着翅膀的病公鸡,倒是一点也不觉得冷。进了连喜被空调吹拂成春天的办公室,虎娃偷眼望去,连喜脸上笑容满面,他如沐春风,在沙发上坐下来,接住连喜凌空扔过来的一支烟,自己点着夹在手指间,眼神呆滞地望着连喜,等着他发话。连喜笑着骂他:"鸡巴娃,那天打得你太轻!"虎娃面无表情地望着他。连喜接着说:"打你是把你当自己人,我怎么不打别人呢?"虎娃呆滞的眼神盯着他。"叫你来是想问你,你是铁了心跟着天平走,还是想跟着我当副村长?"连喜摊了牌。虎娃冷笑了,低下头望着茶几上的烟灰缸说:"这些年我跟着天平给村里办的好事,功劳都记在他头上,南无村的人能记住我是老几?话说回来,我没有钱给村里人发,也没有煤给他们拉,人家凭什么投我的票?我看不管你们谁当这个头儿,我都没什么戏了,还是老老实实当我的平头老百姓吧,啥好事情也轮不上我沾光!"连喜望着他,鼻子里冒出两股青烟,慢条斯理地说:"你要想干,我仓库里还有二百来桶色拉油,你找个车拉回去一家发一桶,就以你的名义;你要不想干,当我没说过这个话。"虎娃抬起头来,望着连喜似笑非笑的脸,眼神像只受了惊的猫一样充满了警惕。

27

老阳儿把家家户户的房子西向的山墙涂抹成亮金色的冬日午后，头顶上的铅云却越积越厚，像个没遮严实的大锅盖，南无村那些个瑟缩在村街十字路口的阳窝儿里的俗称"等死队儿"的老汉婆婆子们，看到后洼庄方圆几十里名气最大的红白喜事理事会大厨张呆子拉着灶具的农用小金刚进了村，张呆子坐在儿子驾驶座的旁边，满脸堆笑地和他们打着招呼，回答着他们的问题，"眯眼儿"二贵衰老得像个烂柿子的妈扯着男女莫辨的嗓子查问："这又是谁家有事情呢？"张呆子示意儿子减了速，头探出驾驶室去说："去你们村长家。"老媒婆翻动着白内障的眼球问："天平爷爷不在了吗？活了快一百了吧？"张呆子只来得及撂下句："明天不是你村换届选举么，天平准备请你们全村吃酒席哩！"小金刚就颠着屁股走出去老远了。

金海妈埋怨着自己的媒婆师傅："婶子，你糊涂了，天平爷爷去年就死了。"老媒婆像个小闺女一样羞涩地笑了，运动满脸的皱纹，像是核桃成了精。金海妈想起什么，招呼也不打，扶着骨质增生的膝盖表情痛苦地站起来，待关节活络些了，就挪动着罗圈腿像个日本太君一样去了兴儿家。

兴儿妈送走了喝得醉醺醺的天平，天早就黑透了，刚才她不停地埋怨着村长："看这是在哪里喝成个这样，明天就要给你投票哩,你能不能起来?说叫你喝碗米汤,你也不喝,叨叨叨,叨叨叨,和你叔叨叨个没完,他一个三棒子打不出个屁来的货,他知道些个什么!"天平嘿嘿地傻笑着不停地嘱托:"婶子婶子,明天投了票到我家来吃酒席啊,全家都来,都来!"好容易打发走天平,兴儿妈回身正要上门闩,有个黑影儿挤了进来,看体型像是嘉成,嘉成的脸在黑暗里看不清,声音里泛动着笑意说:"婶子,这条红河烟你拿回去给我叔抽,我还有事就不进去了,先走了。"兴儿妈扯住他说鬼话:"嘉成,你也要当村长?"嘉成说:"正的当不成副的也行,婶子你看着投吧。"肥硕的身躯居然轻易地从门缝里挤了出去,像只柔若无骨的夜猫子。

兴儿妈嘟嘟囔囔地转身往回走,兴儿在黑暗中像个鬼影儿一样尾随着她,可怜的孩子发出老人般看透世事的笑声。回到灶屋,把腋下那条烟搁在兴儿爸眼前说:"热闹处打点子,嘉成的烟你以前抽过一支吗?"兴儿爸把两只大手按在自己两个膝盖上,咧着满嘴黄牙的大嘴望着婆娘乐。兴儿妈就恼了:"笑,一天就知道个笑,明天就是选举,咱全家投谁的票你能定了吗?"兴儿爸摆动着大脑袋说:"你说投谁咱就投谁。"兴儿发表意见:"你们要是不投我天平哥,就是没、没良心!"他惦记着自己的偶像,每天要把天平打海云的事情给人讲上三遍。兴儿妈绕过儿子,拿起水瓮盖上她出嫁时陪嫁来的围巾,甩到脑后在下巴底下系了一下就要出门。"你还要去谁家?让兴儿跟上。"兴儿爸担忧地问。兴儿妈已经到了院子里,在棉门帘外面回答:"我得去和庆有妈商议商议,兴儿别去了。"

兴儿妈摸黑出了门，她没有直接去庆有家，先越过庆有家的巷子口儿，去天平家院子外面望了一眼，天平家院子大，为方便进大车没盖大门，整座院子遮着好几块大帆布顶棚，灯光照得亮如白昼，炉火映照到顶棚上，只有一团微弱的橘黄，院子里人声鼎沸，像是赶集，能听见酒瓶子碰着碗碟的悦耳悠长的回响，一团一团的笑声突然升起来，像夏天的田野上空兀立的积雨云，兴儿妈咒骂着男人的没出息，上不了场面，她支棱着耳朵，费劲地捕捉到在嘈杂的人声里，有自己的大儿子旺儿突兀而憨厚的笑声，她安慰地笑了，转身去了庆有家。

庆有妈煞有介事地瞪圆着眼睛告诉兴儿妈："我早早就让庆有去天平家帮忙了，这种时候不见人，就不成个人了。"兴儿妈说："我家旺儿也在那儿。"庆有妈的神情更加地庄严起来，透露了一个重要的消息："我刚才让庆有家秀芹去转了一圈儿，秀芹回来说银亮也在天平家坐着喝酒哩。"

"我就说银亮不能支持连喜么！"兴儿妈打抱不平地说。

庆有爸罗锅着背闻声过来说话，加入了对时局的讨论。

凌晨六点，兴儿爸起来扫院子，听见大门外有人压着嗓子喊叫："叔、叔！"他拖着竹子扫把过去拉开门闩，看到一辆面包车停在门外，车门开着，虎娃在荡漾着黑雾的晨曦中提着一桶色拉油，放在他脚下说："叔，过年炸年糕！"跳上车去，车门也没拉上，车就开走了，停在了隔壁的大门口。兴儿爸一手扶着竹扫把，一手提起那桶油，摇摆着大脑袋感叹："这怂娃心思不小，也来这一套！"兴儿妈已经在灶屋门口说话了："是虎娃吧？"兴儿爸不吭气，走过来把那桶油放婆娘脚下，兴儿妈提起来进了灶屋，念叨着："虎娃光景过成那样，他怎么有钱给家户送油？"兴儿爸嘲讽地说："肯定不是抢银行，闹不好把院子卖了，为了当干部快把祖坟都卖了，真下本钱！"兴儿妈在门帘里边反诘他："虎娃让他老丈人都吃上了危房低保，他还想当干部，就是看上了村里卖地的钱，没这种事情的那些年，怎么不见他们抢着干？"兴儿从屋里出来，伸了个舒坦的懒腰，打着大哈欠慢腾腾地走到灶屋查看了一下那桶油，感叹道："又有人送钱，又有人卸煤，又有人给我爸送烟，还有人送油，要是每年都换届多好啊，咱什么也不用买了，这年不就好过了？"这回兴儿妈没有骂儿子瞎说，她正从水瓮里舀水给锅里添，听了这话，望着窗外忙碌的兴儿爸笑了起来。

刚吃过早饭，支书银亮已经在喇叭里招呼所有选民去小学校投票，兴儿妈不愿意和父子俩相跟，就说："你俩先走，我上个茅房就去。"兴儿和他爸出了门，慢腾腾从巷子汇入村街上的人流，遇见庆有爸，两个老汉聊着闲话往废弃的小学方向走，他们惊奇地发现，村街两边停满了汽车，有轿车也有面包车，颜色有红的、白的、黑的，还有银色的和绿色的，兴儿爸对庆有爸说："哪来这么多汽车？我看没有一百辆也有八九十辆吧，这是天平的还是连喜的？"庆有爸说："连喜的吧，这都是从城里来的汽车，天平怎么能弄来这么多汽车？"走到小学校大门口，看见有四个人分别站在大门两边，八字形的大门两侧刻着全国通用的毛体校训："好好学习，天天向上"这边站的是庆有和旺儿，"团结紧张，严肃活泼"这边站的是连喜和海云，各自抽着烟，满脸堆笑地喊着叔叔伯伯婶子大娘。庆有和旺儿吆喝着："投了票都去天平家喝羊汤啊，今天一天管三顿饭，酒管够！"连喜和海云喊着："投连喜票的全家都去镇上的饭店吃饭啊，这些个车都是等着拉人的，坐满就走哩！"两个老汉看到儿子，把脸扭一边紧走几步进了会场。兴儿爸附在庆有爸耳边说着鬼话："还是根据庆有妈和兴儿妈商议的办法投吗？"庆有爸说："不能变，咱两家投连喜，庆有和旺儿两家投天平，两边都不得罪。"

镇党委张委员和支书银亮坐在主席台上，银亮请张委员先讲话，张委员宣讲了半天村民直选法规，银亮介绍了选举程序和注意事项，吩咐选委会的工作人员清点报告人数，然后发票。开始的时候，会场上除了咳嗽打喷嚏还很安静，偶尔有人搞怪打个大哈欠，把婆娘们逗得笑上几声，统计人数的时候还算秩序井然，选票发下去后就像捅了马蜂窝，银亮不得不大声喊叫："先不要填，先不要填，我说了填票说明再填，有的是时间！"但是大多数人已经填了起来，连喜在镇联校当语文老师的弟弟双喜也回来投票，金海妈、老姑娘秀娟和几个不认字的婆娘让双喜替自己写选票，有选连喜的，也有选天平的，双喜都给写成了连喜，她们也弄不清楚；更多的人没有带笔，懒得找人借，就把自己的选票给有笔的，让给自己捎带填了就算。天平弟弟天星背着"眯眼儿"二贵的妈来的，当然票也替老媒婆填了。乱哄哄投完票，就乱作一团，抽烟、斗嘴，争吵着一会儿是去天平家喝酒还是坐上村街上那一排汽车去镇上的饭店开荤。兴儿兴致勃勃地跑到村街上去数汽车，和几个年轻娃娃打赌有没有一百辆。票箱搬进了生着火的教室里，村民选举委员会的监票员和计票员紧张地计票，银亮陪着张委员在一边观看，票数出来后，张委员先给镇党委王书记电话做了汇报。银亮拿着选举结果，陪着张委员出来重新坐到主席台上，打开话筒招呼大家回到会场，准备宣布选举结果，有些人早已经溜号儿了。

南无村的选民这会儿都已经冻得"吸溜吸溜"的，搓着手跺着脚，支棱起冻得通红的耳朵，缩着脖子瞪着眼望着支书，大家都注意到银亮握着那张纸的右手微微有点发抖，他扭头看了张委员一眼，这才清清嗓子对着话筒说："大家注意啦，经过南无村村民选举委员会的认真计票，根据选民的投票结果，选举出了新一届村委班子，包括一名村委主任和两名村委副主任，现在我宣布，南无村新一届村民委员会主任是郭连喜，副主任是李嘉成和郭虎娃。现在请新当选的村委班子成员上台和大家见面，大家欢迎！"选民们把屁股底下压了半天的嘴巴拽出来放到头顶上，会场又成了马蜂窝。银亮叫了半天，嘉成嫌支书成了副村长丢人，屁股粘在板凳上死活不动窝，虎娃望了一眼铁青着脸的天平，也没敢上台去，结果只有连喜一个人笑眯眯地走上台去，坐在张委员另一边，宣布了他要给南无村人办的三件大事，他最后说："不图别的，我就是要让南无村的人知道，你们没有选错人！"然后他就坐在那里安排三喜和海云招呼所有选民坐车去镇上的饭店喝酒，"选我的没选我的，都去！"张委员赶紧说："这话散会后再说！"银亮宣布："会后支部、村委班子成员都留下，到教室里开个支委扩大会议，"他扭头对连喜说，"你给新班子开个会安排一下工作。"又看看张委员，宣布："散会！"原本议程上最后一项是张委员做重要讲话，张委员看看情形，早早示意银亮取消了。

天平一边嘴角挂着笑，头一个走出会场，天星、庆有和旺儿几个紧跟着他，虎娃屁股在凳子上磨蹭了半天，偷偷瞟了一眼连喜，小跑着赶上天平说："天平哥，我还得开会……"天平微微地点着头，不置可否，径自向大门外走去。虎娃看看庆有和旺儿，旺儿说："愣什么愣，还不快回去，小心连喜扒你的皮！"虎娃拧起眉头骂着自己："啧，里外不是人！"赶紧又跑回了会场。出来大门，天平打量打量村街上两排望不到头的汽车，回头对跟着自己的那几个人说："开会的和街上碰见的，有一个算一个，让他们把全家都叫上去我那里吃酒席，实在不行挨家挨户去拉人，谁要觉得我天平这些年对不起他家的，就不用来了！我天平赢得起更输得起！"三喜在开会，海云见人都被拉去了天平家，干着急没办法，不敢走近天平，更不敢在这会儿去招惹他。

两委散会后，连喜第一个从教室里走出来，满脸的春风得意，安排银亮、铁山、嘉成和自己陪着张委员先去镇上吃饭，留下虎娃、三喜和海云几个招呼选民和村里人坐车。张委员对银亮说："叫上天平么，他也是副支书。"银亮笑着说："今天算了吧，他心里不痛快。"连喜笑着说："叫，叫，叫天平，你不打电话我打。"他掏出手机来，银亮没拦住，已经拨了过去，连喜冲着手机笑着说："天平，你是副支书，我不是党员，你还是我的领导哩，咱们陪张书记去镇上吃个饭么，我派个车专门过去接你！"听见天平在那边说："连喜，我不尿你！"连喜依旧笑着说："我尿你还不行？"银亮赶紧把他的手机夺过来说："算了算了，咱先走吧，别让人家张书记看笑话，王书记和刘镇长还在镇上等着见你哩！"张委员就坡下驴，笑眯眯地说："还是连喜面子大，全镇多少村子换届，王书记和刘镇长谁的饭也不吃，就吃你们南无村的！"银亮笑着说："一是连喜面子大，二是县里的韩国工业园区项目重要，不管怎么说，我们跟着沾光吧！"

百十辆汽车都像张开贝壳的河蚌一样打开了车门，街上的人有一个算一个，都被拉进了车里，还是有一多半车空着，海云对三喜说："人刚才都被天平叫去他家里了，这明显的是和咱哥对着干么！"三喜对他二哥双喜说："二哥，你带着坐满人的车先走，我带几辆车去天平家巷子口儿，把吃完出来的人都拉到镇上去。"又吩咐海云："你带几辆车跑一跑，看看谁家没锁门，把人都叫出来拉上去镇上的饭店。"虎娃正进退两难，一眼看到村街十字路口那些个老汉和婆婆子，眼睛里放出光来，对三喜说："我去把'等死队'都拉上去镇上吃饭。"三喜犹豫着说："那些人都不保险，万一折腾死一个，嗨，算了，有一个算一个，你带几辆车去拉吧，出了事我哥会负责。"

兴儿爸和庆有爸没走远，藏在教室后面的梧桐树下说闲话，两个老汉商议着："庆有和旺儿去了天平家，咱俩就不能去了，没投天平的票也没脸吃人家的饭。"等人都走干净了，学校里安静下来，才一前一后走出来，庆有爸罗锅着背一踮一踮走在前面，兴儿爸耸着肩膀摇摆着脑袋跟着后面，正好被双喜瞧见，招呼着上了车奔镇上了。兴儿在街上数完那些汽车，等在自家巷子口，想问问他爸到底有没有听他的话投天平的票，突然觉得肚子疼，可能早上那个生红薯吃坏了，捂着肚子连滚带爬地回家去上茅房。好半天才舒服一些，却发现慌慌张张忘了带手纸，就扯着嗓子喊他妈让扔卷卫生纸进来，喊半晌没人答应，他就赌气蹲在坑上要看看到底他妈什么时候回来。也不知等了多长时间，他灵机一动，把茅房里那棵大椿树爆起的皮抠下几片来解决了问题。等他一歪一扭从茅房里出来，发现两条腿都蹲得发麻了，像蚂蚁乱窜一样难受，他一手扶着腿，慢慢走到院子中间，充满怨气地喊了几声妈，确定他妈没回家后，他走向大门。到了跟前，发现大门被从外面锁上了。这难不倒兴儿，他从小被这样反锁惯了，熟练地从腰间取下钥匙串儿来，钥匙串儿被一根绳子拴在裤绊儿上，他踮起脚尖，把身体尽可能地贴在门上，从门缝里伸出手去，把钥匙插进了锁头里，扭开，取了下来，拉开外面的铁栓，把自己解放了出来。兴儿回身关好门，重新锁好，一步一摇地向村街上走去，他惊喜地发现，家家户户的大门都上了锁，这是他所没有见到过的，因此他感到有趣，不停地眨巴着眼睛，念叨着，愤慨着，自得其乐。上了村街，那两排望也望不到头的汽车仿佛都被突然而起的西北风吹到天上去了,这让兴儿很失望,为了确定这个事实,他歪歪扭扭地走到了十字路口,发现东西南北交叉成十字的两条水泥路光溜溜平展展,一个人毛儿也没有,"怎么一个人毛儿都没有了呢?谁也不等我啊!"他忿忿地转过身,惊讶地发现,就连嘲笑他也被他嘲笑的"等死队儿"也不见了!

兴儿原地转了一圈儿,又转了一圈儿,他害怕起来,想喊一声他妈,张张口,却发出像羊羔一样的声音来:"咩——"小时候,他是放过羊的,那只强壮漂亮的母羊力气很大,脾气也倔,常常会把他拖拽得摔倒在地上,变成了羊牵着他,惹得人看笑话,让他气恼那只羊更气恼自己。那个时候,村里的牛羊很多,家家院里都养着猪,这才几年时间,现在村里连只鸡都不容易见到了,兴儿常常会感到寂寞,可是他怎么也弄不明白,怎么会突然间这天地间就剩下自己一个人了呢?空荡荡的村子太安静了,从未有过的巨大的寂静压迫得兴儿的耳膜钻心地疼,他不知道自己是不是在做梦,就在这个时候,亮晶晶的雪片从铅色的天空中飘落下来,纷纷扬扬地落在他的四面八方。

大学毕业后在省城上班,赶回来陪父母过年的学书在村口下了车,正好看到了这一幕。

28

麦子还没秀穗，压路机就开进了南无村的田野，把红生放的羊吓得乱跑，红生弯着坏了的腰，扯着嗓子骂他的羊。

地说征就征了，不但把耕地征了，住了多少辈子人的村子也要从地图上抹去了。在推土机开进来之前，村子里到处贴满了县里韩国工业园区征地办公室的布告，主持过南无村两委换届的镇党委张委员升了官，现在是园区征地办公室主任，仗着人熟，带着村干部挨家挨户做动员工作，签协议。签了协议的人们在即将不复存在的村街上兴奋地交流着即将住到还迁楼房里的激动心情，庆有妈对兴儿妈说："想不到死之前还能住上楼房，当一回城里人！"兴儿妈蠕动着走风漏气的嘴巴说："我们家那个死脑筋还嫌这辈子没受够，非不走，非不走，村里就剩下我们家没签协议了！"庆有妈翻翻眼睛，嘎嘎笑着说："你别这么说人家兴儿爸，兴儿爸种了一辈子地，没了地你让他干什么去？"

房子都被推倒后，村子像极了一个荒凉的坟场，一条野狗在废墟上嗅来嗅去，忽然扭回头来，把委屈的目光黯然地望向西落的太阳。除了流浪的猫狗，残垣断壁间已经没有人的影子，废墟形成的"坟堆"埋葬了多少辈人存活过的气息。用不了几天，这些"坟堆"也将被铲车装上卡车运走，然后压路机就会开进来，消灭掉村子最后的痕迹。

村子不在了，人都还活着，只是换了一种活法，"农转非"了，成了城市户口，不种地了，自谋职业了，等着县里的还迁楼盖好，就要住进去了。曾经的南无村，只有一户人家的房子没被推倒，兴儿爸守护着他的老房子，他不肯和县里的征地办公室签协议，就不能推倒他的房子，可是，别人家的房子都推倒后，村子就不再是村子，成了一个瓦砾场，住在残砖碎瓦堆里，就好像住在荒郊野外的乱坟岗。兴儿妈满腹抱怨，也只能陪着他，老两口都快七十岁的人了，一直住着，让征地办公室的张主任很头疼。张主任给支书银亮打电话，银亮让他找村长连喜，连喜开车找到借住在娘家的旺儿媳妇，让她两口子赶紧把老两口接走，连喜说："人老了，转不转城市户口不重要，重要的是可以领到四万块的赔偿安置费。"旺儿媳妇早打听过了，县里给五十岁以上的夫妻的赔偿政策是，给一个人头的现金，另一个人头的钱作为养老生活费存进银行，按月领取七十多块钱，还给两间半安置楼房。她跑回南无村，好容易翻过瓦砾堆回了家，没好气地对公公说："你也是老糊涂了，兴儿算不上个囫囵人，将来不还得哥嫂养活啊，没有钱，我们将来拿什么养活他？"

兴儿爸瓮声瓮气地说："我还没老到走不动路，干活没有问题，你妈也能做饭，我们自己能养活兴儿，不用你和旺儿操心！反正协议我不签。"

旺儿媳妇见硬的不行，说了软话："爸，你看你，天平家怎么样？庆有家怎么样？人家多好的光景都签了，你们不签还等着干什么？三间烂北房二亩多旱地，公家给四万块钱和一套楼房，还给转成城市户口，到哪里找这样的好事情呀？过了这个村可没这个店了，你们千万不敢糊涂啊！"

兴儿爸哼一声说："我还是那句话，谁想签谁签，反正我不签，我种了一辈子地，没地了怎么活？父母大人生下我就是个泥腿子，我不稀罕当城里人！"

旺儿媳妇没办法，就对坐在一边的婆婆说："妈，你看我爸想的和人一点都不一样，不知道他想干什么，你也不说说他！"

兴儿妈翻了老汉汉一眼说："死老家伙，越老越倔，什么都爱和人不一样，我跟上他受了一辈子苦。"兴儿妈一辈子嘴上厉害，这时候做不了兴儿爸的主了。旺儿媳妇请将不成只好激将："爸，你不为自己考虑，不为兴儿考虑，你不为我妈想一想？都七十的人了跟着你住在这没人的乱坟堆里！"

兴儿爸说："乱坟堆怎么了，这村子本来就是先人的坟地，原来的村子在河边呢，因为发大水六〇年才搬上来的，住了几十年也没见个鬼毛毛，现在我倒怕它了？！"

旺儿媳妇见道理讲不通了，就抹眼泪，她哭着说："爸，人都笑话我和旺儿哩。"

兴儿爸嗤之以鼻："笑话什么，有什么可以笑话的？"

旺儿媳妇说："人家笑话我们不孝顺哩，说我们不养活老人，把老人扔在这乱坟堆里不管。"

兴儿爸瞪着眼睛看儿媳妇，不说话，兴儿妈突然不平起来，发表意见说:"笑话,笑话,谁笑话打破他的脑瓜!"这让旺儿媳妇更伤心了,她干脆擤起了鼻涕,顺手把鼻涕抹到凳子腿上,红着眼睛像兔子似的看着婆婆说:"我作难的不行么,知道的人是我爸不签协议,不知道的人还寻思我和旺儿坏了心,是个忤逆子,虐待老人哩!背个坏名声我倒不怕,你孙子小强正说媳妇子哩,这要让人家女家知道他爸妈是个黑了心的人,谁还能把闺女嫁到这种人家?娃的媳妇怕也没指望了呀!"都说亲孙子命根子,兴儿妈的心疼起来,开始旗帜鲜明地对付起兴儿爸来:"老家伙,你就是个受苦的命,你享不了福我不管,真要是因为你咱孙子说不上媳妇了,我看你老家伙的脸往哪里搁!"

媳妇一提到孙子,兴儿爸就已经犯了犹豫,活在这世上,谁没个牵肠挂肚的人啊,孙子就是他这当爷爷的牵挂——兴儿妈的临阵倒戈,更是把兴儿爸逼到了墙角,其实他也不是没有想过签了协议住到城里去,将来把县里给的赔偿安置费和楼房都给孙子留下,只是还有另一份牵挂,那就是他那二亩地,打了一辈子土疙瘩的庄稼人,突然没地种了,想想手脚都没处放,魂儿都要丢了。兴儿爸还有一个不愿意,就是不愿意像闲汉银贵一样整天没事干坐下来等着吃一天三顿,他是个勤快惯了的人,身板还很好,不愿意像村里的"等死队"一样上了六七十就圪蹴到墙根晒老阳儿。可是人心都是肉长的,兴儿爸还真得在心里合计合计,眼前只有两条道可选择,要么为了孙子委屈自己,签了协议搬到城里过剩下的日子;要么顽固到底,让儿媳妇觉得自己是铁石心肠,继续把地种下去。无论如何，兴儿爸是得表个态度了，他不由自主地慢慢摇摆着笨重的脑袋说："你们先去做饭，我再想想。"兴儿妈却来了劲，拧起眉头来抱怨："不行，老家伙，死脑筋，你今天行也得行，不行也得行，你不搬你住着，我吃了饭就走呀，留下你个老家伙替人家看守砖头瓦块。"兴儿爸看了婆娘一眼，多少有些烦躁地说："你能不能先去做饭？"儿媳妇听出来公公的口气有些松动，赶紧顺坡下驴，拉起婆婆："走走，妈咱去做饭，让我爸想想，他和小强才亲哩！"

想些什么呢？该想的兴儿爸都想过了，现在他只需要做出一个选择，走，还是留。小强是他兴儿爸的亲孙子，他的命根子，他能为了一块地让儿媳妇恨自己，让孙子说不上媳妇？兴儿爸很痛苦，他已经别无选择。

吃饭的时候，兴儿爸也不说话，他把饭都吃进了肺里，儿媳妇破天荒地给他端过碗面汤来，他却放不下这张比帆布还倔的老脸皮，也着实心疼他那二亩好地，就端起面汤来慢慢喝着。喝完面汤，兴儿爸竟然想出第三条出路来，他咳嗽一声对正洗锅刷碗的婆娘和儿媳妇说："我想过了，先搬过去和你们住一段也行，可我不签那个狗屁协议，我是为了你妈和小强。家搬过去，地我还要种，同意呢我就搬，不同意咱各过各的。"只要肯搬家，签协议还不是迟早的事情？儿媳妇欢快地答应着："行行，爸只要你肯搬家，别的不急，不急。"手脚麻利地洗涮完，解下腰里的围裙拍打拍打衣裤说："就这么说定了爸，要搬咱今天就搬，我回去让旺儿和小强开上我哥的小四轮来，也没几件东西，一车就拉上了。"

兴儿爸用手掌摸摸自己乱糟糟的后脑勺，低着头叹了口气。

兴儿爸和兴儿妈突然搬走了，县里征地办公室的张主任在第一时间获得了消息，他喜出望外，决定去旺儿媳妇的娘家探探底，最好能乘胜追击让兴儿爸把协议痛痛快快签了，他也好给县里园区建设指挥部一个满意的交代。张主任领教过兴儿爸的倔脾气和认死理，他没有把握，就想找村干部一起去。吃过午饭，张主任开着小轿车来到镇上的菜市场，在最排场的一家菜店找到支书银亮，要他一起跑一趟，帮着做做兴儿爸的工作。

"后天是韩国工业园征地工作的最后期限了，兴儿爸的房子和二亩麦地明天一定要推掉压平。"张主任皱着眉头对银亮说。银亮回头看看正忙着招呼顾客的老婆和侄女，回过头也皱起眉头说："你看我现在正忙着，走不开啊！"张主任朝那边望望说："你一个大支书，卖的什么菜！"银亮知道早晚得跑这一趟了，烦躁起来："我不管你这闲事，村子都没了，我是啥的支书啊！我现在是自谋职业的城里人，光管卖菜，其他事不管！"张主任笑了，拔出一根中华烟来递给他，点上，抽了两口才有些语重心长地开口说话："不是我非要找你，不找你不行啊，你想想，南无村千把口人，都在你当支书的时候'农转非'了，一千多口人呐，扔了锹镢耙子成了城市户口，这就是与时俱进，这是造福子孙万代的事情啊，你这是积德哩，南无村的子孙后代都会记住你的。"

银亮抽着烟望着张主任的嘴，听到最后一句，手微微一抖，一截长长的烟灰掉在鞋面上，赶紧跺跺脚把它震下去。他把烟屁股摔在地上，踏上一只脚碾着，脸上浮现出平时的羞涩笑容说："张主任，不是因为你给我打'麻醉针'我才应承你去找兴儿爸，说实话，我现在真后悔当这个支书了，在我手里让一千多口子把地扔了，我真拿不准是好事坏事，可是县上的政策，我只能贯彻。我和连喜不一样，连喜有企业，征完地一拍屁股走了，这得罪人擦屁股的事情还得我来做！算了不说啦，我跟你去找兴儿爸去。"过去交代了老婆几句，跟着张主任朝停在市场口的桑塔纳轿车走去。这一排十家菜摊倒有八家是南无村出来的人，看见支书银亮和张主任一起走，忙里偷闲都喊叫起来："我说银亮啊，你和县里说说么，赶紧把咱的安置房盖好，不能老租房子住啊，卖菜挣的钱还不够交房租的。"银亮笑笑，趁势问张主任："安置房怎么老不见动工啊，不是糊弄老百姓吧？"张主任快步走着说："早些把兴儿爸这颗钉子拔了，工业园区就能全面动工，捎带就把安置房盖起来了，那算什么大工程？"银亮想想也是，县里不能把这一千多口人像放野鸡一样放出来，不让回窝吧，这不是逼着老百姓上访吗？他就放心地坐进张主任的车里。

如今村村都通了油路，到哪里都方便了。

车停在旺儿媳妇娘家院门口，两个人进了大门，看见院墙下的一畦蔬菜地里一个女人正端着一个倭瓜朝这边张望，大概是听到了汽车的声音。一眼看见支书银亮，赶紧打招呼："银亮哥啊，你怎么有空来？"

银亮迎上去，笑着说："找我叔叔哩，人呢？"

"哎呀，不在，你找他有什么事？"旺儿媳妇有些支吾，目光绕过银亮打量走在他身后的人。

银亮说："不是我找他，是县里征地办的张主任找他哩！"

旺儿媳妇眼睛一亮，笑着迎上来招呼："你就是张主任啊？"

张主任笑道："你不认识我了？我到你家和旺儿签过协议么。"

旺儿媳妇赶紧把倭瓜抱在怀里，腾出一只手来拼命摇着说："认识认识，南无村的人谁不认识你呀！"又紧着招呼："屋里喝水，进屋里喝水。"

张主任背起手来，打量着屋子和院子里的物什，慢悠悠地说："你爸不在我们就不进去了，他大概什么时候能回来？"

旺儿媳妇又支吾起来："早哩，早哩吧，他吃过饭才走的。"

张主任突然严肃起来，问道："你爸没有说什么时候签协议？"

旺儿媳妇正笑着，没提防这个人变了脸色，笑容就僵到了脸上，说："没有呀，他没吭气。"说完去看银亮，有求助的意思，银亮却假装没看见，径直走到墙根那畦菜地去，看样子对她家种的菜发生了兴趣。

张主任照旧板着脸说："你们做儿女的要劝劝他，他老了，糊涂了，你们也糊涂了？今天我和银亮专门来就是要跟他说，跑是跑不了的，跑了和尚跑不了庙，协议该签还得签。"

旺儿媳妇说："是这话是这话，我也劝过旺儿爸不知多少回，叫他签了算了，可他就是那倔脾气。"留意一下张主任的脸色，赔着笑说："有一点你没有说对，老两口不是跑了，是我硬把他们接到家来的，不信你问银亮哥，连喜找过我，我去接的老两口。"

银亮笑模笑样地说："这个张主任知道。"

张主任吓唬婆娘家："你把他接来了，协议签不了责任你得负，县里领导发了火，说再不签协议就来硬措施，叫我带城建局和公安局的人强制执行哩！我今天本来就是去南无村强制执行的，还是银亮拦住了我，说你爸上年纪了，别惊出病来，先让他出面劝劝，不行再说。去了村里不见人，打听了半天才知道是你接来了，你接来了，就要负责把协议签了，不行咱就强制执行。"

旺儿媳妇的脸都吓白了，赶紧回头叫银亮。银亮已经听出张主任满嘴的胡说八道，纯粹吓唬老百姓，又好气又好笑，回头说："张主任，你跟人好好说话，别跟日本鬼子似的。"张主任被他戳破了把戏，也忍俊不禁了。

旺儿媳妇看见张主任有了笑脸，也有些小心翼翼地笑了，压低声音神神秘秘地讨好说："张主任，其实你不来，我也正想找你哩！"

张主任愣住了："找我，找我干什么呀？"

旺儿媳妇没有回答，却问道："你说现在签了协议，还和别人一样吗？"

张主任有些迷惑地说："一样啊，怎么不一样？"

旺儿媳妇又问："赔的钱，房子，户口，一样不少吧？"

张主任有些明白了，笑着说："怎么会少呢，一样也不少！"

旺儿媳妇脸上的一点忧色被风吹走，阳光灿烂起来，她大声说："其实我就是想跟你签协议哩！"

张主任一时面露喜色问："你能让你爸签了？"

"他不签我让旺儿签呀！"旺儿媳妇很决绝地回答。

张主任苦笑着皱起了眉头："旺儿签不行，就得你爸签。"

旺儿媳妇不解地说："兴儿算不了个人，他爸就旺儿一个正常儿，将来他的东西都要留给旺儿，旺儿替他签还不行？"

张主任叹口气说："不行，必须要户主签，这是法律。"

旺儿媳妇半张着嘴，直愣愣地望着张主任，看得出来，她比张主任还要失望。"还得他爸签啊？"她不甘心地又问了一句。张主任闭了下眼睛，算是回答。

银亮走了过来问："我叔到哪里去了，我和他谈谈看吧。"旺儿媳妇瞪大了小眼睛，喜出望外地叫道："对了对了，银亮哥你要说话，他爸一定肯听。"她看了张主任一眼，像犯了错误的小学生一样不安地说："他爸回村里去了，给他那块麦子拔草去了，你们去找他吧。别说是我告诉你们的啊！"

张主任看着银亮笑道："这人，他还真想收一季麦子啊！"

银亮说："走吧，看看他这季麦子秀穗了没有。"又指着菜地对旺儿媳妇说："给墙上靠几根棍子，倭瓜吊着长得大。"

29

公路上有点轻微的烟雾，从车窗里望出去，路边的林带遮掩了庄稼，偶尔能看到一大片芦笋等经济作物，都是银亮没见过的。芦笋据说能防癌，一斤卖到十几块钱，而且供不应求，但这种作物会对土壤造成永久性的破坏，种不上几年土壤就会板结、沙化，但老百姓不管这一套，什么东西挣钱就种什么。有些国家的人喜欢吃芦笋，又怕破坏土壤，就无偿向发展中国家提供种子，然后高价回收，基层政府为了追求农民人均收入的提高，也倡导农民种芦笋，不到两年时间，县里已经形成了几十万亩的种植规模。领导们在酒桌上，一边喝着酒骂老美和小日本算盘打得精，一边讨论着扩大芦笋种植规模。张主任笑着对银亮说："没办法，要挣人家的钱，少不了要赔上自己的土地，舍不得孩子套不着狼嘛！"

银亮羞涩地笑笑说："我现在才知道没了土地心里有多虚。"

张主任一拍银亮的大腿说："银亮，今天能不能说动兴儿爸就靠你了！"

银亮笑着说："说动了他，你把他那二亩地奖给我种菜？"张主任愣了一下，两个人同时大笑起来。

抽上支烟，银亮说："其实兴儿爸的地在全村耕地最边边上，也就二亩，应该不影响施工吧。"

张主任说："这我还不知道？关键是他不签协议就不能推他的

房子，他的房子可不在边边上，事情还不是个没解决？"

银亮想想说："实在不行，我跟他说说，先把他的房子推了动起工来，那二亩地慢慢再说。你说呢？"

张主任想了半天说："实在谈不下来，这倒也是个办法，就怕兴儿爸也不肯，那个老家伙平时看着是个没脾气的，在土地这件事上少见的倔，真倔！"

银亮心中一动，其实这个主意是他那会儿一个人在旺儿媳妇娘家院子里看那畦菜的时候就想出来的，不由眉间有了喜色说："那就这么办了！兴儿爸舍不得的是那二亩地，这我知道，房子他应该不太在乎。"

张主任赶紧强调："咱可说好了，这是权宜之计，协议迟早得签。"

银亮说："那肯定是，包在我身上！"又催促张主任："你开快点，事情完了我还要赶回去卖菜呷，耽搁半天就是好几百块。"快到南无村时，又嘱咐张主任："一会儿你先到工程指挥部等着，我一个人去找兴儿爸谈。"

张主任说："我知道，那老家伙见了我就要发火，就像见了日本人！"

银亮一个人下了车，一脚踩在南无村的土地上，身后是已经一片废墟的村庄，面前是被压路机平整过的耕地，绿色的庄稼被压进了黄色土地，像是油画的底色，四月的阳光无遮无拦地铺洒着，瓷实的土地焕发着水泥地般的光泽。走了几步，银亮下意识地回头看看,都没能留下脚印,不由得鼻子一酸,赶紧擤出一把鼻涕才把酸味压回去,心道:"这是怎么了,才几天没回村里,怎么好像离开了几十年似的叫人心里不是滋味。"他想大概是房子推倒后租别人的房子住的原因吧,等安置楼房盖好,住进去心里就熨帖些了吧。

已经能看到兴儿爸的麦子地了,方圆数百亩光溜溜的土地上,就钉着那一块绿斑,像秃子头上的烂疮,庄稼还是连成片的时候看着赏心悦目,不成片的时候的确难看,要多难看有多难看。兴儿爸戴着一顶难看的烂边草帽弯着腰给麦子拔草,腋下夹着一捆麦石榴草,细碎的粉色小花抖抖地颤着,老汉汉直起腰来,僵硬的大手扒拉开那些素淡的星星般的小花,找到一颗饱满的麦石榴,揪下来塞到嘴里,慢慢地嚼着,眼神望着他绿得发黑的麦田,麦田前方远处是公路,公路那边是一排树林,树林后面是什么雾雾的看不清楚,只有一根大烟囱顶天立地竖在那里。麦石榴的香甜让兴儿爸脸上的表情显得安详和淡漠,农民在田地里劳作的时候都是这样安详淡漠的表情,兴儿爸也不例外,不过现在的南无村,只有他一个人有这样的表情了,除了他老两口,村里人都不再是农民了,是城镇人口了。兴儿爸多少感到有些寂寞,安详淡漠中就平添了一丝的苍凉。在兴儿爸背后不远处的地头,支书银亮站在那里,他看了一眼兴儿爸佝偻的背影,弯腰揪下一个成熟较早的麦穗,放到左手掌心里,又把右手掌压上去,用力地搓着。麦子刚刚灌浆,尚不饱满,银亮费了很大的力气,才搓出几颗绿色的麦粒来,他端着肩膀,嘴巴噘起来,小心地把麦芒和麦壳吹掉,猛地把那几颗麦粒倒进嘴里,慢慢地嚼着，麦子的香甜让银亮脸上现出若有所思的表情，他微微翻着白眼，用心品味着。银亮把麦子咽下去，打量着眼前这二亩绿色的庄稼，他有些嫉妒兴儿爸了。如果这二亩地是他的菜地，那么他就用不着跟着车跑十几里路去别人的地里批菜，而是那些菜贩子来找他，吵闹着要他把价钱往下压压了。他不同于兴儿爸这样的老农民，他给儿子照看过小超市，多少有些生意头脑。这个念头让银亮的眼睛瞬间变得亮亮的，但转瞬又熄灭了，他的田地已经卖了，被压路机压瓷实了，他已经成了城镇人口，再也不会有土地了。银亮似乎现在才意识到自己已经没有土地了，他感到两条腿有些发软，直想蹲下来，他甚至想躺下来，在南无村最后一块庄稼地上睡上一会儿。

　　这是南无村最后一块耕地了，她的主人是兴儿爸。支书银亮望着老实人兴儿爸的背影，心里交织着羡慕和嫉妒，还有一种敬意。他沿着兴儿爸修葺得笔直高耸的地垄往前走，嘴里叫道："叔！"麦地里的兴儿爸转过身来，望着渐渐走近的银亮，他扬手把腋下的那捆麦石榴扔出地垄外面，嘿嘿笑着走了出来。银亮笑眯眯地站住等着他，手伸进衣袋里去掏香烟，嘴里说："叔，别拾掇了，你这地垄收拾得再高，能挡得住压路机？"兴儿爸接过银亮递过来的烟，又凑在他的打火机上点着，蹲下来往地上弹着烟灰说："叫他试试，我就不信没有国法了！"银亮也蹲下来，正色说："叔，我有正事跟你商量。"兴儿爸说："我知道你要说什么，要是签协议的事就别张嘴。"银亮被噎得脸皮成了粉红色，尴尬地笑笑说：

"我来还真是为了你这二亩地,不过不是让你签协议,是给你想办法把地保住,你别把好心当了驴肝肺!"

兴儿爸说:"不是那个姓张的叫你来的?"

银亮说:"一码归一码,我又不是他孙子,他又没给我跑腿钱!"

兴儿爸说:"反正协议我不签。"

支书银亮扭脸望着麦地,半晌光抽烟不说话。兴儿爸扭过紫黑的大脸,眼圈儿全是白色的目糊,看着支书,低声说:"你说么。"银亮这才说:"我和张主任说了,你这二亩地在最边边上,不影响施工,暂时不签协议也行,可你的房子在村子当中,不推肯定不行,我的意思地你先种着,可房子要先推了,将来要愿意签协议了,赔偿安置费不变,安置房也有你一套。你的意思呢?"兴儿爸不言语,银亮又递给他一支烟说:"胳膊扭不过大腿,你好好想想,早推也是推迟推也是推,没必要搞得下不来台,你说呢?"

兴儿爸问:"姓张的能同意吗?"

银亮说:"包在我身上了!"

兴儿爸说:"那行,你做中人,立个字据。"

银亮想想,交代一句:"我先去找张主任说,你一会儿到工地指挥部来找我们。"兴儿爸朝远处那几间简易房望望说:"哦。"

银亮迎着西斜的金辉走向那几间在逆光中发黑的简易房,推开门,张主任从椅子上弹起来问:"怎么样?"银亮说:"有个样样了。"张主任眼里放出光来:"兴儿爸同意签协议了?"银亮摇摇头，笑道："他倒是同意先把房子推掉，但要和你立个字据。"

"立字据？立什么字据？"张主任狐疑地皱起眉头。

银亮羞涩地笑着说："先推房子，将来签协议时赔偿安置待遇不变。"

张主任冷笑道："我还以为他到死都不签协议了呢！"

银亮说："一步一步来吧。你要同意，兴儿爸一会儿就过来。"

张主任把手里的烟头扔地上踩灭，喷一声说："不同意怎么办？总不能真的把他抓起来吧！我现在是火烧眉毛了，能先把他的房子推了，就不影响园区动工，后天就要奠基，县里给我下了死命令，今天一定要扫清一切障碍。银亮，这次多亏你了。"抽出一支烟来递给银亮。银亮摆摆手说："谈不上，镇上要我配合你们的工作，你的事情不完，我也清静不了。先写字据吧，事情完了再抽不迟。"张主任说对对对，拉开抽屉拿出几页信纸。

后脚兴儿爸就来了，他多少认得几个字，捧着字据看过，没有意见。于是三方签字，一式两份，兴儿爸和张主任各一份。立完字据，张主任带着推土机去推兴儿爸的房子，临走悄悄对银亮说："晚上我请你吃饭。"

支书银亮羞涩地笑笑，看着张主任兴致勃勃地带着工人去了村里，回头问兴儿爸："叔，家里没要收拾的东西了？"兴儿爸笑着扑棱扑棱脑袋对银亮说："本来也没什么值钱东西！银亮，这回多亏了你才保住我的地，收了麦子，我送你两麻袋，以后每年送你一麻袋。"

银亮笑着摆摆手说:"叔,我不要你的麦子,和你商量个事情。"

兴儿爸说:"你说。"

银亮问道:"你今年有七十了吧?"

兴儿爸把食指弯成钩给银亮看:"六十九。"

"还能种几年地?"

"能种几年算几年,干不动了再说。"

银亮半开玩笑地说:"等你干不动了,或者不想种地了,你把这二亩地转包给我种菜吧?"

兴儿爸望着他嘿嘿地笑了:"我早说了,你们早晚还得思谋着种地,城市人是那么好当的吗?现在后悔来不及了吧?"老汉汉很得意,但他没忘了是谁帮他保住了地,没等银亮再开口就爽快地说:"行,怎么不行,不能让你白费劲么!"

银亮眉开眼笑,马上说:"要不咱也立个字据?"

兴儿爸说:"立吧,先小人后君子。"

两个人返回办公室,用张主任丢下的信纸又立了一份字据。

晚上,张主任请银亮在镇上最好的东运饭店吃饭,喝的是十年柔和金家酒,银亮两头落好,心里高兴,就喝醉了,又哭又笑。

支书银亮脚下打着晃儿,走回镇上的家。实在说这是人家的房子,银亮一家租住其中的两间,每个月得付人家二百的房租。进了院子,银亮先上茅房放了放水,出来在院子里响亮地擤着鼻子。

等他头昏眼花掀门帘进去，发现屋子里除了自己婆娘和侄女还有一个婆娘在床边上坐着，看见他进屋就打招呼："银亮哥回来啦，我等你半天了。"银亮定睛一看，是旺儿媳妇。旺儿媳妇憋着一股子什么劲，把手扬起来拍到自己大腿上说："银亮哥你怎么能这么个干法？"话出口，眼圈子就红了，又拿手掌去抹眼泪。银亮这些日子最怕的就是村里人找来指责他，还没明白怎么回事，心里就是一沉，像坠了个秤砣，他借着酒劲遮脸，坐下来嘿嘿笑着。旺儿媳妇站起来了，从怀里掏出一张纸拍在银亮眼前的桌子上说："你说你怎么这么不顾人，我爸年纪大了，他糊涂，你还哄骗他？啊？"银亮挤挤醉眼，看清了那是他和兴儿爸签的字据，小辫子被人捏在手里，只能装龟孙，心想真是好汉折在儿女手里，兴儿爸多认死理儿的一个人，转眼这字据怎么就落到了儿媳妇的手里？他拿起那张纸，笑着说："耍哩，耍哩，我和我叔耍哩，地他都种不了几天了，哪能轮上我种呀！"

银亮婆娘过来拉旺儿媳妇："坐下说话，坐下说话，你没看到，他喝多了。"又吩咐侄女："给你大爸倒杯凉茶。"旺儿媳妇站在那里指着银亮说："耍哩？耍哩，你把它撕了！"银亮嘿嘿笑着，把那张字据慢慢撕了，心里很惋惜那二亩地。旺儿媳妇没想到他真撕了，一时没了主张，待着也没趣，就说回呀，气鼓鼓就走。银亮婆娘热情地把她送出大门去。

回来，银亮已经仰在椅子上睡着了，婆娘把桌子上撕碎的纸拼在一起看了一遍，扑哧笑了。侄女跑过来瞧热闹，婆娘笑着指指睡得呼呼响的银亮说:"怨不得人家跑到家里来哭,你大爸想的都是好事,这不是做梦娶媳妇吗?他以为天底下就他最聪明,别人都是三岁小孩呢!"两人把银亮拖到床上,安顿好,关上门,趴在桌子上用电子计算机算今天的账,一个念,一个算,完了又把毛票和块票分开,五十和一百的整钱藏起来,零钱放进塑料袋里明天找零用。

半夜里,银亮又醒过来了,对老婆说:"种兴儿爸的地没指望了,咱看看能不能在附近村子里租块地吧,贩菜不如种菜,你说呢?"老婆很及时地醒来了,附和道:"就是,批菜价钱高,买主买莲菜要抠泥,买白菜要扒皮,两头亏欠,今天毛收入才一百多块,不够摊位费的,还得吃喝还得租房子啊!"银亮说:"明天我去批菜时打听打听有没有人往出租地。"老婆说:"肯定有,现在种庄稼不赚钱,你给的租金高一点,有的是地。睡吧睡吧,别寻思了。"

30

银亮坐在农用小卡车的副座上,一路东张西望,正是初夏小麦灌浆的时节,路边的庄稼一派绿油油,像两条长长的新地毯,银亮没有发现他期望中的闲置的田地。

"真日怪,记得以前老能看见隔三岔五就是一块长满野草的空地,现在专门找它,怎么又找不见了?"海明往车上装菜的时候,银亮问菜农老五,老五讥笑他:"你这不是三暑天借扇子吗?秋庄稼不种那是因为养牲口的少了,不种麦子,人吃啥?"银亮想想是这个道理,递给老五一根烟嘱咐他:"你给操点心,看你村里谁家收了麦子不种秋庄稼。"老五问:"怎么,你想种菜?"同行是冤家,银亮没说实话,羞涩地笑笑说:"闲着也是闲着,总想有块地动弹动弹,还没想好种什么。"老五说:"你都城市户口了还不忘种地,没福气啊!等等吧,等麦子收下来我给你操心问问。"银亮说:"靠了你了啊,别忘了。"

　　银亮没有真靠了老五,人一旦有了什么念头,就急切地想早点实现,他和海明把菜拉回去,骑着摩托车去附近村里转悠去了。骑着摩托穿行在绿色的庄稼当中,银亮恍惚回到了童年,麦浪的荡漾让他有些头晕,他呼扇着鼻翼,贪婪地把青麦的芳香吸入肺里。多好的庄稼啊,可惜没有一块是自己的,银亮感到很不可思议,他忘了自己已经不是个庄稼汉,碰上陌生的庄稼人,就停下车在地头跟人家讨论今年的雨水和年景,那口气仿佛自己还有地似的,人家问他是哪个村的人,他就撒谎,不敢说自己是南无村的人。人们都知道那个村子的地被征用了,全村人都成了城市户口。

　　连着转悠了七八天,愣是没有找到一块闲置的地,银亮垂头丧气地想,看来只有等麦子收完了。他有些不明白,按说这些年土地没这么金贵了呀,他前后当了快十年的村长、支书,还不知道种庄稼实际上谈不上收入?粮食不值钱,农民才出去打工,要不然也不会那么容易让全村人都放弃了土地，难道别的村的人都是和兴儿爸一样离了种地就活不了吗？想不通。

想不通，也得等啊。布谷鸟不管这些，照常来，藏在树叶茂密的深处，"布谷，布谷，麦黄种谷。"喋喋不休地提醒着已经没有了土地的人们。

等到麦子都割了，银亮又顶着大日头去附近村子的地里转悠，看到麦茬地都点上了玉米和谷子，他的心就向下沉去。没办法，他只好又向种菜的老五开了一次口，老五皱着眉头咂着嘴说："难，前边不收农业税了，现在又实行粮食直补，我们村出外打工的人都回来种地了，不好找啊！"银亮说："真的假的？"老五说："一看你就是城市人了，不关心土地了。"银亮苦笑："我做梦都想有块地啊！"老五说："那你没赶上好时候，我们村红记把果园子都砍了，准备种粮食哩。我也打算匀二亩菜地出来种麦子呀，咱不像你们城市人，有钱买洋面粉吃。"银亮觉得心里直冒酸味，脱口道："不收农业税种粮食也没几个收入，一亩地又能补几个钱？我看还是不如种菜。"老五看看他，嘿嘿笑："这账我能不算算？我刚交了公粮，跟往年不一样了，保护价收购，比以前高多了，我看了电视，市场价涨得更多。你看着吧，粮食越来越贵了，买不起啊，还是自己种吧。我算了笔账，买粮不如种粮，还是先把地种了粮食的好。"老五的得意刺伤了支书银亮，他从来没有这样感到在人前抬不起头来，眼前这个人有碧绿的菜地，还有可以种粮食的土地，而自己要批他的菜过活，还要买粮食吃，他找不到一点做城里人的优越感了。

支书银亮知道这是早晚的事,但没想到来得这么快。"再找找,再找找看,兴许有不种的地呢。"银亮低声下气地给老五递烟,没有了土地的人,就是这样没有底气。

他刚回到家,兴儿爸找上门来了。兴儿爸有些脸皮发红地解释:"我家媳妇子找你,不是我让她来的啊,你看把咱们的字据也毁了,我这张老脸都没法来见你呀!"

银亮摆摆手:"好汉折在儿女手里,谁都是这样。"

兴儿爸说:"字据没有了,说出的话还算数,麦子收了,我打算种一亩地的秋庄稼,另外一亩你种菜吧,以后每年让你种一季的菜,不要租钱,没有你咱那二亩地也保不住。"

银亮想了想说:"叔,一亩菜地一季也没多少收入,不够买一年口粮的,我想包你一亩地种粮食,能行吗?"这话让兴儿爸很意外,他瞪着银亮,厚实干裂的嘴唇动了动,又低下头去。银亮干笑一声说:"不行就算了。"

兴儿爸抬起头来说:"银亮,不是我忘恩负义,地是我的命啊!这样吧,我还是每年送你二百斤麦子,你也别种了,还是卖菜轻松也赚钱啊。"

银亮心里很不高兴,就说:"粮食涨价了,我可不能白吃你的麦子。"

兴儿爸摇着头说:"不在乎,我不在乎,二百斤粮食能值多少钱!我回去就给你送过来。"

银亮没说要还是不要，嘱咐兴儿爸："你回去在旺儿媳妇娘家的村子里打听打听，看谁家的地不种了，转包给我，我真的想种地哩！"兴儿爸说："行，行，我让她去问。"送兴儿爸出来，银亮又说："叔，我说真的哩，有一亩算一亩有二亩算二亩，我都要了，水地旱地都行。"

转脸儿，兴儿爸竟然自己带着二百斤麦子就来了，自行车前梁和后衣架上各绑着一个编织袋，推着走来的，真是个少见的认死理。银亮就有些过意不去，装了一袋白菜让老汉带回去。兴儿爸送了麦子，还了人情，气就粗些了，拍着胸脯揽下了银亮租地的事，但绝口不提把自己的地租一亩给银亮种麦子，只是说："我那一亩地你还是先种着菜吧，种一季是一季"。

老实人兴儿爸重新点燃了支书银亮心里的火，他坐不住，第二天又装了一编织袋茄子放在坤式摩托车的脚踏板上，来到旺儿媳妇的娘家，正碰上兴儿爸推着自行车出门，看见他叫道："银亮，正要找你去哩，地给你找下了，人就在家里等着呢。"支书银亮心里就是一荡，好像当初相亲见面时一样涨红了脸。

地是一个寡妇的，儿子要接她到城里去住，地正好没人照看。银亮喜得像捡到了金子，一起去看了地，地是水地，可只有一亩二分。寡妇却张口要每年五百块的租金，旺儿媳妇对寡妇说银亮是她村里的支书，又说了很多好话，寡妇还是死活不下四百二十元，嘴里说："早知道就让我本家种了，他们还不给我四百五？粮食涨价了，地就金贵了，也就是我儿子非让我去城里，不然我自己还种哩！"银亮只好自认晦气，租下了，只怪自己没赶上好时候，刚把地撂了，土里就能生金了。供奉了几辈子土地爷，才知道真的是"土能生万物，地可发千祥"啊！

回来跟婆娘一说，婆娘听说他四百多租了一亩来地，立刻要跟他吵架。银亮不跟她吵，银亮和颜悦色地对婆娘说："先别着急，你先别着急哩，我还要租几亩地，等我找到了地，都租下了，咱们好好吵一架高兴高兴。"

好事一串一串儿来，种菜的老五捎话来，说他们村有一家有地出租，叫银亮快些去。银亮饭正吃了一半，搁下碗骑上摩托车就赶去了。老五领着他赶到有地租的那家，一说事儿，人家先笑了："你准是南无村的吧？没错儿！来晚了一步，地刚叫你们村的大贵租下了。"银亮听着这话，像被人施了定身法，瞪着眼戳在那里张不开嘴。

人家却不肯放过他，笑嘻嘻地继续说："不用问，你肯定是南无村的，这一上午，来了三四个要租地的了，都是你们南无村的。我就想不通，你说你们把自己的地撂了，都成了城里人了，这又是哪根筋没扭对，又抢着租别人的地了？可是现在的地多金贵啊，有钱你也没处租啊是不是？"

"没地就算了，算了算了。"银亮拉着老五逃也似的出了人家的门儿，他生怕老五说出他的名字，不是因为他曾是南无村的党支部书记，是在找地租的人里，他现在已经是名气最大的了，都被人编成笑话了，说他去别的村的支书、村长家喝喜酒，进门第一句总是:"你这村子里有人出租地吗?"

这一段儿,南无村的人都在找地租,把方圆村子里的地价都抬了起来,一亩地现在每年最低也要五百的租金了,就这,很多人还是没租到地。提起兴儿爸来,南无村的人都羡慕得咂嘴,当初还笑话人家死脑筋倔死驴呢,看来这姜还是老的辣啊!老汉原来就是南无村最好的庄稼把式,现在又成了唯一有自己的地可种的人。庆有爸去找兴儿爸,想租他一季的秋地,老汉汉说:"按说咱俩几十年交情了,我也是有一亩地不种秋庄稼,可我已经应承让银亮种菜了。"

这种形势之下,银亮也就没再客气,把那一亩地种菜了。除了这一亩单季菜地,银亮把寡妇那一亩二分地种了粮食,他还在托人四处打听着,计划着再租一亩八分地,种够三亩地的粮食。他明白这是很不容易的事儿,只能慢慢等待机会。

日月轮转,转眼夏去秋来。

银亮给菜地的韭菜浇大粪,兴儿爸在旁边的地里给他的玉米锄草,现在南无村就只有他们俩还有本村的土地了。兴儿爸从玉米叶子里钻出来,挂着锄头把子歪着脑袋望望近在咫尺的韩国工业园区工地说:"这帮龟孙子不说先盖安置楼房,忙活什么呢?"银亮闻声望去,目光却越过那些爬来爬去的机器,投向远处的长天,那里正有一排大雁向南飞去,雁阵下是无边的田野。再有个把月秋就收过了,在第一场霜落下来之前,那些留下来过冬的鸟儿已经开始修筑自己的巢。

尾声

兴儿的腿越发不好了，走路摇摇摆摆像只鸭子，可他不肯老实待着替旺儿守菜摊儿，旺儿媳妇也就不指望他，他每天吃过早饭就跑得不见影儿，天黑透了才回来。兴儿像领导视察一样每天把南无村失去土地和家园的人家的菜摊跑一个遍，碰上谁家吃午饭就给他添个碗，没人嫌弃他，都把他当个恓惶的憨憨看。再说，一村子人像撒出去的一把豆子，现在就靠着兴儿东家西家地串门，把张家长李家短的信息传递给大伙儿，成为感情的联络员，有时候还让他捎带着传传话，兴儿倒成了个有用的人，大伙儿给他的评价是比闲汉银贵强。

而今闲汉银贵更加地不用操心种地了，他懒人有个好命，两个儿媳妇都能干而孝顺，顿顿饭都好菜好酒地伺候着，这偷活了一辈子的主儿居然也从一个瘦猴儿吃得肥大起来，魁梧壮硕，满面红光，成了镇街上的一个人物，横眉竖眼地居然把当年的派出所长老叶都不放在眼里了。

兴儿爸慢悠悠地蹬着小三轮车从他那二亩地回来，问婆娘："兴儿死哪里去了，还没回来？"兴儿妈说："叫他给旺儿看菜摊去了。"恰好旺儿媳妇进门听见，甩过来一句生地瓜一样又冷又硬的话："我可一天都没见他的影儿啊！"婆婆说："也该回来了。"旺儿媳妇又说："后响天星开着卡车给各家发芦笋，说他哥天平在韩国工业园的工地看见兴儿在那里看热闹。"兴儿爸摇着脑袋骂骂咧咧地走向自己的三轮车，费劲地骑上去蹬出了大门。

天已经黑得差不多了，老汉希望在路上碰见儿子，看见路边一团树影，也会以为是兴儿蹲在那里，到了跟前才发现不是，脚下不由越蹬越快。顺着韩国工业园区专用的水泥公路，他朝塔吊林立的工地驶去。眼前一个巨大的深坑挡住了去路，老汉还没来得及下车就听见了蚊子一样微弱的呻吟声，他不用判断就知道那是兴儿，他循着声音的方向摸索着溜到坑里，触手之处坑壁光滑坚硬，有挖掘机的钢齿划出的道道凹痕。他站稳了，让眼睛适应了一下坑底的黑暗，叫了声"兴儿？"就听到兴儿带着哭腔叫喊他："爸，我在这里，腿摔断了。"老汉摸到了儿子，看到他还靠墙坐着，松了口气，说："先上去再说！"他把兴儿迎面抱着拖起来，让他转过去，用自己的肩膀顶着儿子的屁股，把他送到坑沿上。兴儿呻吟着拼命地划拉着自己的手臂，好容易爬了上来，又不动弹了。

老汉试了试，自己爬不上去，回头到坑里搬了几块黏土疙瘩，摞在一起踩在脚下，先伸上一只手来拽住儿子的皮带，身子尽量往一边斜，再斜，这才把一条腿搭上了坑沿。他不愿意跟儿子一样爬着，半跪半坐地喘息了半天，起来拍拍身上的土，过去把三轮车推到儿子身边，把两只树根一样的干枯手臂伸到儿子腋窝底下去，费力地把他拖起来，挪到车斗里面去。兴儿躺在小小的车斗里，头靠在他爸的屁股上，两条小腿耷拉在车斗外面。老汉坐在车座上，蹬了蹬车子，居然踩不下去，刚才把兴儿从坑里弄出来，差不多耗光了他残存的体力，再加上兴儿早就是个成年人了，一百好几十斤，不比蹬空车啊！兴儿在后面催促着老汉："爸，你倒是快点呀，你就不怕疼死我？"老汉把身体向右边倾斜，尽量倾斜，试图用体重把脚踏板踩动，然后，小三轮就翻倒了，老汉的腿被压住了，兴儿也从车斗里滚了出来。兴儿凄厉地大叫着，大声地咒骂起来，老汉也骂着自己和儿子，忍痛试图把车子从自己身上挪开，车子像焊在他身上一样动不了。

两道雪亮的车灯光柱射过来的时候，父子俩正像两只四脚朝天的黑色甲虫一样向着天空划拉自己的腿脚。是旺儿给连喜打了电话，坐着他的车来工地找老爸和弟弟。连喜连夜开着车把父子俩拉到了县城的医院，安顿好之后，扔了一万块钱给旺儿说："县里领导明天要视察韩国工业园的工程，我先回去了，你把你爸和兴儿招呼好，缺钱就给我打电话。我看你爸现在这个样子，那二亩地也种不成了，慢慢养着吧！"旺儿诺诺连声，不住地说："行行，连喜哥，连喜哥……"

庆有把客人送到县里的火车站，开着面包车来医院看望旺儿爸和兴儿，旺儿和他到院子里抽烟，两个中年人像在村子里一样背靠墙蹲着，点上烟，谁也不说话。

学书早就把父母接到省城给自己看孩子了，他很得意自己有能力不再让父母辛苦地耕作。这天晚上，他做了一个梦，梦中，他回到了南无村，脚步轻快地走在曾经和庆有一道走过无数遍的田间大路上，目光所及之处，道路两边的麦田在暖冬里返青，田野里有很多劳作的人，但是离得都比较远，学书已经不能判断出他们在干什么活。这个节令，该干什么呢？踩踏麦苗防止狂长吧？他望望右手方向，远处树林外边有人在烧枯叶，蓝色的烟雾在田野上飘散；他又望望左手方向，此时树木稀疏，而且没有树叶遮挡，他第一次看清自己生长的村庄的全貌，惊讶地站住了，想起那些庄稼人失去亲人后的悲痛面孔。"都是乡亲啊，死了那么多人，我怎么就没有悲伤了呢？我什么时候失去了那颗淳朴的心？"学书喃喃地自责。他看到，那村庄是蓝灰色的，青砖的颜色，它就在那里，沉默又温柔。

    2012年12月30日一稿于山西省作家协会
    2013年5月3日二稿于山西日报社家中
    2013年7月31日三稿于山西日报社家中
    2014年4月7日定稿于山西日报社家中